83歳 平成最後の日記

老人ホームに暮らす老人の一年間の克明な生活記録

菅野国春
Kanno Kuniharu

展望社

目次

まえがき

本来、日記の出版は、激動の世紀をリードした偉大な政治家、国家存亡の有り様に深く関わった官僚、偉大な芸術家などが独特な視点で人生を語るというところに意味がある。全くの無名であり、特別に特異な体験をしたわけではない市井《しせい》の一老人の日記の刊行は、前代未聞のことに違いない。

考えてみると、無名の老人が、ある時代をどんな風に生きたかを綴《つづ》った日記が公刊されたことはかつてない。あるいは自費出版などで存在するのかもしれないが、寡聞にして小生は知らない。

名もなく、富もなく、浅学非才の一老人が何を考えて平成最後の年を生きたかということは、ある意味で興味あることではないかというのが出版社の企画の意図である。すなわち、何処にでもいる何の取り柄もない凡俗な老人が、何を怒り、憂い、何を喜びとして生きたかということである。その老人の生態こそが貴重だというのである。

小生は、昭和十年（一九三五）に岩手県奥州市に出生した。この日記が綴られた年は、平成三十（二〇一八）年であり、筆者は八十三歳である。人生百歳時代を迎えた現代においては、まさに筆者は年齢的には老人真っ只中といえるかもしれない。小生としては後、何年生きられるか全く予測がつかない。後、三、四年は生きられそうな気もするが、それも確かなことは判らない。百歳時代といえど八十三歳は微妙な年齢である。

近年、生活意欲も思考の脳力も低下していることを自覚する。しかしボケたという自覚は希薄である。本人は心が若いと、ひそかに内心自惚れているが、日毎に老人的思考に傾斜していることは否めない。八十三歳ともなれば、老人的思考で日々を生きているのは当然である。このように、老いの心情でいろいろな現象に対峙しているのである。身辺で起こるさまざまな事柄に対して老人的思考で反応して理屈や嘆きや怒りを内部に沈殿させ、それを吐息のように吐き出したのが本書の日記である。

洞察力や逆転の発想があるわけでもない。何処にでもいる平均的老人のささやかな生活観、社会観、人生観が落ち葉の如く散りばめられている。

千人の老人がいたとして、三百人程度の同輩老人から共感をいただければ筆者としてはこの上ない満足である。

小生は三十代半ばで会社勤めを辞めて、一匹狼として出版界や宣伝業界で物を書いて暮らしてきた。言わば文章の職人である。自分で職人というのもおこがましいが、文章を作って糊口をしのいできたのだから職人と名乗っていいだろう。ときに作家という肩書きで紹介されることもあるが、読者のイメージする作家とはいささかその実態は違う気がする。小生の自己ＰＲは『聖書から性書』までの売文家ということで、広い間口でものを執筆するというのが売りである。小生は手当りしだい面白そうな話を叩き売ってきた雑文家である。細々ながら今でも現役を自負しているが、息切れ寸前で職人を続けている。生活の場は、伊豆高原にある老舗の老人ホーム『伊豆高原ゆうゆうの里』である。

筆者は特別な見識や卓見の持ち主というわけではない。前述の如く、何処にでもいる平凡を絵に描いたような老人である。そんな年寄りがぶつぶつと身辺を見回しながら感想を述べたのが本書である。

作家の伊藤整の随筆を若いときに読んだ。彼自身も若い日に小樽の古本屋で一冊の歌集を手にした。その歌集は全くの無名の歌人のものだった。その歌集の中の一首に伊藤整は感動し涙さえ流した。「一生無名で朽ちてもいい。今日自分が感動したように、将来、自分のただ一つの詩に感動してくれる読者がいればそれで満足だ。その人のために詩を書こう」と伊藤整は思った。その随筆のことを六十年以上も忘れずに小生は生きてきた。筆者はいい詩も小説も残せずに終わったが、何十年か先に、もし古本屋なる商売が残っていて、平成の終わりに無名の一老人が書いた日記を手にしてくれることを願っている。そして、はるか昔の平成の終わりに思いを馳せていただくことを願っている。

作品そのもののクォリティーはともかく、この一冊には紛れもない平成最後の日本が老人の視点を透して語られている。それはまさに、日本の歴史の一行であることは間違いがない。

このような意義ある出版を企画してくれた、展望社の唐澤明義社長と同社編集子に深甚の謝意を表するものである。

平成最後の一月吉日

著者しるす

平成三十年の日記

一月

一日（月）晴

娘、大晦日に来宅。二日まで滞在とのこと。親子三人で迎える正月。

老人ホーム『ゆうゆうの里』の新年祝賀会、午前十時半より大食堂にて開催。理事長の新年の挨拶を杉山施設長代読。続いて入居者代表でSD氏の挨拶。「百歳老人のアンケートは、どの答えもばらばらだったが、その中で答えがただ一つ同じだったのは、百年という月日はあっという間だったという項目であった」とスピーチ。

なるほどという共感もあるが、八十二年の我が生涯、あっという間というより結構長かったという感慨もある。加えて我が命、とても百歳は無理だろうなという思いもあった。

いつもの感慨、一月一日はただ年の始めという覚めた感覚。しかし初めの日というのは確かに改まった感じと、一年の始まりという昂揚感はある。しかし、それは冷静に考えると終末に一歩近づいたということでもある。この思いは厳粛である。
《正月は冥土の旅の一里塚めでたくもありめでたくもなし》
古来の狂歌である。確かに、七十歳半ばを過ぎた頃から、正月は、めでたいという気持ちと、さらに冥土へ近づいたという哀感のようなものを感ずる。八十歳を過ぎた今、さらにその思いはある種の覚悟のようなものを伴って胸に迫るものがある。朝から酒が飲めることが楽しみにだった昔が懐かしい。その頃は終末ははるか彼方であった。若い人にとって正月はそれなりの楽しみであるのは昔も今も変わらないのかもしれない。

テレビの正月番組は、ただ賑やかで空疎である。これも老いた証拠の一つだ。心が慰まない。妻がチャンネルをクラシックの音楽番組に切り替えたとき、一瞬救われた感じがしたが、すぐに睡魔に襲われ、妻を残してベッドへ。娘もゲストルームに引き上げた。

二日（火）晴

娘は東京に帰る。レストランにて家族三人の外食。娘の帰る日の外食は恒例のこと。娘と私たち夫婦の関係は、理想的な親子関係と思う。べたつかず、感傷的にもならず、久しぶりに会って家族らしい交流を持ったあと、鳥が飛び立つように娘は自分の住まいに帰っていく。娘らしく親のことを心配はするが、親に特別な配慮をしなくてもいい状態であることを確認して、喜んで自宅に帰っていく。

私は十三日に東京に出張するための切符を買うために娘を駅まで送る。発車までの時間がたっぷりあるのに、娘は駅に着くや、さよならの握手を求めてきた。買い物でもするつもりかもしれない。切符を購入後、待合室を覗いたが娘の姿はなかった。

親と子の関係はかくあるべしだな……、などと考える。


一月半ば、東京国際フォーラムでの講演を依頼されている。一度辞退したが、年明けに正式に決まることになっている。

「もし決まったら教えて……、聞きに行くかもしれないから……」

会場は娘の住まいにも勤め先にも近い。稚拙な父親の講演を聞きに行こうというのだから殊勝である。

三日（水）晴のち曇　時に霰《あられ》のような小雨　夜冷え込む
朝、N研究会へ企画提案書を送る。
午前、拙著『高齢者の愛と性』の校正。
時々、テレビを観る。マラソンとお笑いバラエティーに忙しくテレビを切り替える。落語も漫才も昔と様変わりしている。人気と芸の力はイコールではない。大衆の求める笑いも変わってしまったのだ。こちらも老いのため感性が枯れてしまったのかもしれない。相手の芸の力に責任転嫁するわけではないが、少しも可笑しくない。心から笑う気になれない。

大学箱根駅伝、青山学院大学優勝。四連覇。走ることだけに青春を捧げる選手たちの姿は感動的だ。この青年たちは未来につながる尊い生き方を学んだはずだ。

井上靖の小説『北の海』は《勝つ柔道》のために『寝技』に青春を捧げる旧制金沢高校の学生の姿が描かれている。が、その青年たちを待っていたのは無残な戦争だった。

箱根駅伝の選手たちの未来に幸あれかしと祈る。

それらの爽やか群像に比べてわが青春、挫折と酒と放蕩。振り返れば老残の悔恨多し。

平昌オリンピックで、韓国と北朝鮮は合同参加を視野に入れて対話を始めるらしい。このニュースは明るい。大いに歓迎したい。疑心暗鬼の緊張した毎日からしばし解放されるのも悪くない。せめてこの間、核開発の手をしばし休めてほしいものだ。

夜のテレビ、NHK『高麗屋三代の春』。三代同時襲名の松本幸四郎家の一年間の密着取材。厳しさの中にも幸せな役者ファミリーの姿やよし。

四日（木）晴

診療所へ毎月の薬の処方。休み明けで混雑していると思っていたが、閑散。混雑を予想して皆が敬遠したのかもしれない。

午後は同好会の麻雀。五百点差で小生二位。一位ＳＫ氏。

出版社のＫＲ社長より天津女史の訃報を知らされる。年末に急逝した。暮れの女史には、仕事のアシスタントとして数十年に渡っておつきあいいただいたよし。暮れの十三日にも、ある調査を依頼してその返事を新宿西口の甘味喫茶『時屋』で受け取る。デザイナーのＩ氏も同席。元気に見えたが、もともと病弱で人工透析を受けていた。それにしても、急なことである。私と会って十日後くらいに亡くなっている。人の命の儚さはこれまでにも何度も経験したが、やはり空しさは如何ともしがたい。女史は若いとき、宣伝界で一時脚光を浴びたことがある。権威ある専門雑誌に連載を担当した時期もある。自らも企画会社を設立して活躍したが、晩年は不遇であった。亡くなる十日前に会う機会があったというのも不思議な因縁を感じる。ご冥福を祈る。

暴力事件で混沌とした相撲界であったが、今日、評議委員会で貴乃花親方に理事解任の決定が下って、ひとまず幕が降りた。処分の理由は、理事として相撲協会に対しての報告義務違反などが問われたもの。それにしても、貴乃花親方のかたくななダンマリは見事な反抗だった。謎に満ちた行動に見えるが、私は心情的には単純だったと思う。自分の秘蔵の弟子を怪我をさせられた怒りである。内心烈火の如き怒りだったに違いない。表面的には、協会への報告義務違反、巡業部長としての職責を全うしていないことが追求された。

貴乃花親方にしてみれば、怒りの大きさに対して理事の職責などは小さいものに思えたのであろう。報告などして示談をすすめられたり、もみ消しを頼まれでもしたら不本意だという思いもあったに違いない。親方は報告義務を違反した理由として、調査を警察に一任したということを楯に取っていたが、警察に届け、協会に報告しても、彼ほどの意思の強さがあれば、よもや不本意な結果にはならなかったと思う。貴乃花親方が正当な手順を踏まなかったことを私は惜しむ。怒りの大きさは理解できるが、義務を果たしながらでも、自分の意志を曲げることにはならなかったと思う。激しい怒りは何物にも変えがたかったのであろうか？

五日（金）曇　終日寒気厳し　夜半より雨

午前、診療所へ薬をもらいに行く。

テレビで女優真屋順子さんの訃報に接する。行年七十五歳。かねてから、幾つもの病をかかえて闘病中だったが年末に亡くなった。
私は特別ファンではなかったが、昨日、仕事仲間の訃報に接した後だったので、感慨しきり。ご冥福を祈る。私の持論、七十歳過ぎたら死神はいつも隣で微笑んでいる。

一日中寒気が厳しい、老人ホーム入居十三年のＳＪ女史、入居以来初めての寒さと述懐。

六日（土）晴

明け方伊豆地方を震源とする地震あり。小生ベッドの中でよしなしごとを考えてるとき、突然、背中を突き上げられるような振動を感じた。ゆうゆうの里の建物が建っている地盤は強固で、東日本の大震災のときも揺れは少なかったという。今朝の衝撃が割に大きかったので、一瞬大地震かと思った。しかし、震度四で、思ったほどではなかった。大きな被害の報告もなかった。震源の深さは10キロメートル。

今日はホーム内のアスレチックジム。午前九時より十時半まで。
メンバー四人中、男性のＮ氏、転倒で怪我とのこと。欠席。男性は小生一人。
インストラクターはＡＪ女史。

名投手から名監督になった星野仙一さんの訃報。これで三日連続の訃報日記となった。闘志むき出しの炎の闘将、星野さんも病には勝てなかった。すい臓ガンだという。行年七十歳。若すぎる死を悼む。


仕事、N研究会の解題の解説原稿。

出版社より拙著『高齢者の愛と性』のカバーデザインが届く。悪くない。これに決定。

七日（日）晴
朝食前にN研究会の原稿。朝食後、TBS『サンデーモーニング』を観る。

十時よりN研究会の原稿。

食堂の昼食は七草がゆ。味なかなかによろし。

午後昼寝の後、三時よりN研究会の原稿。五時まで。

今夜からNHKの大河ドラマは『西郷《せご》どん』が始まる。原作は林真理子。期待して観る。まずまずのスタート。西郷の少年時代、小吉のスタート。成人しての西郷は主役、鈴木亮平。私の好きな俳優の一人。後の薩摩藩主島津斉彬に名優渡辺謙。

若いとき、西郷に関する原稿を何度か書く。西郷に関する資料、文献を読むうちに、その人柄に傾倒した。西郷の人間性の魅力、天性のリーダーとしての資質、まさに天の配剤であり明治維新の申し子だったと言えよう。その頃、私は、現代の日本に西郷のような政治家が現れないだろうかと思ったものである。

続いて、NHKスペシャル全八回の『人体』三回目『骨』を観る。パネリストはノーベル賞医学者山中伸弥教授、それにタレントのタモリ氏とお笑い芸人（名前失念）三人の掛け合いで進行する。骨はカルシウムであり、人体を支えるものと考えていたのに、免疫力、記憶力、精力などを高める若返り物質を出していることが判明した。

山中教授の平易な語り口とタモリ氏の好感の持てるユーモアで楽しい番組になっている。来週も楽しみである。同時刻、『必殺仕事人』の時代物ドラマがある。興味があるが、断念。同じくBS1で『シルクロードの野望・一帯一路にかける人々』がある。断念。馬齢を重ねると、録画する気力も無し。仮に録画保存しても、仕事に追われて後日観る気力はないであろう。不勉強でますます脳の劣化が加速。

夜、娘より電話。宅配受け取ったとの返事。就寝十一時。

八日（月）曇のち雨　夕刻より雨脚強し　祭日・成人の日

今日は成人の日。小生にとってははるか昔のこと。成人式に特別の思い出もなし。果たして成人式なるものがあったという記憶もない。あの頃、挫折、酒、放蕩されど貧乏、才能のとぼしい文学青年。

それにしても、成人人口の減少が著しい。何十年後かには日本は危機的状況である。戦時中の『産めよ増やせよ』の国策が脳裏をよぎる。子供を育てることに、現代人の意識が変わってしまったのだ。単純に産めよ増やせよと囃し立てても事態の好転は望めない。子供を産む前に、まず結婚なのだが、その結婚観に変調を来しているのだから如何ともしがたい。意識の急激な進化は現代人の必然なのか教育の誤算か。それとも、文明のなせるわざか。

元新聞社系出版社で私の仕事の窓口だったMTくんに銘酒恵贈のお礼の電話をかける。

M君は家業のアパレル会社を継いで社長。話は共通の友人の消息など。M君、私と同程度の酒豪なり。伊豆高原へ誘う。一考するとのこと。

午前、N研究会の原稿執筆。

午後はカラオケの日なり。同好会のメンバー、コミュニティホールに集合。田口さん、お孫さんの成人式の祝いのため、横浜に出かけ欠席。Nさんの車とタクシーに分乗してカラオケ酒場『ポニー』へ。小生、いつもながらのド演歌。『男の友情』『夜霧の慕情』『別れの一本杉』

『泣かないで』『好きだった』などうたう。

夜、テレビ、世界のプリンス、プリンセスの番組を見る（ＮＨＫ）。王室は我が世界に無縁ゆえに無責任に楽しめる。

九日（火）晴　されど風強し
午前、管理課に講演の打合せに行く。その後原稿執筆。午後原稿はかどる。

心の痛むニュース。八十五歳老人、運転で女子高生二人をはねて重傷。七十五歳になったら免許返上すべし。車がないと不便な地域でも断固返上せよ。大事故で晩節を汚すべからず。

オリンピックの選考レースで、カヌーの選手、ライバルの飲み物に薬物を混入。ドーピング検査でライバルを失格させようとのたくらみ。スポーツ選手にあるまじき卑劣な行為なり。されど、良心の呵責ゆえに自分から破廉恥行為を名乗り出た。人間性の片鱗がある。救われる。反省し再起されんことを祈る。

いくら反省しても許してくれないのが、韓国の慰安婦問題。日韓合意に対してまたまた韓国の大統領、新たなアクションを起こす。政権が変われば国と国との約束が反故になるということなら、国際外交の死である。韓国は信用できない国なのか？　第一、許されない過失というものがあるのだろうか？

この世の中に私を許していない人がいるかもしれない。また私にも生涯許さざる人がいる。しかし、私の亡きあとに謝罪してきたら、娘はきっとその人を許すに違いない。

過去の傷をいたわるポーズで自らの政治生命の延命や人気取りに利用する姿や醜し。

隣国韓国とこのような関係が続いていいものだろうか？　戦時中の日本の恥ずべき行為はいつになったら許されるのであろうか？　前途暗澹。

これまた、朝鮮半島のニュース。平昌オリンピックに北と南、合同で選手団派遣の話合いが板門店で始まる。大いに歓迎する。変な駆け引きをやめて、純粋にスポーツの祭典に歩調を合わせてほしい。まず、統一の一歩を踏み出すことだ。いつかは踏み出さなければならない民族統一の、これが第一歩になってほしい。いつまでも傷口に塩を塗り合うような姿勢はお互いにやめることだ。それとも、朝鮮民族は、許さざる過去にこだわる血筋なのか。そんなことはあるまい。

十日（水）晴　風強し

午前、ホームに出張のスルガ銀行より、先週依頼した引き出しの現金を受け取る。

N研究会の原稿。午前、午後で終わる。十三日の出張に間に合う。

カヌーのドーピング、ライバルおとしいれ事件、非難の声、高まる。人間として許されざる行為であるが、オリンピックに出場したい犯人の気持ちもよくわかる。こういう場合に、加害者に同情するのは我の悪癖なり。過去に犯罪者の手記や取材を手がけたのも、同様の我が姿勢からである。弱者の味方ならぬ、悪人へのシンパなるか？

十一日（木）晴　風やや強し

午前、N研究会の序文執筆。一巻、二巻ともに終わる。

午後、麻雀同好会。まるでツキなし。四位。マイナス31。トップSK氏。

夜。痴漢冤罪のドラマを観る。テレビ朝日『白日の鴉』PM8時。娯楽ドラマとしてはそれなりに楽しめたが、巨悪が自分の保身のために痴漢冤罪を仕組むという設定に違和感。しかし、濡れ衣を着せられて追い詰められていく被疑者の苦悩は小生、昔、直接冤罪者に取材しているだけに共感。伊藤淳史、遠藤憲一好演。

小生にも痴漢冤罪の小説(セミドキュメンタリー)『夜の旅人』あり。

あっさり罪を認めれば刑は軽く、徹底して否認すれば有罪という矛盾は痴漢犯罪の常道である。被害者の証言だけが、唯一の証拠であるのも冤罪を生みやすい。

実刑でも一年前後の刑なのに、拘留は長引く。痴漢犯罪者の家庭は崩壊する。

実際に痴漢犯罪は難しい。だいぶ古い話だが、冤罪を叫ぶ被疑者が記者会見まで開いて身の潔白を叫んだことがある。小生大いに同情したのに、それから半月足らずで、その男、痴漢の現行犯で捕まった。冤罪にもニセがある。

十二日(金) 晴

午前、出張準備と出版社との契約書下書き。俳句の投句メモ。

午後、やんも句会。八幡野コミュニティセンター。午後一時半より。同じホームの小川さんを同道。小川さんを句会メンバーとして推薦。

投句、小生の五句。

《酒の香もきょうは許して初句会》《弾き初《ぞめ》は和服からげしショパンかな》《盛装の礼者戸口を明るくす》《輪飾りの少し小さき母子家庭》《笑み浮かべ朝日とかして雑煮椀》

いずれも駄句なり。仕事に追われて推敲不十分。

意外なり。《盛装の礼者戸口を明るくす》《弾き初は和服からげしショパンかな》以上二句　特選に入る。《盛装の……》選者小川侑子、《弾き初……》平林良志久。小生の他の句も選びし人あり。有難い。

小生が選んだ特選句。《霜柱踏むや昭和の音立てて》野口清美。

他にも佳句あり、特選句を決めるのに迷う。

句会の後、句友の星野氏とそば屋にて一献。つまみ天ざる。エビ大なり。

韓国少女像の韓国の理不尽について星野氏慨嘆。小生も同感。

明日出張なので早めに切り上げる。

十三日（土）晴

今日は出張の日なり。起床はいつもと同じ。年齢とともに遠出は苦痛となる。しっかり歩いているつもりでも、足もとがおぼつかない。老いを痛感するのは、何気なくできていたことができなくなることだ。枯れて行く自分を見つめるのはつらいが、真実から目をそらしてはいけない。老いるというのは人間の摂理なのだ。

踊り子号、東京駅12時40分着。

五反田N研究会、約束の時間より早めに着く。会長と1時20分より約二時間会談。。仕事の一つを契約。ただし九月下版。

三時半、ホテルチェックイン。四時、出版社社長、漫画家、印刷会社社長と会う。

待ち合わせの喫茶店、満席で入店不可。近くのルノアールに入る。

漫画出版の打合せ。ベテラン漫画家だが感じ悪くない。技術もしっかりしている。

この漫画家を採用することに決定。


小田急ハルクの九階、中華料理店で食事。筍を焼いて岩海苔をまぶした料理美味なり。

九時頃散会。ホテルの近くのコンビニで酒やビール、おつまみを買う。翌朝のおにぎり。

昆布と梅干し。二つも。出張は疲れる。老齢の嘆き。洗面。

十四日（日）晴　東京
東京のホテルで目覚める。漫画のシナリオの件で出版社社長宅に朝八時半ころに電話。突然のアイデアを告げる。昼、会う約束を取りつける。

朝の報道番組で知る。降雪で乗客が十五時間電車内に閉じ込められたとき、八十歳老婆が高校生に席を譲ったことから、車内の乗客たちの席の譲り合いが始まり、和気あいあいと苦難の時間を乗り切ったという。年寄りは人生の達人なのだから、その行為は称賛に値する。自分だったらどうしただろうかとしばし自問自答。その場に居合わせていないのだから何とも言えないが、かくありたいと想う。年寄りの有難いと想われる行為。

十一時、喫茶店『ピース』で、若い仕事仲間三人と待ち合わせ。そのうちの一人、編集次長はすでに来ていた。やがてライターのSと、T女史現れる。漫画シナリオ、私の代わりとしてT女史に依頼。ほぼ承諾。仕事の打合せ終わるころ、今朝電話したK社長現れる。昼食は近くの大衆食堂。総勢五人。ビールで乾杯の後、日本酒。

二時五十六分の新幹線で帰途。熱海下車。弁当を買う。伊東線に乗る。自宅着は五時ころ。目まぐるしい一日終わる。

夜、娘より電話。NHK『人体・腸内フローラ』を観る。やや疲れた感あり。八十二歳は疲労多し。

十五日（月）晴

熟睡。目覚めは快適。やはり出張は疲れる。
午前の仕事、ホーム内の『ゆうゆう句会』の投句作品をワープロに清書。
清書は午前中いっぱい。

朝日杯将棋オープン戦で、最年少棋士藤井聡太四段（十五歳）が佐藤天彦名人を破ったニュース。痛快なり。藤井くんの勝利のコメントの立派なのには舌を巻く。八十二歳の小生でもあんな立派なコメントはできない。彼の謙虚さは真実である。計算された謙虚さはどこか胡散臭い。藤井くんの謙虚は心底持っている謙虚さなのだろう。今のままの純粋さを保持して成長してほしいものだ。来月、羽生永世七冠と対戦。日本中が注目している。

横綱白鵬関の張り手、かちあげ問題が話題になっている。禁じ手でないなら、問題ないとする意見と、横綱は横綱相撲で勝ってほしいという意見と半々。
私はどちらとも言えないが、理想論を言えば横綱は横綱らしく受けて立ち、どんな態勢でも、相手を最終的には倒すという雄姿を観たいものだ。どんな手を使っても勝てばいいというのはちょっと違うんじゃないかと思う。相撲はやはりプロレスとは違う。力道山の空手チョップとは異なるべきだ。力道山、ちょっと古いか。

夜のテレビはＮＨＫの『鶴瓶の家族に乾杯』。ゲスト鈴木亮平。ロケ地は西郷隆盛の故郷鹿児島市。ゲストの鈴木亮平、大河ドラマの主役西郷役。小生、鈴木は好きな役者の一人。役作りに真面目な役者。役者魂あり。結核で死んで行く役柄では絶食して痩せこけ、『西郷どん』では大食して太ったとか。役に取り組む気迫に好感。

鶴瓶も大河に出演と発表。

就寝前、出張の伝票整理。

十六日（火）晴

今日は午後一時よりゆうゆう句会。

私の拙句、五句投句。

《待人のきょうもこぬかや寒の雨》《逢いたいと便りを書けば春隣》《黒髪を梳けば寒紅あざやかに》《憎しみを抱きしままに冬終わる》《寒昴ちいさき祈りあざ笑う》

「待人のきょうもこぬかや寒の雨」は「こぬか」に「小糠雨」をかけたつもりだったが、だれも気づいた人はなし。一人善がりか？

「黒髪を……」Ｏくん、Ｔさん、Ｙ女史の特選。三人から特選をもらう。人気あり。

私の選んだ特選句。

《淋しさを形にすれば寒の雨》 清美 他に佳句があったが、私の好みの俳句。

夜、シナリオ作家のT女史に手紙。漫画のシナリオを小生に代わって書いてもらうように依頼する。他、デザイナーI氏、小学校の同級生ＩＳ子さんに手紙。

横綱稀勢の里、逸ノ城に破れて二敗。横綱生命危うし。

Y財団のY理事長、倒れたとの知らせ入る。詳細不明。確かまだ七十歳のはず。若い。

十七日（水）小雨
朝、九時半、事務管理課に講演のレジュメを書き換えて持参。

封書を投函。T女史（シナリオライター）、I氏（出版社編集次長）、ＩＳ子（小学校同級生）。

午前十時、スーパー『ナガヤ』に買い物。酒と果物（バナナといちご）のり巻き、いなり寿司を買う。駅に立ち寄り横浜（二十日）までの踊り子号の切符と帰りの往復を買う。

パン屋にて食パンとアンパンを買う。

タクシーで十一時に帰宅。傘持参するも使わず。

昼寝、三十分。

芥川賞に岩手県遠野市出身の若竹千佐子さん六十三歳の作品『おらおらでひとりいぐも』（私は私でひとり行きます）に決定。遠野市は小生の故郷、岩手県奥州市（前江刺市）の隣の市。小説の題名は、その地方の方言。還暦過ぎていい作品が書ける才能と意欲に拍手。ご健筆を祈る。駄文作家の生涯を終わる我が身、八十二歳。思うこと多し。

横綱稀勢の里、琴奨菊に破れる。連敗の三敗。いよいよ横綱生命に危機。

夜のテレビ、NHK、『ためしてガッテン』葉酸のはなし。ぼけ防止、老化の進行を抑える働きがあるという。

十八日（木）曇

高校時代の友人山口より、昨年の夏、滝沢が亡くなったとの連絡あり。

当時、小生、高校二年で岩手から上京して転校、滝沢とその母上にはずいぶん世話になった。後年彼と、些細なことで仲違いし、一時、絶交状態にあった。時間が怨念を洗い流し、数年前から再び旧交が復活した。滝沢の晩年は不遇だった。援助の手を差し伸べるほど、小生に余力があるわけでもなかったし、彼もまた、友人の援助を必要とするほど困窮していたわけでもなかったと思う。いずれにしろ、受けた恩の万分の一も返さずに先立たれたのは無念。哀惜限りなし。しかし、我々の年齢になると、いつ死神のお迎えが来ても文句は言えない。七十過ぎたら、死神は隣で微笑んでいるというのが小生の持論。

去年は大学時代に世話になった鈴木の訃報に接した。これも恩義の萬分の一も返さぬままの別離だった。あの頃、貧乏学生だった小生、周囲を見回しても不義理をした人多し。先立たれると悔恨ばかりが残される。

今日はホームの同好会の麻雀。二千六百点差で小生一位。二位ＳＫ氏。

明日、金曜日もＮ女史の代打ちを依頼される。仕事があるが、小生もしばしば代打ちを依頼するので、お返しの意味で引き受ける。

横綱稀勢の里、嘉風に完敗。三連敗。二勝四敗。無残。体調が悪いのだろうか？　気迫全然感じられない。横綱生命危うし。

白鵬休場。やはり二連敗。足の親指の怪我のためという。張り手、かちあげを非難されたためか、なぜか元気がなかったが、やはり、怪我だったのかと納得。天下の横綱が張り手とかちあげを禁じられたくらいで、ずるずると負けるのを不甲斐なく思っていた。横綱の資格なしと思っていたが、怪我なら致し方なし。力強い再起を期待したい。稀勢の里も体調不振の疑いあり。

十九日（金）晴

やっとオウム真理教の裁判が終了した。

有為な青少年がオウムの魔術の犠牲になった。オウム真理教は、宗教的教えをめくらましに使った犯罪教団であったことは事実である。いかなる理由があろうと、宗教が人間を不幸にしてはならない。宗教は、自己の救済が第一目標であっても、演繹《えんえき》的には、人間救済である。仏教的には衆生済度である。人間を不幸にする宗教は宗教ではない。

教団に歯向かう弁護士一家を殺害し、サリンで一般衆生を殺戮し、幹部信徒十三人の死刑が確定した。犯罪事実が明らかな今になっても、オウムの残党が立ち上げた新教団の修行道場に今になっても首謀者教祖、麻原の写真を飾っている。何を血迷っているのか。オウムが壊滅したのは法難とでも思っているのだろうか。オウムは宗教的弾圧を受けたのではなく、単に教団の犯罪を摘発検挙されただけのことだ。大量の殺人を犯して、人間救済の宗教はありえない。人を不幸のどん底に落とす教えが真理ということはない。

沖縄、米軍基地で、普天間小学校の上空を米軍ヘリが飛ぶ。校庭にヘリの部品落下があった後、学校の上空を飛ばないように日本政府が申し入れをして米軍側も了承していた矢先の事件である。日本政府の抗議に対して、米軍側はレーダー等で確認して、飛行していないとの返事である。しかし、写真では明らかに上空を飛んでいる。
日本を守ってやっていると考えるアメリカ側に、おごりと日本軽視はないのだろうか。確かにアメリカの核の傘の下で安全が保証されている日本の立場は、アメリカに対して、決定的なノーを突きつけられない弱みがある。沖縄県民の苦悩を日本人は共有すべきである。しかし、沖縄の苦悩が解ると言いながら、自分の街に基地ができることを絶対許さないというのはどういうことか？

電車の中で緊急出産、母子ともに健在とのこと。よくやったという思い。妊婦の隣にたまたま座っていたのが、五人の子供の出産経験があるお母さん。若いときに看護助手を勤めたこともあるらしい。自分の子供が退院するのを迎えに行くために大きなバスタオルを用意していたのも僥倖だった。何はともあれ、よかった。ラッキーだった。
麻雀の代打ちの日、最初の二局目にリーチをかけていて、清一色ドラ3の倍満に振り込む。倍満はこたえる。必死に猛追を試みるも、及ばず三位。

二十日（土）晴
今日は横浜。出版企画の件で、著者のI氏と出版社を引き合わせる仕事。十時四十一分発、踊り子二号に乗車。踊り子号、五分遅延で横浜。待ち合わせの場所に着くと、私の紹介を待たず、I氏と出版社社長話し中。社長が声をかけたとか。喫茶店の後、昼食で談笑。中華料理。著者と出版社、スケジュールの調整など、基本合意。

帰途、新横浜に出て新幹線で熱海。自宅着は七時五十分。

新幹線の自由席混んでいて、新横浜から小田原まで立ち乗り。新幹線で座れなかったのは初めての経験。

二十一日（日）晴

午前中、講演の草案づくり。


小室哲哉の不倫釈明会見のニュース。文春砲を被弾して、相手とのツーショットが公開された。当事者のだれもが否定するように、もちろん彼もその事実はなかったと弁明。常識では考えられないが、文春も寝室の中まで、さらには、ベッドの中までは撮影できないのだから、どんな釈明も許されるわけだ（大笑い）。某革新女性政治家も信じられない釈明をして、ついに選挙で再選した。有権者を馬鹿にした話だが、その有権者が再び彼女を当選させたのだから滑稽。

ただ、小室は世間を騒がせたお詫びに引退すると宣言。引退の理由の一つに才能が枯渇したこともあげている。小生、小室の引退の理由に納得。小生のように才能がないのに恋々として仕事にしがみついて、生涯現役などとイキがっている者より小室の態度は立派である。

二十二日（月）曇のち雨　夕刻より雪

昨日に引き続いて、午前中は講演の草案づくり。

午後は老人ホームのカラオケ同好会。今日は欠席者が多いが、八人は参加。

私のうたった歌。『白い花の咲く頃』『柿木坂の家』『別れの一本杉』『夜霧よ今夜もありがとう』『幸せさがして』。いずれも演歌。演歌は心にしみる。（笑い）

五時過ぎに帰宅。

夜、ホーム内の温泉に向かうも、みぞれ。うっすらと雪が積もっている。東京の娘より電話。東京は雪積もっているよし。

二十三日（火）晴

昨夜の氷雨が信じられないような快晴。

ホームのサービスシステム、受診便（十時発）で小西医院（皮膚科）。足の皮膚炎。老人になると、得体のしれない体の不調に悩まされる。これも終末へのシグナルの一つかもしれない。駅前でパンを買って十二時半帰宅。

メールボックスを覗く。高校の先輩、森さんの訃報を知らせるはがきあり。先輩の佐野さんからのはがきだった。小生、高校二年で上京、転校した高校で森さんと出会う。

森さんは人生に意欲的な人だった。行年八十四歳。冥福を祈る。

小生の身近な人は多くは八十代の半ばで没している。我、八十二歳なり、他人事にあらず。

二十四日（水）晴

昨日の大ニュース。草津白根山大噴火。雪上訓練中の自衛隊員一人死亡。二人重体、二人重症とのこと。一般のスキー客も二十人ほどが重軽傷を負っている。

火山の研究家で、東工大の教授が、「水蒸気爆発の予測は難しい」と無念のコメント。白根町長「あの場所が噴火するとは1％も予測していなかった」と語っている。

自然の威力と恐ろしさを今更ながら痛感。

死後離婚についてテレビが報じていた。死後離婚とは配偶者の親、すなわち義理の母親や父親と縁を切ることだという。舅、姑と縁を切るということは、義理の兄弟姉妹とも縁を切るというわけだ。最終的に配偶者が死んでしまえば、それに連なる一族は赤の他人ということか。まあ、人間関係というのはそういうものなのだろう。問題は舅、姑は孫にとっては血族で、子供が祖父母に懐いていた場合、子供と祖父母を切り離してしまうということになる。一つの悲劇だ。死後離婚もそう単純なものではなさそうだ。

しかし、実の娘も嫁に出したり、息子に嫁が来て独立すると、ある種の垣根のようなものができる。しょせん、人間とは独りなのかもしれない。それにしても、夫婦という絆の不思議。他人同士が家族になり、別れれば他人。死んでも他人。


拙著『高齢者の愛と性』10部、出版社より届く。


買い物に出る。歯磨き、ガーゼ。

郵便局で書籍発送用のスマートレター、30部購入。一部、180円なり。

午後三時半、句友、星野忠氏と会う。拙著一部謹呈。

割烹『二本松』で酒。店、特別に四時に開けてもらう。今朝上がったという伊豆近海の魚美味なり。鰺、ひらめ、かつお特にうまし。星野氏、伊豆に住んで三十年、今日の寒さは初めての経験という。帰宅六時半。

二十五日（木）晴
展望社の編集部デスクIくんより電話。N研究会の全三巻の奥付のレイアウトを見てほしいとの依頼。
今日はホーム内の麻雀同好会。小生ダントツのトップ。六万点のプラス。二人箱テン。

二十六日（金）晴

午前十時、ホーム施設の介護保険の担当職員Yさん来宅、妻の介助の契約を交わす。妻は昨年十一月より入浴介助を受けていた。介護保険の適用を認可する相模原市より要支援一の認定を受ける。それにしたがってホーム側と契約を交わすわけである。この際、先を見越して、何通もの書類に妻はサインと押印を求められる。小さな約束ごとまで、きちんと書類を残す『ゆうゆうの里』はさすがに老舗の老人ホームである。これで妻は、介護五の段階まで書類を作る必要はない。契約は『特定施設入居者＝生活介護等利用契約書』と名づけられている。

午前十一時頃、拙著新刊、四十冊、出版社より届く。

インフルエンザの患者数、史上最高との報道。

大物政治家、野中広務氏死去。享年92歳。テレビレポーター梨元勝氏の葬儀で待合室の同じテーブルに向かい合う。二言三言、会話を交わした記憶あり。

振り袖詐欺、成人式を迎えた全国の数多《あまた》のレディを泣かせた『はれのひ』の社長、姿現す。晴の日ならぬ被害者の怨念を背負っての暗天の記者会見。

二十七日（土）晴
今朝九時よりホーム内のアスレチックジム。小生、東京出張と来客のため二週連続不参加。三週間めのジム。体を動かすことは疲れるが快感でもある。

アスレチックの仲間、Nさん、N谷女史、K本女史に拙著謹呈。

事務管理課のW主任、講演聴衆者募集の広告のゲラ持参。小生の過分な扱いに恐縮。照れつつも大いに満足。広告は二月下旬の朝日新聞とのこと。

夕刻、句友星野さんの友人で八王子の病院長、伊豆高原の別荘に来る。星野さんより夕食の誘い。病院長と三度めの会見。暮れにご馳走になる。拙著謹呈のために馳せ参じる。五時半より二時間。歓談。七時半帰宅。またご馳走になる。

ニュース、大相撲、栃ノ心優勝、外国人力士なり。横綱鶴竜不甲斐なし。四連敗。

就寝　九時。早い。

二十八日（日）曇

講演予告チラシのラフデザインを見る。プロに依頼する必要なしとW主任に伝える。

夜、娘より電話。

妻の要支援1の認定により、施設から定期的に家族に報告書が送られるよし。書類が届いても驚かないように娘に伝える。さすがに老舗のホーム配慮が行き届いている。

二十九日（月）曇のち晴

暮れにお歳暮をいただきながらお礼の便りを書かなかった、郷里の同級生Y田くんと茨城のYH女史に拙著を送る。手紙に来年の二月に刊行される拙著の予定についても記す。不義理の理由は、一月に刊行された拙著の締切りのためだったことをくどくどと弁明する。「飲む時間があるのに、手紙を書く時間がないのはおかしい」と妻の素朴な疑問に一言もないが、時間はあっても手紙を書く心のゆとりがないこともある。

妻の入浴介助の日だ。月水土、週三回が介助入浴の日である。

妻は風呂で三度ほど溺れそうになり、要支援の申請をして、『要支援1』の認可を受ける。ホームの見守りの第一歩を踏み出した。

三十日（火）雨のち晴

火曜日はホームのサービスシステム、受診便運行の日である。朝一番（午前八時半）の便で小西医院（皮膚科）に向かう。小生、得体のしれない皮膚炎に悩まされる。左足の下肢が糜爛《びらん》しているのだ。老齢になると免疫力が低下して、あらゆる病気が治りにくい。特に皮膚病は治りにくい気がする。帰りの迎えの車、道が混んでいて、四十分近く遅れる。一月の五・十日は、生産社会にとっては何かと多忙なのかもしれない。

午後二時より、五号棟の新入居者と茶話会。入居者は小宮さん。入居後何日間か経過して、小生とは既に顔なじみで挨拶は交わしていた。

自己紹介によれば理系の人で、いろいろな工作を楽しんでいる。万華鏡、電子オルゴール、太陽電池で回る風車など、作品の披露もあった。小宮さんは、楽しみの多い人らしい。コレクターの性癖もあるらしくて、小石やどんぐりを集めたりしている。自然に囲まれた伊豆高原の老人ホームは小宮さんに適していると思う。いろいろと新発見もあるだろう。小生と約一回りの年齢差。若さが羨ましい。好ましき人柄なり。

入居に際して小生の拙著も参考になさったよし。

早くも一月も終わる。

三十一日（水）曇

夜に月蝕の観測をホームのウッドデッキで行うとのアナウンスがあり、風呂あがりのパジャマの上に作務衣、オーバーを着こんでウッドデッキに上がってみる。

天気予報では雲が多く観測が不可能といわれていたが、夜になると満天の星と月がくっきりと輝いている。今回の月蝕は三年に一回めに当たる月蝕とか。観測地点として伊豆半島も最適地のようだ。

ウッドデッキには、観測用の望遠鏡が据えつけられ、職員のTさんとK女史が待機している。数人の入居者がすでに集まっていた。Kさんは甘酒を沸かして配る。小生は「酒は販売していないのか？」と大真面目に訊く。「今度上司に訊いておきます」と半ば冗談でこたえる。

九時過ぎ、予告どおり月が欠け始める。

俳句の仲間で俳人のN女史に「月蝕の俳句は難しいね」と小生。女史もうなずく。

完全に月が欠けるまでは待てず中途で部屋に引き上げる。

就寝前に一句。《凍星《いてぼし》に囲まれ月の欠けてゆく》ああ、駄句なり。

二月

一日（木）曇ときどき小雨

ホームに税理士来る。小生十時半の予約。源泉票の届かないものあり。後日、改めて事務所に訪問することにする。妻の手続きだけ依頼する。書類不備あり。年金の源泉票紛失か？今まで、税務署に出向いて自分で申告していたが、今年から、税理士に依頼することにする。税理士はホーム出入りの人なり。


十一時、ゆうゆうの里診療所。毎月の薬の処方。

気象予報によれば、夜半から明日にかけ伊豆半島も雪の可能性とか。

午後は麻雀同好会。先週は大勝（一位）。今週は大敗（四位）。上下のブレ激しい。

札幌市の生活困窮者向けの共同住宅、身寄りのない高齢者や生活保護受給者、障害者が相寄るアパートの大火。十一人が死亡というニュース。悲惨、凄惨。

ＮＨＫ九時四十分のニュースで東京二十三区雪。小雪の舞い散る風景。関東甲信も明日は雪とのこと。伊豆半島も雪か？

二日（金）雨

朝、目覚めと同時に戸外を確認す。雪ではなく雨。よかった。

小生、北国生まれなのに寒さに弱い。寒さのみならず暑さもだめ。厳しいことはすべてだめ。人間的に意気地なしと反省。加齢とともに弱さきわまる。自己嫌悪。

午前十一時、診療所に薬受取に行く。川口医師に拙著謹呈。

事務管理課に講演会案内のチラシを受取に行く。拙著謹呈。

帰途、田口さん宅に立ち寄り拙著謹呈。

相撲協会の理事選挙で貴乃花親方落選。貴乃花部屋の阿武松《おおのまつ》親方は当選。貴乃花は破れることを覚悟の上の立候補。もし、自分の真意に賛同するものは、各部屋一門に造反しても一票を投じてくれることを期待しての捨て身の立候補だったのかもしれない。貴乃花一門から阿武松親方の当選確実を見越しての貴乃花の無言のアピールの立候補だったのだろう。日馬富士暴行事件で協会への対立姿勢がやはり多くの親方に支持されなかったのだろう。しかし、一門の阿武松親方理事を前面に立てて協会刷新のために貴乃花は戦うに違いない。次期理事選まで忍耐の雌伏に意味あり。

インフルエンザ史上最高の流行とか。A型、B型同時に猛威をふるいA後Bで感染する人もいるという。

青森の海岸に大量のイワシが打ち上げられた。海流に乗ったイワシが何らかのアクシデントで青森に漂流し、寒さのために息絶え、岸に打ち上げられたのだろうとのこと。海岸近くの住民、バケツ持参で、イワシをゲット。夕餉の食卓はイワシ尽くし。

部屋の中で鍵を紛失す。大量の荷物の中に落とした鍵、発見は困難。再発注しよう。

三日（土）晴

今日はアスレチックジム。N氏、急用で男性は小生一人。

売店に一週間分の食事の申込書を持参。

売店で甘酒の販売。豆まき用の小袋の豆をもらう。昔、豆まきをした記憶よみがえる。老人ホームに入居以来豆まきは無縁。年寄りの里には鬼も来ないであろう。

鍵の発注は事務管理課、二、三週間のよし。しばらく妻の鍵だけでやりくり。

二時より節分コンサート。弦楽カルテット。楽士は初々しいお嬢さん方。コンサートが終わって三時十分の里バスで買い物。バナナ、酒、パンなど買う。里の夕食、節分献立で恵方巻など出る。食べ切れないので持ち帰る。

四日（日）晴

朝、七時半からフジ『新報道２００１』、八時からＴＢＳ『サンデーモーニング』。『新報道２００１』でビットコイン流失の分析、解説、事件の背景について報道。そもそも小生、仮想通貨なる概念がわからないのだから興味半減。ただ、四百億も五百億もあっという間に流失してしまうという話が、まるで仮想の話のように思えてくる。流失してしまった取り次ぎセンターの社長が四百億程度の弁償に応ずる用意があると記者会見でコメント。その会社、そんなに儲けていたのかと二度びっくり。まるで、仮想の話のようで、現実感がまるで湧かない。

今日は食堂に出向かないので、終日、原稿執筆。

夜、娘より電話。

五日（月）晴

今日はカラオケ同好会。ホールに一時集合。少し遅れる。みんな勢揃いするも、女性の欠席者多し。O女史もK女史も腰痛なり。老人ホームの同好会ならば、体調に左右されるのも道理。

小生、『お月さん今晩わ』を皮切りにド演歌ばかり、六曲。カラオケ仲間に拙著謹呈。スナックママより、ひとあし早いバレンタインチョコをもらう。五時帰宅。

今日の四時頃、佐賀県神崎市千代田町に陸上自衛隊の攻撃用ヘリコプターが民家に墜落。のニュース。隊員一人死亡、小学五年生の女児軽傷とのこと。隣接する民家を類焼。

六日（火）晴

今日は受診便の日なり。小西医院に八時半出発。多少回復の兆し。以後、二週間に一度の診察でＯＫ。

朝日新聞販売店の折り込みタブロイド『定年時代』に小生の講演の予告記事が掲載される。反響多し。音信の途絶えていた人より連絡をもらう。知人三人より連絡あり。講演の申し込みも多数あるとのこと。驚いた。定員八十人を百六十人に拡大したよし。

株価急落のニュース。適温経済に変化の兆しと評論家。小生も株を多少持っているが、慌てるほどのこともない。老齢の身には、蚊帳の外ならぬ、株の外。

秋篠宮の長女眞子さまと小室圭さんのご結婚延期のニュース。

小室さんのお母さんに、元恋人との間に金銭トラブルありと週刊誌報道。宮内庁はそれが原因でないと釈明しているが、それ以外の理由は考えられない。小室さんの結婚とお母さんのトラブルは関係はないというのは、たてまえの正論だが、皇室ともなるとそうもゆくまい。今後の成り行きが心配。お二人に幸あれ。

講演の広告のゲラをチェックする。読売新聞半五段。

七日（水）晴

平昌オリンピックに北朝鮮の美女応援団韓国入り。なるほど、よくもまあこれだけの美女を揃えたものだ。総勢二百八十人とのこと。三池淵（サムジヨン）管弦楽団の百四十人も美女なり。核爆弾を開発する恐ろしい国にそぐわない美女ぞろい。平和に似合うのは美女なり。

台湾の花蓮県でマグニチュード6・5の地震。被害大。六人死亡のニュース、日本人も巻き込まれたらしい。

天気晴朗なれど風冷たし。

講演メモの作成終了。聴衆に渡す資料なり。黒板に書いたり映像を使う必要のない講演である。

八日（木）晴

午前十一時半、聴衆に渡す講演資料を事務管理課のW主任に届ける。

台湾の災害大変な惨事になっているとの報道。六十人以上と音信が不通だという。

今日は麻雀同好会。小生断然トップ。前回のダンペコから浮上。上下のブレが大きすぎる。上手と言えない。

平昌五輪、今夜からスキーのジャンプスタート。

九日（金）晴

保険会社のS女史来宅。娘の保険の件。

今日は『やんも句会』。午後一時、八幡野コミュニティセンターへ。

《凍星《いてぼし》に囲まれ星の欠けてゆき》　国春

小生のこの一句に二人が特選句。駄句と思っていたがやはり嬉しい。この間の月蝕観測が無駄にならず。

小生の他の投句、《梅の香に恋の予感の香りけり》一票も入らず。やはり駄句なりしか。

句会の後、句友、星野氏とそば屋にて一献。店主盛んに吹聴する自慢のうどんを食す。店主の自慢もっともなり、なるほど美味なり。京都仕込みの手打ちとか。

妻に天丼のテイクアウト。天丼の美味なることで知られる店なり。

平昌五輪、開会式の盛大なるセレモニー。テレビで実況を観る。ハイテクを駆使した見応えある画像である。炎と光と花火を組み合わせ、過去と未来を暗示したドラマチックな構成。これでもかこれでもかという演出に少したじろぐ。しかし、日本も油断していると、韓国の奇抜斬新なアイデアに遅れをとるという危惧を感じる。

聖火リレー、聖火台に炎を運ぶランナーは二人、北と南のアイスホッケーの選手である。手に手を取って北と南の選手二人が平和の火を運ぶというアイデアは抜群なれど、その陰で北鮮が核爆弾の開発に拍車をかけていると思うと、少し白ける。最終ランナーにフィギュアスケートのキム・ヨナ選手を起用したのはよいアイデア。

過去最高の参加国。平和の祭典、成功を祈る。東京オリンピックまで小生、生きていられるだろうか？　このテレビ鑑賞、我が生涯の最後かもしれない。

十日（土）晴

今日はアスレチックジムの日。参加者全員揃う。九時から十時半までのジム。帰ってきて着替えたりしていると、あっという間に昼食時になる。午前、ほとんど仕事ができない。

メールボックスに、M先輩の奥様より訃報のはがきが届く。M兄の急逝については、すでに佐野先輩より報せがあり。

『晩年は仏教を拠り所にして日々を送っていた』という奥様の言葉にうなずくところあり。『夫は私たち家族に多くの知恵を残してくれました。』との一行にM先輩の終末がしのばれる。『八十四歳の人生の晩秋を心穏やかに過ごした』と手紙は結ばれている。

小生、高校二年のとき、M先輩の自宅を訪ね、その本棚にあった太宰治の一冊を借りたのが太宰に傾倒する引き金となった。そういう意味では因縁浅からぬ先輩である。M兄は岩波より、何冊かの著書を刊行した物書きの先輩でもある。小生のような通俗的雑文作家と違い、真面目高潔なる著述者であった。

小生の昵懇《じっこん》としていた人、八十半ばで逝く人多し。世話になった出版社社長の宮地さん八十四歳、親しかった物書きの友人兜玉氏八十四歳、我も後二年で八十四歳なり。

小生の講演会のチラシ、八木さんご夫妻、林田女史、松本社長、娘に発送。

オリンピック、日本勢にメダルのニュースなし。

十一日（日）晴　建国記念日

午前、仕事の打合せの連絡。二十三日（金）上京の予定を組む。

仕事の若い仲間、三人に連絡。三名とも万障繰り合わせるよし。ありがたし。

夜、ＮＨＫの大河ドラマ『西郷どん』。

風邪ぎみ、売薬飲む。早めに就寝。

十二日（月）晴

日曜祭日の振替休日。

午前業務のスケジュール表作成。

東京より来客あり。Ｎ研究会との業務契約で会長、東京よりご来駕。

昼食はレストレン『花吹雪』。車で来た客人、行楽の車の混雑に巻き込まれたという。

小生、つまずいて転倒。ひざをすりむく。出血あり。無様なり。自己嫌悪。顕著なる老いの兆候、よろけ、転ぶこと多くなった。

仕事の話は順調に進展するも、老いの自覚深し。引退の予感、頭を駆け巡る。

二時過ぎ帰宅。妻、介助入浴で不在。妻二時半頃に戻る。

不在中に里の事務管理課に外線電話あり。大学時代の友人越川くんが『定年時代』(朝日)に掲載された小生の講演予告の記事を見て連絡したとのこと。越川くんによって音信不通の旧友たちの消息と訃報を知る。小生の記事が『定年時代』に掲載されてから、旧知の知人数人から電話あり、『定年時代』、年配の人に広く読まれている実感あり。

オリンピック、高木美帆、スピードスケート1500メートルで銀メダル、やっと三日めの銀、何はともあれ、めでたし、めでたし。

日本勢最初のメダルは男子モーグルの銅メダル、原大智選手。

十三日(火)晴　風強し

朝のテレビで原大智選手のインタビューを観る。ハンサムの好青年なり。

午前十一時、ホームへの出張販売でパリミキに補聴器新調のため、検査に向かう。

十日前、左耳の補聴器紛失。自宅内の紛失だが、物品あふれていて発見不能。約十年間使用に耐えたもので、この際新調を決意する。

補聴器の価格、老もう作家、小生の二カ月分の原稿料に相当する。高価なり。

十年前より品質は向上している。残りの我が寿命を考えると、これが一生物か。

納品は今月、二十二日、東京出張の前日なり。


妻、午後二時の里バスで、伊東市在住のスポーツトレーナーのところに出かける。股関節の手術後、初めての訪問。一人の外出に不安があったが、出かける気力のあることは歓迎する。無事に帰宅。安堵。

妻の外出中に講演のリハーサル試みる。やや時間オーバーの気味。調整必要なり。

十四日（水）晴

バレンタインのチョコレート、娘より届く。

現役時代、酒場のはしごや取引先の女子社員より義理チョコ多数集まった記憶あり。今はカラオケスナックのママ、他に里の住人N女史より拙著謹呈の返礼、保険のセールスウーマン、娘、妻の計五個なり。八十二歳にはバレンタインデーは似合わざるなり。

午後三時二十分の里バスで買い物。伊豆高原駅で降りて二十三日出張の切符を買う。その足でスーパー『ナガヤ』へ。バナナ、いちご、ウイスキーなど購入。里バスの乗客が少ない。散歩の会に多数出席したためではないかと運転手氏の見解。『ナガヤ』発四時十二分で帰宅。

今日、朝日新聞に小生の講演予告の広告が掲載される。反響大とのこと。会場の椅子並び替えて、定員八十名から百五十名に変更とのこと。

無名雑文作家である小生の文芸講演なら、聴衆は関係者のみで、数名であろうが、老人ホーム入居のあれこれの話ということで申し込みが殺到とは愉快なり。このことを講演の枕に使おう。笑いが取れるかもしれない。何はともあれ、主催者は胸をなでおろしているに違いない。申し込み殺到は結構なことだ。

平昌五輪、今日は日本勢四つのメダルが取れた。スピードスケートの1000メートル女子で、小平奈緒の銀、高木美帆の銅のアベック入賞は嬉しい。他にスノーボードの平野歩夢の銀、ノルデック複合で渡辺暁斗の銀。無責任発言なれど、日本選手団にもそろそろ金の色がほしい。

夜半より風強し。

十五日（木）晴

午前、保険のセールスウーマン来宅。契約を交わす。

読売に講演予告の半五段広告掲載。反響多し。すでに百名以上の申込者がいるという。

午後、麻雀の日なり。小生、三千点差で二位。

夜、女子のカーリングなる競技を観戦する。円の中心にどれだけストーンを近づけるかで争うゲームで、その駆け引きが面白い。日本勢は強い。これからのゲーム展開が楽しみ。

十六日（金）晴

補聴器代金の支払いのため、ホームに毎週、水、金だけ出張してくるスルガ銀行に引き出し依頼。来週水曜日に持参してもらう。

午後、S氏の代打ちで連日の麻雀。老人ホームなればこその時間の無駄遣い。昨日はそこそこの成績なのに今日は、一転無残な敗者。ツキに見放され奈落。篏チャン、辺チャンに親の三面チャンが破れるのだから処置なし。句友のN女史トップ。

羽生結弦、ショートプログラムで一位。宇野昌磨三位。メダルの期待大なり。金を取ってもらいたい。夜、男子のカーリングを観る。スイスに惜敗。小生すっかりカーリングのファンに。

十七日（土）晴

今日はアスレチックジムの日なり。

土曜の朝組メンバー四人全員揃う。N女史、K女史、トレーナーAさん、女性三人爆笑。和気あいあいの一時間半。

午後、羽生結弦に金、宇野昌磨に銀のニュースなり。ついにやった！　日本待望の金なれど、ただ一つとは淋しい。

夕刻から夜にかけ、女子カーリングを観戦。中国に惜敗するも、ロシアに勝つ。日本は一敗で現在二位。

十八日（日）晴

今朝のニュースで知る。昨日、将棋の中学生棋士の藤井聡太さん、朝日杯将棋オープン戦で永世七冠の羽生善治竜王を破り、決勝で広瀬章人八段を破って優勝し、六段に昇格。史上最年少の公式戦優勝記録を塗り替えた。藤井さん十五歳六カ月とのこと。今までの記録保持者は加藤一二三九段の十五歳十カ月だという。羽生さんデビューのときに天才現わると舌を巻いたが、その羽生さんを破った藤井さん、大天才なり。喝采。

今から六十七年前、十五歳の小生、何をしていたか？　愚にもつかない子供の遊びにうつつを抜かしていた。八十二歳の小生、いまだに愚にもつかない駄文を弄して生き恥をさらしているが、藤井さんの行く末や楽し、恐ろし。

午前、ホームの俳句会の投句の整理。メンバーのT氏、脱会の申し出あり。句作の難しさに悲鳴をあげてのことだ。難しいからボケ防止になるのだと説得したがダメ。残念。

夜、娘より電話。

十九日（月）晴

午前、娘に拙著を送る。老人ホームの拙著を読みたいという人、同僚にいるとのこと。読者が増えるのは、無名通俗作家には嬉しきことなり。

第三月曜、ホームのカラオケ同好会の日なり。新人O氏初参加。

『カスバの女』『港の見える丘』、小生。この二曲は名曲なり。

低俗なプライドを傷つけられ、小生、酔いにまかせて仲間のH氏に怒る。恥ずかしき振る舞いを反省。「決して怒らず。いつも静かに笑っている」の小生の人生論、いささか空論なり、H氏にお詫びしよう。八十二歳、まだ未熟。自己嫌悪しきり。

夜、やはりカーリングを観る。女子、強豪スウェーデンに競り勝ち、決勝へ。

二十日（火）晴

受診便で小西医院（皮膚科）へ二週間目の受診。

薬をもらう。快方につき、薬が切れたときに来るようにとのこと。十時半迎えの車で帰る。

昼、食堂で、昨日のいさかいをH氏に謝罪。H氏も酔っていて記憶定かならず。それでよし。

午後ゆうゆう句会。

拙句二句。

《銀の柄のペーパーナイフ冴え返る》特選二つもらう。《荒れ庭に落ちて灯となる椿かな》

久しぶりに満足の一句なるも、二人の選句あったのみ。まあいいか。

句会の後、小生の講演の話をきっかけに、老人ホームの暮らしについての雑談に花が咲く。

夜のテレビ。久しぶりに『こんなところに日本人』を観る。

毎回、感心するのだが、人間至る所に青山ありというものの、日本で生まれて地球の裏側何千キロの彼方に住む我が同胞と思えばそれなりの興味も湧く。特に、恵まれない人たちに献身的な奉仕をするために未開の奥地で活躍する日本人には頭が下がる。この人たちの人間性の純粋さに感動するが、愛の心の他に、本人に備わった冒険心もエネルギーになっている気がする。

二十一日（水）曇

午前、ホームに出張してくるスルガ銀行より補聴器代金を受け取る。

午後、講演の原稿に目を通す。経験上、この原稿だと時間オーバーの予感。実際に声に出して話してみる必要がありそうだ。気が重い。

夜、女子のカーリングを観る。スイスとの一戦である。準決勝に進んだとばかり思っていたが、この一戦に勝たなければ決まらないという。破れる。残念なり。男子も今日、敗退して姿を消した。女子は、後はアメリカが破れることが準決勝進出の条件という。

スピードスケートのパシュートなる団体競技で高木美帆ひきいる日本勢がオランダを破って金メダル。これで日本のメダル数、今日現在で十一個。冬期オリンピックでは長野の十個を一つ上回ったよし。この後の競技も楽しみなり。三人の息の合った滑走、美しい。決勝の相手は、スケートの強豪国オランダ。個々の選手の技術は日本を上回っている。チームワークの勝利というべきなり。

二十二日（木）曇

朝の新聞を開いて驚いた。現代俳句の巨匠、金子兜太さんが亡くなった。ご高齢でのご活躍を喜んでいたのに残念。行年九十八歳なり。現代俳句の俳人と呼ばれていたが、しっかりとした伝統俳句の土壌の上に新しい感覚の俳句を育てたということだ。

小生の記憶に残りし俳句。『人体冷えて東北白い花盛り』

このようにして、昭和が過ぎて行く。

《昭和の巨星落ちて二月の空暗き》即興の一句なり。駄句なれど哀悼の一句なり。

金子さんの記事の下に俳優の大杉漣氏の死亡記事。私の好きな俳優の一人だった。死因は心不全。六十六歳とのこと。若すぎる死は辛い。

午前十一時、介護保険担当の山田女史来宅。妻の要支援一の契約書の控えを持参。

麻雀同好会の日なり。先週のひどい成績を今週も引きずる。マイナス一万三千点の三位。

二十三日（金）

今日は東京出張の日である。十時四十二分発、スーパービュー踊り子二号。

午前九時、パリミキの佐瀬くん補聴器を持って来宅。高額な商品なれど老人の必需品なり。補聴器の嫌いな人もいる。不自由がなければ各人の勝手だが、テレビの音の高きを妻になじられる。妻の父親は相当な難聴であったが、妻の耳は地獄耳である。

佐瀬くんに伊豆高原駅まで送ってもらう。踊り子号は座席指定なので座席の確保は心配がない。

東京駅着、十二時四十二分。定刻である。

ホテルは新宿西口駅前のイビス。一時四十分チェックイン。

待ち合わせ場所は西口駅前の甘味喫茶『時屋』。三人の若い仕事仲間すでに喫茶店に来ていた。若いといっても編集者兼デザイナーのIくん以外は六十代のライターである。打合せは順調。夕刻、出版社（展望社）の唐澤社長合流。

スタッフの接待。駅前の大衆酒場。議論大いに盛り上がる。九時半ホテルへ戻る。

二十四日（土）晴

新宿のホテルで目覚める。展望社唐澤社長に電話。私と同年齢なのに、無事に帰宅とのこと。酒豪なり。午前十時半にチェックアウト。

ホテルのロビー混雑。土曜日のせいかもしれない。東京駅も混雑をきわめていた。

数年前の自分だったら、会わなければならない仕事の関係者や、会って言葉を交わしたい人は何人もいた。上京は一泊では足りなかった。今はその元気がない。早く自宅へ帰って旅装を解きたいと考える。八十二歳の人間はやはり、人生の終わりを生きる老人なのだ。

新幹線も混んでいた。早く東京駅に着いていたので熱海までの自由席は座れた。熱海からの伊東線の電車は満杯で宇佐美駅まで立ち乗車。所々、四人掛けに空席があるが、旅行客の荷物がいっぱいに積んであり、荷物をどかしてもらうのはこちらが気が引ける。宇佐美まで約二十分近く立ったまま。伊豆半島、これからは行楽シーズンに入る。土日は混雑が予想される。

伊豆高原のそば屋で遅い昼食。生ビールに銘酒菊源氏。スタミナそば、納豆、とろろ、おくら、卵黄、海草などの絶妙なコンビネーション。すべて食べ尽くす。八十二歳の老人らしからぬ食べっぷり、メタボ解消は無理。

夜、大浴場の温泉につかる。帰ってきた安堵つのる。

テレビ観戦。カーリング日本女子、三位決定戦でイギリスを破り、銅メダル。予選で負けた相手に勝つ。もっとも、予選で勝った韓国に準決勝で負けた。カーリングはちょっとしたミスで勝敗が決まる。

二十五日（日）晴

やはり自分のベッドの寝覚めは疲れが取れる。昨日、熱海で買ってきた駅弁の朝食。

午前中は出張の伝票整理と、書類の整理。二日分の日記を書く。

午後、一時間昼寝。以後原稿執筆。

N研究会の会長と会談を予定しているホテルの所在地のFAX入る。箱根の温泉旅館である。午後一時迎えの車、ホームの門前に来るとのこと。雪なら延期とのこと。

夜、オリンピックの閉会式。韓国のハイテクを縦横に駆使した演出は心にくい。しかし、八十二歳の小生には、これでもかこれでもかの、次々に繰り広げられる意外性に富んだ光の競演にいささかたじろぐ思いあり。

日本、東京オリンピックで韓国のアイデアに遅れを取るのではないかという懸念あり。小生、日本で開催される東京オリンピックまで生き長らえるか？

夜、娘より電話入る。小生の講演を聞きに来るらしい。孝行娘なりしか？　それとも、講演の場所が住まいにも会社にも近いゆえの半ば冷やかしか？　それとも自分もやがて老人ホームに入るであろう日のための知識吸収のためか？　娘が来ると、話しにくい話題もある。

二十六日（月）曇のち晴

今日はN研究会会長との箱根会談。研究会発展のために遠慮せず言いたいことを言う覚悟で出かける。そのことで不興を買うようなら、仕事を辞退してもいい。研究会の私の仕事の後継者として若い仕事仲間のSくんを考えている。

迎えはゆうゆうの里の門に午後一時の約束。五十分に行くとすでに迎えの車は来ている。強羅の老舗旅館が会談の場所。三時に到着。チェックイン。

豪華な部屋に案内される。食事までの間、会談。各種相談を受ける。組織のトップには悩み多し。夕食、豪華なメニューで、酒二合、焼酎のお湯割二杯。十時就寝。

二十七日（火）晴

箱根にて目覚める。朝食の品数多し。満腹。

朝食後、約一時間の会談。

十時半、チェックアウト。道路予想外の混雑。理由は不明。桜目当てにしては少し時期が早いと思うのだが……。（妻いわく、すでに桜満開の場所のあるよし）

一時半、自宅に帰着。

八十二歳の遠出は疲れる。これでは、とても外国旅行は無理だ。一時間昼寝。

テレビ、メダリストの讃歌ばかり。カーリング娘の故郷への凱旋感激的なり。

夜、大浴場の温泉につかりながら、老人ホームにすっかりなじんでしまった自分を感じる。帰宅し、温泉につかるとほっとする。

二、三年前までは東京に出張の折り、新宿辺りを通ると、放蕩時代の飲み歩いた記憶よみがえり、胸を締めつけられるような懐かしさを感じたものだが、今はただ、伊豆高原のホームに早く戻って体を休めたいと考える。老境、老体きわまるということか。

二十八日（水）晴

二月の終わりの日、月日の流れの早さを実感する。

カーリング娘の出身地、北海道北見市へのふるさと納税、一週間で一千万円をこえたという。人間の心の流れ、単純にして明快。調子のいい人に乾杯。乗りやすい人大歓迎。

午前、ホーム出張のスルガ銀行に振込依頼。アシスタントのT女史に着手金を送金。講演の原稿に目を通す。

東京出張と一日おいての箱根出張の連続遠出。さほどの自覚症状はないが、実際には疲れているのかもしれない。ソファでの居眠り多し。自己嫌悪。

それでも、大浴場から帰って、酒を飲みながら、ぐずぐずと未練げにそちこちにテレビを切り替えて観ているうちに十一時近くになる。就寝。

三月

一日（木）曇のち晴　終日風強し

朝起きてみると、昨夜来の風でベランダの物置が倒れる。風止むまで、処置なし。

九時半、事務管理課に講演内容の確認に出向く。施設長、W主任と会談。現在の講演会受容人数、百九十人とのこと。以後は連日断っているという。小生の仕事仲間二人も出席不可能になる。老人ホーム入居にはまだ間がある二人である。許したまえ。

それにしても、連日の申し込み、すごい。妻はしきりに首をかしげる。「あなたのような無名作家の講演を聞きたいなんて不思議だわ」と嘲笑を浮かべる。「小生の著書、老人ホームシリーズの威力だよ」と主張してみても、妻は信じていない。しかし、それ以外に考えられない。老人ホームの話なら、誰が講師でも、集客力はあるのだろう。

打合せ、ほぼ小生の目論見どおりの講演でＯＫとのこと。

打合せの後、毎月の薬の処方をしてもらうため診療所に。事務管理課の前の通路をはさんで向かい側が診療所。特別検診を受ける。血液検査、心電図、胸部レントゲン、尿検査である。心電図、レントゲンともに異状なし。血液検査と尿検査の結果は後日。

午後は恒例の麻雀同好会。ここ、一カ月、小生、ツキに見放されている。ひどい。小生、親のとき役満貫の四暗刻をつもられる。それから後もひどい。マイナス七万五千点のイチコロ。嗚呼。役満の人、常連のSK氏。

麻雀から帰ると、ワープロの中古品が届いていた。現在、私の使っているパナソニックのワープロ二台。去年一台が故障したとき、不便と不安を感じた。何とか一台手に入れたので現在のところ、仕事に支障はない。そのときいろいろな業者に声をかけた。

その中の一つの業者より、求めていた品物が見つかったとの連絡を受けた。すでに購入したワープロで一応支障はないのだが、即座に購入を承諾した。ワープロは壊れたときはほとんど再生不能。メーカーは生産を中止していて部品の調達は無理。手に入るときに手に入れておかないと、ワープロは二度と手に入らないかもしれない。そう思って購入を決断した。高価な買い物だが、自分の判断に間違いがなかったかどうか、先のことはわからない。現状のままでよかったかもしれない？　一台は余分になるかもしれない？。明日、届いたワープロを使ってみよう。

二日（金）晴

強風の一夜が明ける。快晴なり。ベランダの物置が風で倒れる。立て直して掃除。

新着の中古ワープロ、試運転ＯＫ。届いたワープロを使うことにしよう。二十年働き続けているワープロをしばし、休ませることにする。

今日は妻を伴って買い物と銀行通帳の記帳。ホームの里バスでココカラファインへ向かう。薬類と菓子類、ウイスキーと焼酎を買う。その後、郵貯、信金、静銀の三行をタクシーで回る。最後は駅前へ。

駅前のそば屋で昼食。里に帰る。

疲れる。妻も疲れたとみえベッドにダウン。小生も二時から四時まで昼寝。こんなことで疲れるなんて老体は悲しきかな。

三日（土）晴

今日はアスレチックジムの日である。月初めなので計測がある。東京、箱根と美食の連チャンで体重が増えている。東京、箱根、昨日の買い物の疲れが残っているのか、ジムのマシン、自転車を漕ぐ足が重い気がする。

今日はひな祭り。ホームで老舗和菓子店より仕入れた桜餅を販売するとの館内放送。

午後一時、税理士より確定申告の控え書類を受け取る。申告料金を支払う。

リニア談合で大成、鹿島の大手建設会社の幹部二人が逮捕された。何兆円もの巨額な土木造成費用が投下される仕事である。企業としては何が何でも落札したいのは当然。やむにやまれぬ談合も理解できないわけではない。しかしその巨額な資金が国民の血税と考えると、談合で有利に受注をして大きな利益を上げることには問題がある。法に従って仕事をするのは法治国家の企業の当然の姿勢だ。正しい捜査に期待をする。

侍ジャパン対オーストラリアの野球、日本が2対0で一勝。DeNAの筒香、二塁打で2点目を入れる。

四日（日）晴
朝、十時までTBS『サンデーモーニング』を観る。

その後、契約書類をつくったり、スタッフに手紙を書いたりしてつぶれてしまった。

一日に届いた中古のワープロ、突然、画面が暗くなった。電源が入っているのに、画面だけが暗くなる。明らかに故障だ。中古はやはり欠陥品か？　一カ月間の保証期間がある。明日は電話しなければならない。急きょ古いワープロをセットする。二十年以上に渡って働き続けている。有難い。

明日は中古屋さんに電話をしなければならない。


侍ジャパンオーストラリアに二連勝なり。6対0の大量得点で勝つ。

五日（月）雨　夕刻風雨激し
午前中は、業務連絡の手紙。
古い友人。アパレル会社社長M氏に銘酒恵贈のお礼と拙著高評のお礼の手紙を長々と書く。M氏は若いとき新聞社系列の出版社で編集者、小生と仕事を共にしたことがある。父君急逝の後、家業のアパレル会社を継ぐ。酒豪にして繊細、多少破滅的な言動があり、そこが小生と気が合うところ。約四十数年のご交誼か？　そろそろ彼も六十半ばか？

午後はカラオケ。やはり三人ばかり常連欠席。二人は体調不振。腰痛とのこと。老齢者のコミュニティであれば、健康の不安をだれもが抱えながら生きている。健康な人は楽しく歌う。小生も、今日は健康。五時、雨の中をママさんに送ってもらって帰宅。

夜のテレビ、『鶴瓶の家族に乾杯』。ゲストはテニスの伊達公子さん。場所は震災から七年を迎えた宮城県利府町。

六日（火）曇

久しぶりに講演の原稿に眼を通す。決まり時間の一時間では少し無理な感じである。どこをどう削るか、検討しなければならない。

講演は来週の火曜日、ちょうど一週間後である。風邪を引かないように体調管理をしっかり。当日、熱でもでたら、百九十人の申込者と主催者に申しわけない。

午後、中古屋さんに修理のためにワープロを発送。誠実な対応を期待する。

昨日の暖かさに慣れて、春と侮りセーター一枚でいたら寒い。防寒のため厚着する。

朝鮮半島情勢に大きな動きあり。南北首脳会談が開催されるという臨時ニュース。どのような成り行きになるのか？　駆け引きなしに誠実に話し合ってほしい。北にとっても、体制存亡をかけた大きな対話の始まりである。対話の間、核、ミサイルの発射実験は行わないという。当然のことだ。対話は大いにけっこうなるも、制裁を主張する日本とアメリカは微妙な立場になる。今まで関係国は北朝鮮に騙され続けてきた。今度も同じ撤を踏むか？　拉致問題はどうなるか？　被害者家族の心境を思うと哀切なり。

終日寒かった分、大浴場の温泉でしっかり温まる。かすかに汗ばむ。

七日（水）曇

予報では終日寒いことになっている。朝から厚着をする。

三日前から女子レスリング界の大スター、オリンピック四連覇の伊調馨選手に対してのパワハラ問題を巡って話題が沸騰している。伊調選手が練習場所を締め出されたり、伊調選手をコーチしている男性コーチに指導をやめるようにと日本レスリング協会が圧力をかけているとして、弁護士の貞友氏が、内閣府に告発文書を提出したことが騒動の発端である。このことについて、週刊文春も特集記事を組んでいる。

パワハラの理由は、伊調選手を手塩にかけて育てた地元の栄コーチ（オリンピック強化本部長）による、自分の手元を去っていった伊調選手への嫌がらせの圧力だというのである。レスリング協会主導のパワハラというのだから、とても信じられない。しかし、弁護士が根も葉もないことで、社会問題化するようなことを仕掛けるはずがない。とても、信じられない紛糾だが、火種はあるのだろうか。

協会側は、真相解明のため、第三者の弁護士に聞き取り調査を依頼したというが、報告書の作成はあくまでも協会だという。どこまで事実が解明されるのかと危惧する声もある。協会も、当の栄コーチも、この事実を否定している。否定は当然のことだろう。当の伊調選手は、今回の告発に自分は関わっていないと語っている。このコメントも当然のことだろう。まだ始まったばかり、見守るしかない。もし事実とすれば、教え子の活躍を妬むようなことをスポーツマンでもするのか？　スポーツマンも愚かな人間ということ？

国民栄誉賞を受賞したばかりなのにお気の毒。告発文には自分は関わっていないというが、今度の騒動の遠因は伊調さんが主役である。関係ありませんと高みの見物というわけにはいかないだろう。


食堂に行く前にホームへ出張のスルガ銀行より振込書と通帳の返却。

妻が介助入浴のためCOOPの配達品は小生が受け取らなければならない。昼寝はできない。奥の仕事場に入ったり、寝室に入ってしまうとピンポンが聞こえないことがある。仕方がなくリビングでテレビを観ながら居眠り。二時過ぎ、COOP来る。妻もほどなく帰る。COOPが帰ったあと、仕事場に入って原稿執筆。

夕刻、講演原稿の随所に手を入れる。

八日（木）雨

天気予報的中。目覚めると雨。気温も低い気がする。寒い。

午前九時半、妻は職員付添いで皮膚科へ。お尻から腰にかけて、赤い皮膚炎が大きく広がり、入浴介助の職員が驚いて上司に報告。ホーム内の診療所より紹介状を出してもらい、ソムニ皮膚科へホーム所有の車で向かう。費用はガソリン代程度の支払いである。職員が付き添ってくれるのであるから、老人ホームは有難い。

妻が不在なので、声を出して講演原稿を読んでみる。一時間の講演時間を三十分延長してもらい一時間半になった。何とか時間どおりに納められる感じだ。

午後は恒例の麻雀同好会。ツキに見放されていた小生、高い役でテンパイするのだが、他家に上がられてしまう。半チャンの終わりに二万点近くの沈み。場所が変わって猛攻をかけるも、二位にとどまる。三位との差千二百点の僅差。まだ本調子ならず。SK氏相変わらずのツキ。嵌チャン、裏ドラ自在。次回こそSK氏攻略。

九日（金）早朝雨　十時頃より晴

今日は第二金曜日、やんも句会とホームの入居者懇談会と重なる。今年になって一度も懇談会に出席していない。妻に懇談会に出席するのが入居者の義務ではないかと苦言を受ける。もっともなり。来月は句会を休んで懇談会に出席しよう。

爽やか、感動のニュース。中学生棋士藤井六段が、師匠の藤本七段に勝利。まさに出藍の誉れなり。将棋の世界では師匠に勝つことを恩返しというらしいが、将棋のみならず、勝負の世界では、師匠に勝つことは恩返しという例は多い。心温まるニュースである。一方レスリング界の師匠は告発されており、後味が悪い。

北朝鮮、アメリカのトランプ大統領に会談を申し入れているらしいが、どこまで本気なのか。経済制裁の苦痛極まったということか？　奇抜な言動と、独断的な政策でアメリカ国内で浮いている大統領、人気取りのために軽薄な行動を取らないでいただきたい。

したたかな北朝鮮と奇策が売りの大統領の話合いまともに噛み合うのか、推移から目が離せない。今まで、約束を裏切って核開発や実験をくり返してきた北朝鮮、今度はそれはうまくいかないよ。もし、約束を反故にしたら、トランプさんは間違いなく軍事行動に踏み切る。


財務省の近畿財務局の職員が自殺のニュース。ショック！　ああ、またかという思いである。ついに政権混乱の犠牲者が出た。文書書き換えの疑惑の渦中の中の自殺である。自殺した職員、籠池氏との交渉の当事者だったとか。

政権の思惑と真実との板ばさみの苦悩の死である。自殺の物語るもの、それは文書書き替えがあったという事実を死をもって証明したということである。痛ましい死の真実。

これだけの大問題の原因を作った時の首相、本来なら人気がた落ちのはずなのに、政権の命脈が保たれているのは、他に受け皿の首相がいないということである。安倍さんに代わる首相の出現が待望される。今、安倍さんに代わる首相はいない。野党不甲斐なし。

パラリンピックの開会式。華麗なり。韓国の心にくい演出。ハイテクを駆使した光のドラマ。納得の映像。日本はやられてしまうよ。

十日（土）曇のち雨

今日はアスレチックジムの日、出席。メンバー勢揃い。小生の体調良好。自転車マシンのペダルも軽い。

渦中の人物、佐川氏、国税庁長官を辞任のニュース。籠池事件の混乱の責任をとっての辞任という名目。とても逃げ切れないと考えての決断か？　それとも、佐川氏を辞任させて政局混乱の幕引きを考える時の政府の策略か？　しかし、これで幕引きということは国民が納得しないであろう。

自殺者の胸中を考えると、哀切の思いしきりであるが、佐川氏の引退もまた感慨しきり。政局の混乱で有能な役人が引退するのも日本にとって損失である。

満身創痍の安倍政権、これで命長らえるのは、安倍氏に替わる首相の不在ということだ。本当に不在なのであろうか？

何年か前、役人主導の行政は政治不在になるというので、政治主導というか上級役人の人事が官邸主導となった。官僚は途端に、官邸に対して迎合の姿勢を見せ始めた。これが今回の財務省の不祥事を端的に物語っている。日本を豊かに安全に導く首相の出現を待たれる。私の先は短いが、日本の未来は気がかりである。

北朝鮮とアメリカの対話の機運は盛り上がっている。世界平和のために速やかに誠実な対話を期待する。

十一日（日）

東日本大震災の記念日。七年前の三月十一日、東日本を襲った大地震と大津波、死者、一万五千八百九十五人、いまだに行方不明者は二千人以上という。世紀の大惨事である。

あの日は小生が老人ホームに入居する二年前だった。仕事中の書斎を襲った激震。あの激しい揺れは、人生七十五年、生まれて初めての経験だった。急いでドアを開け、階下に駆け降りて被害を確認したが、数枚の皿が戸棚から投げ出されただけでさしたる被害もなかった。書斎に積んであった本が崩れただけの被害である。

その後ニュースで知った東北の津波の大惨事と福島原発事故の悲惨な状態に、しばし茫然とした記憶がある。小生の郷里は岩手県だが、出身地の奥州市は内陸で、親戚、知人、友人には地震、津波の被害はなかった。

あの日、小生は自宅（当時神奈川県相模原市緑区二本松）の近くの喫茶店で仕事関係者と待ち合わせていたが、水道の故障と停電で入店を断られた。携帯もつながらず、喫茶店前の歩道で途方に暮れていると、待ち合わせの相手は自家用車でやってきた。信号機も故障。急きょ打合せを延期して会談を中止した。昨日のごとく生々しく思い出される。

いよいよ、財務省は文書の書き替えを認める方針という。認めない限り、国会審議が中断したままだから、与党としても苦渋の決断というところだろう。明日、正式文書が財務省から提出されるという。政局の混乱はしばらく続きそうだ。

麻生大臣の引責辞任は免れないであろう。安倍さんは辛うじて踏み止どまるか？

北朝鮮とアメリカの対話。拉致問題の解決。このような混沌とした世界情勢の中で、今、安倍さんが辞任するということはないだろう。

安倍さんしっかりしなさい！　八十二歳老人の切なる願いである。


夜、娘より定期電話。講演会場に一時半までに来るように伝える。

十二日（月）晴

昨年十二月に講演依頼があり、だいぶ先の話と思っていたのに、いよいよ明日にせまった。ものを書くのは辛うじてプロの末席を汚しているが、しゃべるのは素人である。講演も何度か体験しているが、そのたびにいつも落ち着かない。馬齢を重ね、昔のように気が重いということはなくなったが、老人になり、脳の劣化で本当にまともなことを語れるのだろうかという不安はある。原稿を作り、主催者に確認もしているが、不安が鳥影のように遠い内部をかすめる。それが素人の素人たるゆえんかもしれない。

午前一回、午後一回、講演原稿に目を通す。時計に時折目を通してみる。一時間半、何とかなりそうである。

財務省の文書改ざんの事件。時の政権は、前佐川理財局長に全ての責任を押しつけて一件落着を計ろうとしているような雲行きである。どうやら麻生大臣の引責辞任はなさそうである。安倍政権を支える有力な一人である麻生大臣が辞めたら政権の土台骨が揺らぐ。米朝対話の機運や拉致問題に何らかの進展がありそうな今、安倍政権の瓦解は日本にとってもマイナスである。

役人の文書の改ざんという大問題を姑息な手段で解決しようとする時の政府の姿勢。数のおごりとしか言い様がない。政府に絶望した。しかし、それに代わる政党の不在も歯がゆい。世論を無視してゴリ押しをする政権というイメージは拭えない。

十三日（火）晴

ついにやってきた講演の日。

午前八時、ホーム内のコミュニティホールで施設職員のKさんと待ち合わせ。施設長とKさんと小生、タクシーで駅へ。電車の中、施設長、Kさんと話ながら東京へ。列車内の会話、講演に貴重な情報を得る。新幹線は小生のみ座席指定。

会場に着いて、施設長と喫茶店で早めの昼食。

来場者、十二時過ぎからちらほら。本部からも広報課長、部長ほか職員もかけつけ、伊豆高原の職員とともに、来場者に渡すパンフレットやカタログ類の袋詰めに大わらわである。講演会場は椅子がびっしり。入場者約百五十数名。二時の開演の時刻には椅子が埋めつくされる。

梶間夫妻、展望社社長夫妻、小生の娘、会場に姿現す。梶間夫妻より菓子と銘酒の差し入れ。

講演は語り慣れた内容であり、初歩的な一般論であるから、それほど苦労はないが、もっと面白可笑しく語って聴衆を楽しませたい。しかし小生の話術が未熟であればそれもかなわない。漫談家の綾小路きみまろが羨ましい。いつも講演は時間がオーバー気味になるので、途中、少しはしょって話を進めたら今度は時間が余りぎみ。何とかつじつまを合わせて終了。

来場者へのアンケート、おおむね「満足」との答え。胸をなでおろす。

伊豆高原に八時前に着。中華料理店で食事をして帰る。家に到着したのは九時半近く。

妻は小生の講演が気がかりで、娘に電話したとのこと。

娘よりメールあり。「講演の出来はさておいて、その老体で九十分語り通したエネルギーに尊敬」とある。どんなことであれ、この年になって子供に尊敬されるのは嬉しい。

疲労濃し。爆睡。

十四日（水）晴

よほど疲れていたとみえ、六時過ぎまで熟睡。

梶間氏へ差し入れと来場のお礼の電話。展望社社長へも電話で来場のお礼。梶間氏、体験入居に四月伊豆高原へ来駕の意向あり。

昨日の日記の整理。講演で中断していた仕事の連絡。あっという間に午前中がつぶれる。午後、疲労感が取れず昼寝。

財務省、文書改ざん問題、ますます紛糾している。役人に対しての国民の信頼が揺らぎ始めている。国家の危機である。

十五日（木）晴

佐川元理財局長の証人喚問を与党が受け入れたらしい。佐川さんに全ての責任を押しつけて幕引きを計りたい与党。

考えてみればこの事件の発端は、安倍総理の籠池さんには、妻も私も無関係だという発言に端を発している。無関係どころか深く関わっていたのはその後の進展で明らかである。「もし、私ばかりか妻が関わっていたら、総理ばかりか、政治家も辞める」と国会答弁をしたあの約束はどうなったのだろう。

辞められると実際には困るが、それについて野党もあまり追求はしない。安倍さんは籠池さんに深く関わっていた奥様の行動について知らなかった故の発言と理解して、このことは不問に付するという寛大な姿勢のためか？　安倍さんの発言は、軽率なうっかり失言で罪は軽いという認識故なのか？　それとも、うっかり辞められると、政治が混乱するという不安のためか？　今度の事件は、安倍さんの失言が、財務省の忖度《そんたく》を生んだとしか考えられない。人事権を握る官邸の方ばかりに視線を向ける役人には、国民の姿は視野に入らなかったのかもしれない。

藤井聡太六段、前回破れた三枚堂六段に勝ってC級勝ち抜き戦で10連勝の一期抜けだという。破竹の進撃が続く。対局数、勝利回数、連勝、勝率の四冠だという。羽生永世七冠以来の大天才。将棋界には偉才、鬼才、天才がひしめいているが、藤井さんはまさに傑出した天才である。

麻雀室が改築中のため、今週は定例の麻雀はなし。来週からきれいな部屋での麻雀が楽しめる。

十六日（金）

前文科省次官の前川さんが地方の中学校に依頼されて講演したら、文科省は講演内容に関して、講演を依頼した教育委員会と中学校に十数項目に渡る質問要項の書類を送付したというニュースにショック。戦前の思想統制の暗い時代が暗示されて不快なり。由々しき干渉である。前川さんは文部省の天下り問題の責任を取って文部省を辞めた人だ。

加計学園認可問題で国会に呼ばれ、「総理のご意向が働いていると思った」とはっきり答えた人だ。この人の講演に何かと嫌がらせの圧力をかけようとする文科省は、前川さんに嫌がらせをしているとしか思えない。官邸の意向を無視してはっきりと自説を主張した人に嫌がらせをしたとなると、官邸の意向におもねて嫌がらせを働いたとしか思えない。もし、官邸の意向を忖度しての役人の勇み足だとすると、安倍総理の足を引っ張る財務省と文科省ということになる。

官僚の忖度で足を引っ張られる安倍さんは、気の毒だが、不徳の致すところだ。

十七日（土）晴

今日はアスレチックジムの日なり。トレーナーはベテランのＡＪさん。メンバー全員そろう。和気あいあいの一時間半。

午前中、アシスタントへの仕事の方向性についての手紙。

Ｎ会会長へのゲラ返却の催促の手紙。

俳句の投句全員より受け取る。早速整理にかかる。

午後、集会室にて映画会。黒沢明作品。三船敏郎主演の『用心棒』。ホームへ入居したばかりのときにはしばしば映画会に参加したものだが、この三、四年は観ていない。暇ではないが、講演も終わってほっとした気分で、久しぶりに集会室を覗いてみる。観客は二十人ばかり、意外に少ない。

映画、格別の感想もなし。モノクロの詩情は黒沢明の世界。

十八日（日）晴

俳句の整理、午前中で終わる。

小生の俳句、駄句多し。推敲の少ない故か。

《嘘泣きの女をあやす春の闇》《夢捨てて空見上げれば鳥帰る》……など、中学生のエチュードなり。恥ずかしい。《沈丁の庵で読みし古典かな》……苦し紛れの作。《伊豆に住み伊豆の地酒に桜かな》《約束を破りてつらし春の雪》

午後、一時間ばかり昼寝。

夜、娘より日曜日の定期電話。ホワイトデーのお返しに好きなものを買ってやると言ったが、娘は笑って「ハイ」とのみ答える。

十九日（月）曇

リアルな夢を見る。神保町へ都電で行く夢である。仕事の打合せだが、自分だけ取り残されて一人で、打合せの場所に行くのだ。タクシーと思いながらなぜか都電で行くことになった。相手の携帯の電話番号がわからずに不安に思っている。神保町の停留所に着いて降りることになった。人をかきわけ降車口に向かうところで目覚める。なぜ都電なのか不思議だ。確かに六十年前都電に乗って神保町を通過したことはある。

神保町という響きが懐かしい。六十年前、新宿、渋谷とともに不良青年の小生の放浪の街である。八十二歳の我が身悲しき。

今日はカラオケ同好会の日。ホーム内のホールで待ち合わせ、Nさんの自家用車でカラオケスナック『ポニー』に向かう。

小生、相変わらずの演歌だが、今日は『あざみの唄』から歌う。以後は石原裕次郎の歌のみ。俺は待ってるぜ、夜霧の慕情、北の旅人、錆びたナイフ、夜霧よ今夜もありがとう。

酒二杯、焼酎のお湯割一杯。五時帰宅。

ロシアの大統領選、プーチン圧勝。76％超の史上最高の得票数。ますますプーチンの独裁的傾向が強まる。その独裁的判断で北方領土返還を決断してもらえれば日本にとってはプラスだが、逆に独裁的ナショナリズムによって大衆の支持を繋ごうとすれば、北方領土の返還から遠のいて行く。プーチンの心の中は見えてこない。イギリス人のスパイの暗殺容疑で、イギリスとの関係悪化。軍事力によるクリミア併合で、EUとの関係は冷え込んでいる。プーチンさんにはどことなく油断のならない雰囲気がついてまわる。

テニスBNBパリバ・オープンで日本の大坂なおみが優勝。今後のメジャー大会での活躍が期待される。

二十日（火）雨

朝から冷たい雨、憂鬱なり。

十時半日本生命の担当者とホーム談話室で会見。雨のため妻の昼食を配膳にしてもらう。

午後、ホーム内の『ゆうゆう句会』

小生の《約束を破りてつらし春の雪》を俳人のＮＫ女史が特選に。

前文科省次官の前川さんの中学校の課外授業に文科省に質問状を送らせたのが自民党の二人の議員であったことが判明した。一人は安倍チルドレンの代議士である。

この事実が世論の非難を浴びると、それに反論して、「前川さんはとかくの問題を犯して退職した人だからその動向に注意を払うのは当然」と言って「それをしてはいけないというのなら、議員としての仕事がなくなる」と答えたのには唖然とした。

前川さんは、文部科学省の長年の悪弊だった天下り問題の責任を、全部自分で引き受けて辞職したのである。まことに潔い人だ。出会い系酒場に出向いて、女性と談笑した人だと目くじら立てるが、淫行というような違法を犯したわけではない。出会い系の女性と談笑したなど、小生のような不良老人に言わせると、まことに人間的な人で、教育現場に圧力めいた質問状を送ったりして、議員の仕事がなくなるなどと弁解するナンセンスな御仁よりよほどまともな人である。国会に呼ばれて「総理のご意向を感じた」と、時の権力者に忖度せずに正々堂々所信を述べる勇気に小生は敬服した。前川さんの講演を非難し、とかくの問題ある人として、圧力めいた文書を文部省に送らせた人が、総理のチルドレンということになると、またまた、安倍さんの足を引っ張る行為だ。

またまた年金機構の失敗。年金機構が下請けに文書の作成を発注したら、その下請けが中国の業者にマル投げ発注し、ゆえに間違いが生じ、支給額が減った人が何十万人もあったという。年金機構のたび重なる失態。個人情報保護のため、システム上、再発注は禁じているらしい。下請けの下請けは法令違反を犯していることになる。

日本の行政も政治も歪んでいるということか？　何とかしなければならない。

籠池さんというしたたかな人間に総理夫人も総理自身も、財務省も踊らされたということか。私は関係ないと総理がいくら叫んでも、この混乱は籠池さんが、総理夫人の昭恵さんを名誉校長に据えて小学校を開校しようとしたことに端を発している。踊らされようが騙されようが、私は無関係と開き直ることはできないだろう。

加計学園の獣医学部新設の問題も、総理が「私は無関係」と開き直るわけには行くまい。一国の総理が、国が関わる案件に、総理の親友が関わっているのに、私は無関係という弁解は世間の常識として通らないだろう。総理というのは不自由なものだ。総理が身内から出たために、身内が泣き泣き引き下がることだってある。清廉潔白とはそういうものだ。もし、真実が総理のいう通り、総理が友人であるために、この学園があらぬ疑いをかけられているなら、まことに気の毒なことだが、それは我が身の不運と思って自分を殺さざるを得ないだろう。国のため、国民のため、総理に一点の曇りがあってはならないのだ。そのためには、総理が身を引くか、身内が身を引くか二者択一しかない。加計さんも安倍さんも気の毒だが、これが国家を背負う人の茨の道だろう。

二十一日（水）雨　春分の日

寒さ暑さも彼岸までという譬えがあるが、彼岸の今日、寒さ一段と厳しき日なり。朝からの冷雨やまず。

貴乃花部屋の十両力士、昨日、付き人への暴力事件あり。

日馬富士の暴行事件で相撲協会に対して、厳しい対応を求め、徹底的に挑戦的態度をつらぬいた貴乃花親方、今度は自らが矢面に立たされることになった。日馬富士の事件のおりには、記者の取材にかたくなに口をつぐんでいた貴乃花親方、記者の囲み取材に応じて誠実に受け答えをしていた。

「深刻な事態です」と語っていた。

相撲協会の体制を批判して告発をしたばかりの貴乃花親方、自らの足もとが揺らいでしまった。気の毒といえば気の毒だ。親の心子知らずの暴力事件。貴乃花親方もついていない。

今日から貴乃花部屋の小結貴景勝が怪我で休場とのこと。泣きっ面に蜂。


食堂でＩＤさんと立ち話、奥さんの訃報を里の掲示板で知る。お悔みを述べ、人の世の儚さについて小生の持論を語り、気を強く持つように励ましの言葉をかける。話していて、孤独な人間の哀れさに思わず涙があふれる。八十歳過ぎて涙腺ゆるみがち。困る。

「世間的に妻に先立たれた人は三年くらいで亡くなっている人が多いですね。私も三年以内にあの世行きかもしれませんよ」とＩＤさん笑う。心に染みる言葉。

奥様の享年七十四歳。若すぎる死である。哀悼。


雨終日やまず。妻の食事、昼、夕の配膳を受ける。老人ホームありがたし。

二十二日（木）曇
今日は麻雀同好会、定例日。
小生、半チャンの前半はマイナス１５０００点なりしが、後半で猛追、ついにトップに浮上、三コロのダントツ、トップ。親で小三元、親マン上がる。

老人ホーム評価センターの伊藤さんと出版企画の件で四月二十二日、横浜駅北口で待ち合わせを約束。その旨を展望社唐澤社長に伝える。

二十三日（金）曇時々晴

午前中、仕事の件でアシスタントと出版社に頻繁に電話の交換。

今日より甲子園の選抜高校野球が開幕。

昔は上京して以後、故郷の岩手の代表、東北の代表に応援したものだが、今は東京に三十年、神奈川に三十年住み続け、現在は静岡に住んで今年の七月でまる六年になる。故郷チームへの応援意識は希薄になってきた。それでも、東北、関東の高校へ気持ちは傾く。不思議なものだ。しかし、どこの高校であれひたむきな球児の熱闘に感動する。

明日は静岡高校が二試合めに登場する。

リニア談合で建設大手四社起訴。大成、鹿島、大林、清水なり。他に大成の役員、鹿島の部長も起訴。

野党議員、大阪拘置所の籠池被告と接見。元理財局長、佐川さんの証人喚問に備えてのことだろうが、どこまで真実があぶり出されるか？

二十四日（土）晴

今日はアスレチックジム。メンバー全員揃う。
体調は良好なり。自転車漕ぎも快調。健康なら長生きも悪くないとみんなと笑い合う。
静岡高校、北海道の駒大苫小牧に7対0で勝つ。

夕刻より『みさご寿司』で、八王子の高山元病院長と句友星野氏の三人で会食。高山氏は伊豆高原の別荘に月に一度程度遊びに来る。その折、小生にお座敷がかかる。私より一歳年下の老医師だが、若かかりし頃、外科の名手として知られる。医師らしからぬ会話を楽しみつつ杯を重ねる。八時半、帰宅。冷や酒で酩酊す。折り詰めの土産あり。

千秋楽を待たずして横綱鶴竜八度目の優勝。他の横綱休場の中で一人横綱の責任を立派に果たす。

二十五日（日）晴

小生の講演を聞きに来て、早速体験入居に伊豆高原のホームを訪れた人、小生と話をしたいという申し込みあり。小生の拙著も読んだよし。夕食を共にすることにした。妻の夕食は自宅に持ち帰る。妻は人見知りをするので同席はやめた。

ご夫妻は現在、目黒にお住まいだという。ご主人六十八歳、奥様は六十四歳。若いご夫妻で羨ましい。八十過ぎると、六十代の人はすごく若いと思う。ここのホームは夫婦共に六十五歳以上が入居条件なので、奥さんは来年からしか入居できないが、準備に二年間くらいかかるので、タイミングのよい体験入居だとも言える。

小生への質問は「入居して後悔したことはなかったか？」ということ。「後悔はしていない」と答えた。後悔していれば、本などは書かない。後悔と言えば、小生の人生は悔恨ばかりだが、あきらめがいいのか、図々しいのか、小生深刻に悩んだことはない。過ぎてしまった過去は取り戻す術はないのだから、潔く開き直るしかない。

私のように中途半端な人間は、何を言ってもすべてが負け惜しみだが、証人喚問されるほど、偉くならなくてよかったと内心思ったりする。うっかり出世でもしようものなら、小生、お人好しであるから、会社のために談合して、拘置所に入れられたり、忖度して罪を犯し、起訴されて裁判を受ける身になっていたにちがいない。

若い友人に出世しなくてよかったと冗談を言ったら、その友は「逮捕されてもいいから出世したいです」と語った。愚か者めと思うがどっちの考え方がまともだろうか？

体験入居のご夫妻、あす朝帰るという。

二十六日（月）

午前中N研究会へ提出するテキストのレジュメを作成する。

午後は甲子園を観戦。故郷岩手の花巻東、強豪、愛知の東邦に5対3で勝つ。

故郷を出て六十五年、はるかに遠くなってしまった故郷なのに、岩手というと懐かしさに心がうずく。ふるさとという悲しき魔力。小生、八十二歳なのに心は少年時代に戻る。

明日は証人喚問。佐川元理財局長の胸中、察すると気の毒。今晩眠れるだろうか？

二十七日（火）晴

やはり、一日証人喚問でテレビに釘付け。

妻は、昔教鞭を取っていた東海大相模高校の試合のためにリビングのテレビの前に座っている。小生、仕事場のテレビで証人喚問に注視。

しばらくして、妻より、東海大相模が大量点を得点した旨の報告を受けて安堵。

午前、参議院、午後、衆議院議員での証人喚問。ほとんど成果なし。最初から期待していなかったが、それにしても予想通りというのも淋しい。

佐川前財務省理財局長は肝心のところで刑事訴追を受ける可能性ということで、証言を拒否する。

小生のような平平凡凡たる一般国民は、何の理由もなく文書を改ざんというような大それたことを役人はするのだろうか?と、素朴に首をかしげる。聡明な役人が理由もなく刑事訴追を受けるような犯罪を犯すだろうかという疑問である。

この件に関しては、大阪地検が捜査中であるが、早期に捜査結果を発表してほしいものだ。官邸の関与がなかったことに関してだけは、断固として証言する佐川証人の態度にいささか違和感を感じたが、政治関与もないのに、役人はどうして自分の得にもならない犯罪行為を犯すのか、そこが不思議だ。役人が破滅的行為を何の理由もなく行うということは、一般市民はどうしても納得がいかない。

文書改ざんという大事件を、意味もなく、本当に手軽に役人は行うのだろうか?

文書改ざんの隠された意図を国民は知りたいのに、ますます疑惑はかすんでしまった。

二十八日（水）晴

証人喚問の余波は昨日から続いている。テレビで論評する識者は誰もが疑惑は深まったというが、特別に妙案があるわけではない。

野党は首相夫人の昭恵さんの証人喚問を声高に叫ぶが与党は応ずるはずもない。首相夫人付きの谷さんという女性の役人の証人喚問を要求しているが、これも与党は応じないだろう。おそらく何が何だか解明されないままに、この話はうやむやになってしまうだろう。頼みの綱は国有地売買の八億円値引き事件は背任の告発を受けて司直によって調べられていることだ。この事件と文書改ざんが結びついていれば、自ずと明らかになるだろう。

今日の大ニュースは昨日、北朝鮮の金正恩委員長が、中国を電撃訪問し、習近平国家主席と対談したことだろう。

韓国大統領との首脳会談、アメリカのトランプ大統領との会談の前にいち早く中国首脳との会談を実現した。見事な演出に感心したが、この件は中国よりいち早くアメリカ、韓国には事前に報告されていたが、日本だけが本件をニュースで知ったという。日本は何となくおいてけぼりにされた感じがする。

夕方は老人ホームの晩酌会。親しい人との酒、楽しい。

酒、小生、いつまで耐久力があるか？　現在は酒豪を自認しているが、八十歳も半ばになれば、おそらく酒量も体力も耐久力もぐんと落ちるに違いない。老いるということは悲しいものだ。しかし、その真理は避けることができない。

二十九日（木）晴

老人ホームの桜は満開。爛漫と咲き誇っている。

見上げれば桜が光を放っているように華やかだ。老人の心もしばし華やぐ。

午前買い物。薬品、ウイスキー、菓子類。買い物を終えて郵便局に立ち寄る。その後、駅へ行って、八日の出張の踊り子号の切符を買う。

簡単にタクシーを拾えると思ったのは大間違い。タクシー乗り場には乗客が長蛇の列。通常の日なら、何時間でも考え事をしながら待つのだが、今日は麻雀同好会の日。遅れるわけにはいかない。四年ぶりに駅から老人ホームまで歩く。疲れる。

八十二歳の足、重たいが、歩ける自信もついた。

麻雀、前半の半チャンは段トツのプラス二万七千点。後半の半チャンで財産減らしの口火、親のハネマンに放銃。それからずるずると三位に転落す。

夜のニュースで貴乃花親方に対する相撲協会の処分は、二階級降格の平年寄りに。

多分に自業自得の気味もあるが、不運でもある。協会刷新の告発状を送った途端に弟子が傷害事件を起こしてしまった。

日馬富士の暴力事件では貴乃花親方は被害者であったが、協会に終止反抗の姿勢を貫いて向かい合った。態度を改める事なく協会へ挑戦的態度を貫いて二階級降格、さらに今度の不祥事で降格。言うなれば、革命が失敗したのだ。貴乃花は相撲協会の現体制に破れたのだ。勝てば官軍、負ければ賊軍である。部屋を預かる身では、簡単に協会脱退もならず、苦渋の処分を甘受。「一から出直す」という言葉、哀切なり。

三十日（金）晴

今日もS氏の代わりに麻雀、昨日同様、前半快調で後半を迎えるが、場所替え後放銃の連続。高い役で聴牌し、いざ勝負で切る捨て牌が多くが放銃となる。またたくまにトップの座から陥落、昨日と同様三位。下手クソなり。賭けていないと緊張感が希薄。

今日からプロ野球開幕。小生は単純で、俗に言う「巨人、大鵬、卵焼き」で子供の好きな三大好物、すなわち強い巨人のファンであったが、いつの頃からか巨人は弱い巨人になってしまった。

開幕は伝統の巨人阪神戦、エース菅野が登板するも、5対1で破れる。残念。

巨人には他のチームのように突出したスターがいない。栄光の巨人はまるで夢物語。川上や長嶋、王選手の時代はもう巡っては来ないのだ。奢る平家は久からず……か、特別巨人は人気にあぐらをかいていたわけてもないだろうに。まるで精彩が感じられない。

三十一日（土）晴

三月も終わる。

今日は小生のアスレチックジムの日。欠席者が二人いて、K女史と二人きり。若いトレーナーと冗談を言いながらの一時間半。それにしても、N女史の欠席はびっくり。理由は風邪のよし。土曜日の朝の九時発のグループでN女史の病欠は、知る限り初めてのことだ。男性のN氏はひざの痛みとか。

ホームの桜も爛漫。今日は食堂脇のウッドデッキで花見があった。酒の販売もあった。突然の花見の通知で参加者は例年より少ない感じがする。

テーブルがデッキに並べられて焼き鳥の販売もあった。カラオケ仲間のMさんがテーブルを確保してくれ、昼酒を飲む。新しい入居者のご婦人も合流したが、年齢を訊いてびっくり、小生よりも四つも年上。若く見える。老けて見える人、年よりもずっと若く見える人、神様のいたずらというより、生きてきた過去と、生きるスタンスによって変わるのかもしれない。

人生への好奇心と生きる意欲で若さの差がつく。

生きる意欲とは、ただ日々に流されるのではなく自らの意思によって時間を紡ぐことだ。


夜、大浴場で話を交わした人、ホームに入居してまだ一カ月だという。

「ありがたいことです。何にもしなくても、毎日温泉に入れるのですからね。これが、家だとお湯を入れたり、掃除をしたり……。ここは極楽ですわ」と笑う。

この人は何もしなくても自分の暮らしが成り立つことを喜んでいる。

「食堂に行けばご飯が食べられ。風呂場に来れば風呂に入れる。老人ホームに入居して感謝しています」と、とつとつと語る。何事もプラス思考で受け止めて感謝しているのだ。こういう人にはストレスがない。きっと長生きするに違いない。マイペースの人である。

四月

一日（日）晴

朝から甲子園の野球に釘付け。妻が大昔、教鞭を取っていた東海大相模高校の監督は、昔の教え子の一人。

相模高校は航空石川に勝つ。楽勝ではないが、無難に勝ちを取る。

私の郷里、岩手の花巻高校は、大阪桐陰高校に19対0の大差で敗れる。数々の強豪校を破って這い上がった準々決勝でこの大敗はどう考えればいいのか。今までの勝利は幸運で、この負け方は実力か。春夏連覇をめざす大阪桐陰、勢い強し。

妻は今月十二日、室内消防設備と緊急コールの点検で室内に点検する人が入ってくるというので、私の仕事場とリビングを掃除しておかなければならないことを気にかけている。まだ、十日先のことと楽観している私が歯がゆいらしい。年とともにマイナス思考に傾く妻は、考えてみれば哀れなり。小生、若いときは家庭を顧みず、仕事と放蕩に明け暮れていて、妻は一人で子供の教育、家庭の切り盛りをしていたのだから、心が歪んでしまうのも致し方がないのかもしれない。極力、妻のマイナス思考につき合うようにしよう。

二日（月）晴

午前、ホーム内の診療所に薬の処方のために定期検診。

先月、特別に行った健康診断、血液、尿、心電図に、大きな欠陥はないという。腎機能がやや低下しているが、医療的対策が必要というほどでもないという。

「相変わらず、太っていますが、体重の増減が著しくないので、まあ健康の部類でしょう」

診療所の川口医師は語る。

相変わらず酒は飲んでいることを伝えると、「飲酒はすすめませんが、あえてドクターストップをかけるほどのこともないですね。見て見ぬ振りということですかね」と川口医師は笑った。もう先の短い年齢であるから、なるべくならドクターストップは御免被りたい。小生、何とか男性の平均寿命までは生きた。正直、思い残すことはない。

この日記を今年の大晦日まで書き続けられれば、小生の人生での仕事は終わる。

今日はホームへ配属された新入職員の入社式。黒いスーツの初々しい職員と会話を交わす。社会人の一歩を踏み出した若者たちに内心エールを送る。仕事というのは人のために尽くして生業《なりわい》とすることである。弱者である老人のために生きる仕事を選んだきみたちは素晴らしい。きみたちによって小生の車椅子を押してもらう日もそう遠くないだろう。よろしくたのむね。

午後はカラオケ同好会。常連メンバーの欠席者が多い。老人ホームの同好会であれば、年々歳々、メンバーの入れ替えがあるのは当然のこと。小生が参加してから五年、その間、何人かの人が脱落していった。まさに「さよならだけが人生よ」である。

小生も、声が加齢とともに出なくなり、声の質も悪くなっていく。後、何年歌えるかわかったものではない。声が出なくなっても、体が動く間と酒の飲める間は参加するつもりである。酒と歌、人生まさに酔生夢死。めでたい話である。

三日（火）晴

今日は老人ホームのサービスシステムの受診便で小西皮膚科へ出かけた。毎週火曜日は受診便の車が手配される。予約者を伊東市内の医療機関に送り届け、一定の時間内で迎えに来てもらえるシステムだ。朝の一便は八時半ホームを出発。迎えの二便はホーム発は十時である。小西皮膚科着は十時四十分頃到着。診察を受けてから迎えの車が来るまで、たっぷり時間がある。便利なシステムである。小西医院より塗り薬をもらって帰る。症状はほとんど改善している。今日の一便の受診便利用者は四名、誰もが二便で帰ってきた。

ホームに着いたのは十一時十分。家に帰ってみると、東海大相模高校と智弁和歌山高校の準決勝、シーソーゲームであったが、延長十回で智弁が勝つ。12対10。五点差を跳ね返しての智弁の勝利である。実力の差である。負けても悔しさが残らない。勝つべくして智弁は勝った。両校選手の健闘を讃えたい。東海大相模高の夏は終わった。

もう一試合の三重高校と大阪桐蔭は延長十二回、3対2で大阪桐蔭のサヨナラ勝ち。決勝は智弁対大阪桐蔭。勝敗の行方はわからない。

四日（水）晴

午前中は仕事場の整理。使わなくなったワープロを本棚の上にあげる。余分なものは物置に運ぶ。八日の出張前には整理を終えたい。消防設備と緊急コールの点検で検査員が自宅に入ることを妻は気にしている。物置との往復をしている間に午前中が終わる。

漫画制作の件で漫画家と連絡中だが行き違いがあり仕事の進行に不安がある。紹介者に不信を感じる。

小生、無名の作家ながら細々と仕事を続けてこられたのは、どんな小さな仕事に対しても信義を失わずに向かい合ってきたからだ。もっとも、無名の雑文作家では、重要な仕事など回ってこない。されど、どんな仕事にも真剣に真面目に取り組んできた。
軽々しく約束を破る姿勢とビジネスに厳しさを持たない人間に腹立たしさを感じる。年齢のせいで頑固一徹、性急になってきた。反省すべし。

大阪桐蔭と智弁和歌山の決勝戦、大阪桐蔭の勝利。どちらが勝っても納得のいく決勝戦だったが、準決勝よりは盛り上がりが少なかった。スコアは5対2。熱闘のドラマに幕降りる。

防衛省の破棄されたはずの文書がまたまた出てきた。文書の存在を知っていて、当時の大臣に報告をしなかったらしい。シビリアンコントロールが果たして正常に機能しているのだろうか？　厚生労働省の不適当な文書提出。財務省の文書改ざん。安倍政権の危機なり。安倍総理はどのように乗り切るつもりか？　北朝鮮を巡ってアジア情勢の微妙な時期に政権交代というのも困った話である。死を見つめて生きる年寄りの心を揺すぶらないでいただきたい。

五日（木）晴
漫画家の件、出版社社長より解決したとの報告あり。結局、画料を引き上げて妥結したという。いろいろと意見を言いたいこともあるが、出版社側が了承したのであれば、小生は言うことなし。

午後は麻雀同好会。いつもは前半好調で後半がだめになるのだが、今日は終止一貫してツキなし。マンガン役でテンパイした途端に振り込む。こうなると、負けた悔しさも残らない。あきらめの境地である。最後にリーチ、三暗刻、ドラ一、自摸のマンガンを上がれども焼け石に水。四位が三位に浮上しただけ。

講演の依頼が事務管理課よりあり。十一日水曜日に詳しい打合せ。場所は前回同様、東京国際フォーラム。

六日（金）晴

予報では雨のはずが朝より陽が射している。昨夜、風呂の帰りには小雨が額に触れた。この調子では予報通り明日は雨かと考えていた。新聞もビニールに入れて配達されていた。朝のテレビの予報では雨の地区もあるらしい。伊豆高原の老人ホームだけは天気に恵まれたということか？

昨日より騒がしいニュース。相撲の地方巡業で、ご当地市長が挨拶中に土俵の上で倒れた。看護師の資格のある女性が応急処置のために土俵に上がると、突然アナウンスが流れた。「女性の方は土俵から降りてください」という場内アナウンスである。若い行司が動転してアナウンスをしたらしい。相撲の厳しいしきたりとして、土俵は女人禁制の場所ということになっている。大昔より、日本では宗教的に女性はけがれと考えられていた。相撲もスポーツというより、神事の一つという考え方があり、「女人禁制」が踏襲されている。人命よりしきたりが大切なわけがないと非難ごうごう。このところお騒がせ続きの相撲協会は、すぐにお詫びの声明を出した。若き行司、しきたりに忠実なため叱られることになった。

古いしきたりは、徐々に新しい時代に即応していかなければならない。それは、宗教的習慣も行事も含まれるのは当然のことだ。今後はしきたりは、伝統的な儀式として形式的に残されていくだろう。形式なら場合によったら例外が認められることがある。

七日（土）晴

レスリング協会が告発を受けていたパワハラ問題で、昨日、レスリング協会の第三者調査委員会の調査結果が発表されて、三点のパワハラがあったとの発表。

自分の手元を去った弟子に「よく、おれの前でレスリングができるな」と言った言葉、アジア大会出場の選考で伊調選手の出場を阻んだこと、伊調選手の男性コーチに「伊調のコーチをやめろ」と言った三点がパワハラに認定された。

確かにパワハラの言動である。弟子に去られる淋しい胸中は理解できるが、やはり、女々しいパワハラである。

栄氏、オリンピックの強化本部長を辞任したという。この人、力のあるコーチなのに惜しい。レスリング界にとって大きな損失である。人間の心の弱さ、醜さ、悲しさに考えさせられる。栄さんも、伊調選手も人の世の試練を乗り越えて、これからの人生を生きていってほしい。

今日は恒例のアスレチックジムの日。先週は、N女史の風邪、N氏のひざ痛で、二人欠席。小生とK女史の二人だけだった。今回はメンバー全員揃う。

午後は出張の準備。十年くらい前までは出張の準備は妻が手伝ってくれたが、この数年はすべて私が用意する。それが当然で、以前の小生は何もしなかったというより、何もできなかった。仕事以外は全て妻に押しつけていた。反省しきり。老いた妻が哀れである。

八日（日）晴
今日は東京出張。十時十分発のホームのバスで駅に出る。十時四十一分発のスーパービュー踊り子二号。どういうわけか車内販売がなく、昼食抜き。

予定通り東京駅着十二時四十一分。山手線で五反田へ。

五反田駅前の喫茶『集』で出版社社長と一時半の待ち合わせ。すでに社長は待機。

小生、昼食代りにケーキ。出版社デスクのIくんも来る。

二時半、三人揃ってN研究会へ。出版契約に調印。

三人揃って新宿へ。漫画家との執筆契約は五時半。


漫画家、契約直前に難色。原稿料の金額に不満のようだ。事前に十分な擦り合せをしたはずなのに、直前に難色を示したのはいかなる理由か小生には理解ができない。出版社の担当編集者の早合点だったらしい。結局、契約は後日ということになった。

漫画家とは夕食して別れる。夕食後、社長と喫茶店で善後策の打合せ。出版社社長より前回起用した漫画家INの起用の提案を受けるが小生、難色を示す。

技術もさることながら、人間性に小生、不信感を抱きしゆえなり。大雨の日に小生を駅に置き去りにして帰ったからである。帰りの言葉は「先生、小雨になってからお帰りください」と捨てぜりふの如く声をかけて駅舎に置き去りにして帰宅してしまった。小生、途方に暮れていると、若い青年が声をかけてきて、ホテルまで傘を傾け送ってくれた。

INの振る舞いに小生、烈火のごとく怒り、絶交を心に秘めていた。

時が経つにつれて怒りが沈静してきた。小生、自著で「決して怒らず」の人生観を披瀝しており、その点では言動不一致である。が、年寄りを雨の駅に置き去りにするなど、人間的に不信を持たざるを得ない。社長、小生の気持ちに理解を示した。

小生の一存で、仕事の発注を邪魔するなど、パワハラのような気もするが、年が上なだけで、特別彼より地位が上でも権力があるわけでもない。その場合はパワハラに該当しないのではないか？　単に小生は自分の雨の日の困惑と悲嘆を社長に伝えただけだ。

ホテルに十時に帰る。帰途、翌朝の朝食のおにぎりを買う。

九日（月）晴

新宿のホテルで目覚める。ゆっくりとテレビを観て、シャワーを浴びて、おにぎりをほおばる。三年ほど前までは、大型書店に寄ったり、昔の仲間を呼び出して昼酒を飲んだり、デパートに入って買い物を楽しんだりしたものだが、八十歳を過ぎるとその気力を失う。

確実に老いを実感する。若き日の歌舞伎町の夜の放蕩はまさに夢のまた夢。今また、夢の跡をさまよってみたい気もするが、それは想いだけで、実行する気にはなれない。

早々に新幹線へ。十時五十三分のこだまへ乗車。

伊東線、伊豆急行で一時過ぎに伊豆高原駅。

駅を降りると老人ホームの住人二人に声をかけられる。タクシーの同乗を誘われたが、お断わりして昼食のためにそば屋に入る。生ビール、地酒菊源氏で「スタミナそば」を食べる。「スタミナそば」は、とろろ、納豆、卵の黄身、海草ほか数種の具が冷たい蕎麦の上に載っている。かき交ぜて食べる。小生の愛好の一品。

タクシーを乗り場で待っているとホームの定期バスがくる。急きょバスに乗り換える。三時前に帰宅すると、介助入浴から妻が帰ってくる。玄関で一緒。夕食は昨夜の買い置きのおにぎり一個、遅い昼食のスタミナ蕎麦と昼酒で満腹。大浴場の温泉で旅の疲れを取る。

テレビは大リーグに移籍した大谷翔平の活躍の話でもちきりだ。二刀流の大谷、投手で二勝、バッターでホームラン三本、ベーブルースの再来と全米を沸かせている。大谷は、小生のふるさと岩手県の出身だ。選抜の甲子園に出場した花巻東高校の出身である。彼は確かに百年に一人の天才である。

防衛省でまた新たな文書が見つかったというが、大谷のニュースで影が薄くなっている。当事者も少しは胸をなでおろしているに違いない。まさに大谷さまさまである。

十日（火）晴

午前十時半、生命保険会社のセールスウーマンとホーム内の談話室で待ち合わせ。ケガの保険に加入する。年額一万円の掛け捨てで、幾つかの保証が付けられている。安酒場で使う金額で怪我に対する保証なのだから安いものだ。年を取るといつも怪我の危険にさらされている。年寄りに怪我は付きものだ。保険会社の目のつけ所が面白い。わずか一万円なのに書類に何枚もサインをさせられる。

眼鏡と補聴器のパリミキの出店の日。補聴器の調整に出向く。妻にテレビの音が大きすぎると何時も文句を言われる。聞こえないものは聞こえない。弱者をいたわれ！と何時も内心ぶ然たる思いを抱いている。

七十歳を過ぎた妻の父は極端な難聴だった。耳元に口を寄せて妻は義父と会話を交わしていた。老齢の父に若いときの妻はかいがいしく献身的であった。私の難聴は義父ほどひどくない。少し大きな声で話してもらえば、十分に聞こえる。それなのに妻が私の難聴をストレスだとぼやくのだから、小生としては割り切れない思いがある。

小生の補聴器、まだ、調整の幅が残っているという。少しだけ低音をアップしてもらう。何となくよさそうな気がする。ついでに眼鏡のつるの修理を頼む。眼鏡は二十三日に出来上がるという。

愛媛県に、加計学園の獣医学部が新設された経緯に関して『総理案件の文書』が存在することを朝日新聞がスクープした。ここ何年間か、とかく非難されがちだった朝日新聞、財務省の改ざん文書報道に続いての大スクープだ。朝日新聞はなかなかやるぞ。改めて朝日新聞に敬意を表する。愛媛県知事も文書の存在を認めた。

しかしこのスクープに私は別に驚かない。獣医学部新設に総理の意向が働かないわけがないと最初から考えていた。総理が何も言わなくたって総理の親友が特区に名乗りをあげれば、周りが忖度するのは当然のこと。国民のほとんどが、何らかの形で新設に総理のパワーが影響していることを感じているはずだ。そう取られることが嫌なら、総理は、親友に特区に名乗りをあげたりしないように頭を下げて引っ込んでもらうべきだった。「李下に冠を正さず」ということはそういうことだ。

親友だからといって公私を混同しないと言明することはだれだってできる。冠が歪んでも李の木の下では冠に手をやらないで我慢をするのが、真の公人である。

総理というのは辛い役目だ。それでも総理は国家のために尽くさなければならない。お友だちとも仲良くしたい、だれにでもサービスしたいということなら総理はやめてコンサルタント業でもするしかないだろう。

この期に及んで、当時の総理秘書官がかたくなに否定したままというのはどういうことか。それにしても、加計学園の入学式も終わったところで文書が出てきたのも抜群のタイミングである。前代未聞の混乱の中で開校した学園。学生諸君、君たちには罪はない。しっかり勉学に励んでほしい。諸君の手で実力のある獣医学部に育ててほしい。

私を雨の駅舎に置き去りにした漫画家より詫び状が届く。すでに怒りは沈静している。そのうち、わだかまりを水に流すと返事を書こう。

十一日（水）曇のち雨

午前九時、施設長、事務管理課のW主任と五月の見学会での講演と七月の東京国際フォーラムでの講演についての打合せ。小生、チラシ作成について意見を述べる。ほぼ承諾してもらう。

加計学園問題での安倍総理と学園長が真の親友なら、特区に名乗りをあげたりしないだろうし、もし名乗りをあげたなら、安倍総理は園長に頭をさげて引き下がってもらうのが本当の公人の姿だと、昨日の日記にしたためた。この意見、常識的、通俗的人情論で素朴すぎると考えていたのだが、私と同じ意見を期せずして元宮崎県知事の東国原英夫氏（元そのまんま東）がテレビ番組で述べていた。この通俗人情論、案外多くの国民が抱いている感想ではないか？

近くのスーパー『ナガヤ』が年に一度、パンの無料提供を行う。ちょうどパンが切れていたので売店に貰いに行く。妻の分まで、二袋なり。『ナガヤ』はパンの専門店ではないが、どういうわけか、以前から小生、『ナガヤ』のパンを好む。


風呂で、以前にも日記に書いた新入居者の某氏、再び述懐。

「老人ホームはいいですな。何もしないて三度の食事ができ、風呂に入れるのですからね」

掃除や整頓は一つの才能だと思う。ところが老化が加わるほどに整頓の能力は低下してくる。加齢であらゆることが劣化してくるわけで、掃除だけの問題ではない。

私は生来、整頓に才能がない。若いときからだらしがない。学生時代に万年床からタマネギが出てきて、泊まりに来た友人が仰天したことがある。

妻には昔、それなりの整頓の才能（人並み）があった気がする。なぜなら、小生の記憶では室内がそれほど乱雑ではなかった。妻は勤めに出ていて、時間がなかったはずだが、室内が乱雑だったという記憶がない。

年齢とともに能力が低下してくるのは事実だ。どう片付けていいのか、妻が途方に暮れているのがわかる。私にも格別の整理整頓の能力があるわけではない。それで困る。私が主導して片付けをすることができない。片付け以外のことは、妻に代わって私が差配できるが、片付けとなると途端に自信をなくしてしまう。

消防と緊急コールの立ち入り検査が明日に迫ったが、とにかく乱雑の部屋に受け入れるしかない。ゴミ屋敷ではないが、大量の物に埋もれて老夫婦の生活がある。

今流行の『断捨離』こそが老人の生き方なのだ。いずれ妻を説得しなければならないだろう。物を捨てることに勇気を持つことが大切だ。

十二日（木）晴

妻の要請によって朝から大掃除。今日は消防と緊急コールの点検である。検査員が家に入るので見た目をきれいにしておこうということだが、もともと家財道具が多いのだから片付けようがない。それでも俄か仕立てで整理する。

その合間に、未練ありげに原稿を執筆する。午前中の時間がまたたくまに過ぎて行く。

午後は麻雀同好会。点検には妻だけが立ち会うのだから小生としてはいささか引け目がある。あまり妻に逆らうことはできない。妻の小言にしたがうことにする。

麻雀またも駄目。自惚れ粉砕。マイナス25000の三位。今日は前半も後半も駄目。Kさん、借金二万点から奇跡の浮上。プラスの二位。SKさん馬鹿ヅキ。

十三日（金）晴

今日はやんも句会。

小生の句、評判はなはだよろしからず。小生の句は邪道ゆえ仕方なし。小生の句は言葉の洗練さを追求するのではなく、五七五の中にドラマを構築することなり。

今回の投句。

《春愁や名曲喫茶の暗き午後》（選句ゼロ）《野遊びやついに童心かえらざる》（二人選句）《盆栽の松の色濃き暮れの春》（二人選句）《年齢を隠せし恋や白木連》（選句ゼロ）《待つ手紙届かぬままに春の逝く》（二人選句）

特選なし。

小生の選んだ特選。

《春昼や昭和の見える理髪店》　黎子（全員投句）

句会の後、句友星野氏と恒例の酒盛り。いつもの蕎麦屋。おしゃべり女将に辟易。なれど、小生、終始笑顔で応対す。

夜、ＢＳフジの『プライムニュース』を観る。

元官僚四人が出席して今回の官僚の不祥事について語る。それなりに説得力があった。ただし、一人だけ官邸を擁護する者おり不快。

安倍首相、記者のインタビューに答えて「しっかりと調査をして膿（うみ）を出し切る」と大見えを切っていたが、自分が化膿菌をばらまいているのに、その言い方に少し滑稽な違和感を感じた。事件の発端は首相夫人と首相の親友の加計さんである。「膿を出し切る」とは如何に処理をするということか？

十四日（土）曇のち小雨

今日はアスレチックジムの日。K女史、ジオパークの見学に出かけたよし。メンバー三人。今日はどういうわけか体が重い。老齢の体調は日々に変わる。

先週、日曜日の東京出張で観られなかったNHKの大河ドラマ『西郷《せご》どん』を観る。

夜の食事、雨のため、妻配膳を受ける。妻は、介護保険の要支援1の適用を受けているため、風雨の強い日など配膳サービスがある。

老人ホームのような、生産社会と切り離された生活の場でも、時間の流れるのは早い。あっという間に一週間が終わる。かくして、一歩一歩終末に近づいていくわけだ。老齢になればなるほど、時間の流れが早く感じられる。

巨人、広島に3対2で惜敗。田口打たれる。巨人弱し。

十五日（日）雨　風強し

昨日、トランプ大統領、シリアをミサイル攻撃。化学兵器の使用への制裁だという。シリアを支持するロシアのプーチン大統領、シリアの化学兵器使用は、反体制派のデッチアゲだと反論。テレビの映像を見る限りデッチアゲというにはいささか無理がありそうだ。

攻撃には賛否両論があるが、化学兵器の使用は非人道的な行為だということは、世界的に共通した認識である。この攻撃によって事態が変わることはなさそうだ。ただ、化学兵器製造の関連施設が標的になったようで、シリアはしばらくの間化学兵器製造は無理のようだ。その点はよかったと思う。願わくば、シリアに平和が訪れてほしいが、まだまだ先が見えない泥沼である。戦火にさらされる市民の心中を思うと言葉もなし。

トランプ大統領を見ていると、国民の幸福は時の為政者に左右されることを痛感させられる。トランプさんは科学研究の予算を削減することを決断したらしい。そのために危機意識を持った科学者が何十人も下院の選挙に立候補を決意したらしい。科学者は政治力を身に付けて大統領の間違った政治姿勢を正そうというのである。その一人に抗ガン剤の研究者として知られるランディ・ワドキンス教授もいる。政治の迷走を自ら政治家になって阻もうということだが、このことによって研究が大幅に遅れることになるとその損失は計り知れない。

地球温暖化の世界的アメリカの研究者はフランスの大学に移るという。トランプ大統領は地球温暖化を阻止するフランスの議定書から離脱を表明した。おまけに研究予算の削減である。アメリカの科学衰退を危ぶむ声がある。

日本の研究予算が少ないために、多くの偉大な頭脳が海外に流出した。その損害は決して少なくない。その流出先の多くはアメリカだった。今度はアメリカの頭脳が海外に流出しようとしている。興国も亡国も大統領の手に握られている。


日本の安倍首相の人気が急落している。原因は政治力というより、人間的不信感のためである。しかるに、日本には安倍さんに代わるリーダーはいない。今、アジア情勢、安全保障や経済問題と日本を取り巻く政治的課題が山積している。現安倍総理に代わる人はいったいだれなのだ。見回してみるに安倍首相に勝る人は今のところいない。人間的には首相落第なのに、他にその任にたえる人がいないのだから悲劇だ。

混沌とした政局を乗り切るためには、ひとまず全ての真実を明かるみに出して、国民の審判を受けなければならないのではないか。
娘より電話あり、ゴールデンウィークの二十八、二十九日の二日間、泊まりに来るという。半ば親孝行の義務感であろう。義務を果たす心根やよし。

十六日（月）晴

午前、娘のためにゲストルームを予約。自宅にも泊まるスペースがあるのだが、物が溢れていて、布団を敷くスペースをつくるための整理が妻には重荷である。
娘のために二十九日のレストランの予約をする。『ふみ』という割烹である。このところ、近くの『花吹雪』を使っていて、『ふみ』は二年ぶりくらいである。

午後はカラオケ同好会。やはり女性のOさん、Kさん腰痛のため欠席。歌えば気が晴れるだろうと皆で話し合う。小生、相変わらずの演歌。全国をカラオケ行脚をしているというご夫婦飛び入り。なかなかの歌い手なり。五時帰宅。

出版社の唐澤社長より電話。漫画家が仕事を断ってきたという。困った。
明日、善後策の打合せをすることにした。

財務省次官のセクハラ問題、騒々しい。事の真偽はともかく、改ざん問題で本来なら責任を取らなければならない次官が、何事もないような顔をして高見の見物をしている姿勢に終始違和感を感じていたが、セクハラ問題に至っては開いた口がふさがらない。財務省の腐敗きわまれり。人心一新での再スタートだけが残された道だ。

籠池、加計問題に揺れる政府に妙案があるのか？

十七日（火）

二十二日の横浜出張の切符を買いに駅へ。ついでにウイスキーが切れていたので『ナガヤ』へ寄ってウイスキー、イチゴなとを買う。

午後は『ゆうゆう句会』。N女史から退会届が出ていた。また句会は五人に戻る。淋しい。何が原因の退会なのか不明。小生が原因でないことはわかる。なぜなら、小生が誘った『やんも句会』は辞めないよし。何となく肌合が違ったのだろう。

小生の俳句。

《春愁や啄木歌集の初版本》（嫌らしい、季語におもねた見え見えの一句）

《かの人の窓に春の燈ともりけり》（これは実感の句。まあまあのでき）

《新妻の座の華やぎし春火燵》（これも季語におもねている）

《野遊びも母と二人の母子家庭》(追憶の一句。一票の選句もなし)

幼い日、寡婦だった母と二人でキノコ狩りに出かけたあの懐かしさ。私にとって大切な一句である。

《恋猫の汚れるまでに狂いけり》(猫の姿を借りて人間の業を詠ったつもり。特選に入れた人あり)


新潟県知事の女性問題発覚。週刊誌に取材を受けたことで、辞任の覚悟を決めたらしい。いかなる内容か週刊誌の発売を見ない限り内容はわからない。この人、原発稼働に厳しいスタンスを取り続けた人。政敵に陥れられた危惧あり。

救いはこの人独身。不倫ではない。政治生命を断つまでの事件なんだろうか? 記者会見の感じでは真面目な朴訥の感じがする。惜しい人材。新潟県の損失。小生など、村会議員にもならなくてよかった。おそらく小生はセクハラでそくざに首は間違いない。小生、無名の三文文士ゆえに文春も新潮も歯牙にもかけない。安泰なり。それにしても、八十二歳では、女性問題など起こしようもない。老ざん哀れ、老ざん無残。


ボストンマラソンで公務員ランナー川口優輝さんが優勝した。日本人の優勝は日本マラソン界のリーダー瀬古利彦さんが三十一年前に優勝して以来だという。快挙なり。川口さんはマラソンの団体やチームに所属しないで、埼玉の市役所で地方公務員の生活を続けながら、独自のトレーニングでこの度の優勝を勝ち取った。その姿勢に感動。

十八日（水）雨

雨、小降りなれど止まず。
アシスタントのSくんより原稿届く。約束どおりの期日なり。締切りにうるさい小生の性向を知っているSくんは律儀に約束を守る。

午前中、スーパー『ナガヤ』に買い物。ウイスキーと果物を買う。

漫画家を紹介してくれた印刷会社の社長、出勤の途中で倒れ、緊急入院という連絡が出版社より入る。漫画家との交渉が頓挫している時期の一報で、場合によったら、漫画家の人選をやり直さなければならない。症状を聞くと脳卒中のように思える。もし、脳卒中なら、仕事に復帰するのは先のことになるだろう。漫画家の人選を振り出しに戻さなければならない。診断の朗報を祈る。

財務省事務次官の福田淳一氏、セクハラ事件の引責辞任。やむを得ないであろう。惜しい人材が次々に辞任。頭脳明晰でも人生を見事に生きるということは難しいようだ。

十九日（木）晴

今朝、出版社より連絡、印刷会社社長、脳卒中ではなく、三半規管の異常だという。自宅に戻って療養しているよし。今週中自宅で療養の後、来週より出勤とのこと、漫画家の件も引き続き調停してくれるらしい。まずは一安心。

財務省次官のセクハラの被害者はテレビ朝日の女性記者であることを会社として公表し、全社をあげて被害者を保護する旨の声明。（報道局長の記者会見）

被害女性は、最初、上司に報告したらしいが、二次被害の予防も含めて公表はしないことを言い渡されたという。被害女性は思い余って週刊新潮にリークしたとのこと。テレ朝側は、この件を遺憾としているが、会社として公表しないという見解なら、被害者としては外部の報道機関を利用するより仕方がなかったのではないか。（本当なら、テレ朝の報道番組として取り上げるべきだった。まあ仕方がないか……）

セクハラ発言の内容の一部が公表されているが、知性ある次官の言とは思えない。発言内容は単なる言葉遊びではない。明らかに情事への誘いである。これが公になることはないだろうとタカをくくっての発言なら、次官ともあろう人が無防備もはなはだしい。

財務省が第三者機関に調査を委託したといって、財務省の顧問弁護士を第三者機関として指定した。まことに神経がずさんである。法律の番人である弁護士といえど、依頼人の利益を最優先する。依頼人が甲といえば、弁護人は乙が正しいと思っても、職務として甲の正当性を主張するのが、顧問弁護士の職務である。訴訟において弁護士が中立性ということはありえない。中立は裁判官である。加害者が訴訟も辞さないといきまいているときに、被害者に対して加害者の顧問弁護士に名乗り出よという神経は荒っぽい。

公務員マラソンランナーの川口さん、ボストンマラソンの賞金、一千六百万円の使い道を訊かれて、この資金をベースにして、公務員を辞めてプロに転向することを表明した。小生の本音、働きながら目標を達成してほしかった。これは、小生のやじ馬としての無責任な感想である。川口さんには、働く若者の希望の星になってもらいたかった。

まあ、川口さんの願望はマラソンランナーとしての完成をめざしてのことだろう。東京オリンピックを見据えているのだろう。プロとして更なる能力の向上を祈る。

今日は麻雀同好会、小生、トップに三千点差の二位。トップはSTさん。小生、終始、STさんとシーソーゲーム。惜敗。

二十日（金）晴

テレ朝は会社として財務省に抗議文を送った。それでも否定する次官。思惑が不明。このままずるずると、真相を解明しないまま、事の真相を先細りにさせようとの魂胆か？

福田次官は週刊新潮を名誉毀損で告訴すると言っているが、告訴すれば、さらに裁判の過程で自らの行為の真相が暴かれることになる。週刊誌側に明らかな過誤があるのだろうか？それとも、告訴はポーズで、退職のための時間稼ぎか？

財務大臣が次官を擁護するのは、国の財政的秘密を握られているため？

あくまでも小生の下司のかんぐり。

エリートの晩節の汚れ。多額の出世税なるか？　惜しい人材である。

老人ホームではイルミネーション見学会で、ホーム発のバスが運行されるという。心が動いたが、仕事の締切りであきらめる。

二十一日（土）晴

今日はアスレチックジム。

運動着が季節はずれであることを妻は気にしている。しかし、年を取ると、寒さに弱くなる。

小生にはちょうどいい。

ジムのメンバーとセクハラの笑い話に花が咲く。老齢になるとセクハラは別世界の事件。切実な話ではないのだ。したがって笑い話。笑い事ではない官僚の堕落。


死の予感を強く感じる。

後、三年は生きられるか？という思いしきり。今は特別、体調の不振を感じているわけではない。しかし、そう長くは生きられないだろうと思う。死は身近な現実なり。

二十二日（日）晴

今日は横浜出張。去年、講演を依頼されたNPO法人『老人ホーム評価センター』の理事と理事長に面談。出版企画の件で相談を受ける。展望社の唐澤社長も同席。

十二時半、横浜駅北口で待ち合わせ。小生、伊豆高原発十時四十二分発の踊り子号で向かう。横浜着は十二時二十分頃。ぎりぎりに間に合う計算だが、踊り子号なぜか遅延すること多し。と、書いてきたが、踊り子号定刻どんぴしゃりに横浜着。

相手方と合流。近くの中華料理店で会食。仕事については基本合意。

その後、売り込みの漫画家と会う。技術的に不安な面があるが、感覚的な面はまずまず。テストで書いてもらうことにする。

伊豆急線は単線であり、熱海、伊東、伊豆高原までの時間がかかる。新幹線で熱海に五時四十分頃に到着したのに、自宅に着いたとき八時近かった。
帰宅後、冷酒を一杯飲む。八十二歳の出張は疲れる。
駅でホームの入居者で句友のN女史に会う。この人昭和三年生まれの九十歳。東京へ日帰りとのこと。タクシーに同乗する。小生はとてもN女史の年齢までは生きないだろうと思うし、九十歳では東京に日帰りなどできそうもない。

就寝前、漫然とチャンネルを回したフジテレビで、韓国の老人売春について報道していた。その放映の中で、老人男性の一人の告白、「淋しさが怖い」と述懐していた。家に帰ってきてドアの前に立ち、この中に入るのが怖くて、また戻ってくると語っていた。淋しさが悲しいのではなく「怖い」ということに胸を突かれた。孤独が恐怖という実感。小生、会話が少ないながら老妻と暮らしていることで、孤独の恐怖から逃れていられるのかもしれない。

二十三日（月）曇

午前、眼鏡の修理があがってくる。ついでに補聴器の音の調整をしてもらう。ニュース番組やドキュメンタリーは何とか聞こえるが、ドラマの会話が聞きにくい。調整してもらってややよくなった感じがする。1・85倍のハズキルーペを購入する。

二十四日（火）曇のち雨

広島カープの衣笠祥雄さんが逝去した。死因は大腸ガン。七十一歳の若すぎる死である。衣笠さんには鉄人の異名がある。デッドボールを受けても笑顔で一塁に向かう姿が印象的だった。引退に際し「私に野球を与えてくださった神様に感謝します」と語った言葉が今でも記憶に残っている。

確か先週まで野球解説でテレビに出演していた気がする。映像は観なかったが、声を聞いて、これは衣笠さんかな?と私は首をかしげた。まるで解説の声が変わっていて、小生は、喉の調子が悪いのかな?と、そのとき感じた。あの声は、最後の命を振り絞っての解説だったのだろう。野球とともに人生を閉じた衣笠さんの冥福を祈る。

セクハラ疑惑の財務省次官の退職金が五千三百万円だという。

相変わらず真相解明に全力をあげるといいながら、肝心の証人喚問や真相究明の手段には応じない政府の姿勢に強い疑念を感じる。

二十五日（水）雨

今日は老人ホームの年に一度の健康診断の日である。今更ながらだが、健康診断は病気の早期発見とか、不調箇所を探るためのチェックが目的である。八十歳過ぎてから何時も感じる疑問だが、病気を早期に発見しても治療したり、手術したりすることに、積極的ではないのに、何で健康診断を受けるのか?と、いつも疑問に感じながらの受診である。

仮に病気を発見されて手術を受けると何年か長生きできると保証されても、せいぜい、二、三年の延命であろう。痛い思いをして、たとえ五年長生きできたとしてもこれからの療養には考えさせられてしまう。小生、男性の平均寿命は生き切った。正直、病気を抱えて九十歳まで生きることにどれほどの価値があるかだ。今のところ、生活に不便な自覚症状もない。このまま、ある日突然死を迎えられたらどんなにか幸せであろう。小生の急死は、家族が悲しむであろうことは想像できるが、寝たきりで苦しみつつ生涯を送るより、家族にとっても悪い話ではないだろう。

一人で、身の回りのことが完全にできない妻は、小生が先に死ぬと困るだろうが、娘は配偶者はいないが、小生が死んでも暮らしに困ることはない。健康のために酒をひかえるように妻は言うが、酒をひかえて長生きをしようとは正直思わない。それに、酒をやめたら、途端に病気になりそうだ。

人間国宝ならそんな勝手な言い方は許されないだろう。長生きすることが人のため、社会のためである。私の死はだれに惜しまれもせず気楽なものだ。人間国宝でなくてよかったと言えば、人々は無名無能のもの書きの負け惜しみだと嘲笑するだろう。小生、負け惜しみをまき散らしつつ生涯を終える。まことに愉快である。

二十六日（木）晴

ＴＯＫＩＯの山口達也の強制わいせつ事件、ショックなり。彼を好青年と考えていたので裏切られた思いがする。酒のうえの失敗のようだ。相手が高校の女子生徒という。被害者は相当に傷ついたに違いない。事務所の対応がすぐれている。すぐに被害者と示談を交わしたのはよかった。山口はアルコール依存症では？　それにしても、退院の翌日にすぐに泥酔するなど信じられない行動だ。悔恨と向き合い、反省と自己批判を繰り返し、後に一日でも早い復帰を祈る。

定例麻雀。小生、三コロのラスト。下手クソなり。加えてツキなし。

二十七日（金）曇

朝鮮半島の南北首脳会談始まる。朝鮮統一の第一歩。歴史的日なり。まさに世紀の記念日である。このようなときに老齢ながら生きていたことをありがたく思う。

続いて米朝の会談が六月に行われることになっている。その後に日朝の会談だという。朝鮮分断の悲劇は解消されるのか？　日本の拉致被害者はどうなるのか？

大きく転換するアジア情勢。小生、東京オリンピックまで生き長らえるか不明だが、朝鮮半島の大転換期のドラマはこの目で見ることができるわけだ。

あす娘が来るという。娘のためにワインを買いに、二時発のホームのバスに乗って出かける。ついでに小生のウイスキー、果物などを買う。帰途はタクシー。

財務省の調査で、次官のセクハラを認めた。本人は否定している。省側が認めたのは、できレースの結論ではないかと思う。次官本人と推定される音声まで出てきており、さらにテレ朝の正式抗議があり、何時までも否定のままでは収拾がつかない。ここは省側は事実を認めて、次官にはある程度のペナルティーを与え、本人否定のまま幕引きをはかろうという意図だろう。ペナルティーは20％の減給六カ月、百数十万円で、退職金の額にはあまり影響がない。しかし、出世の頂上から急落。名誉失墜、生涯の汚点にまみれた次官は悔いてもあまりある心情であろう。自業自得とはいえ、哀れ。

二十八日（土）晴

今日はアスレチックジムの日。健康診断の受診に疑問を感じるように、ジムのトレーニングにも疑問がないわけではない。しかし生きている間は健康でありたい。健康保持のためのトレーニングということなら納得できる。死ぬならぴんぴんコロリこそ理想である。そのために、年寄りよ体を鍛えておけ、というわけである。

二時より、老人ホーム集会室で新入居者紹介の茶話会。小生と同じ五号棟の入居者は二人、五棟入居のKさんは、入居即日に風呂で自己紹介あり、すでに顔なじみ。

娘と酒を酌み交わす関係上、入浴を早い時間にする。風呂から帰ると娘は着いていた。電車少し遅れたとのこと。

ワインで乾杯。小生の死後のことをそれとなく娘に伝えておく。小生、現に大酒飲んで元気でいるから、死後の話は現実味が薄い。しかし、確実に終末が近づいているのはまぎれもない事実である。何気ない顔をして後事について伝える。小生と娘、酔って盛り上がる。妻、夫と娘の酔言を苦々しげに聞いている。十時、娘、ゲストルームに引き上げる。

二十九日（日）晴　祝日・昭和の日

結婚記念日なり。小生の半生、妻に頭の上がらない放蕩の歳月なり。無名の雑文作家の不安定な収入の中で、娘の教育をしっかりと行い、老人ホームの入居金の算段をして老後の備えを万全にした妻の功績大なり。

妻には平和に安穏に暮らした記憶はないのではないか？　妻の心が少しいびつになったのは、小生の迫害のゆえか？　小生は仕事にかこつけた酒と夜遊びと朝帰り、外泊の日々で、離婚されなかったのは妻の忍従ゆえである。

結婚記念日というのは、妻の忍従に対しての小生の謝罪の日なり。

料亭に向かうタクシーは予約不能。仕方なくホームの定期バスで駅に出て、駅でタクシーを待って向かう。料亭で呼んだタクシーも待たされる。ゴールデンウィークの実感。

料亭『ふみ』で会食。娘のおごりなり。結婚記念を祝うつもりらしい。

娘いわく「離婚されていたら、私は大変だったわ……。両方に会いに行かなければならないし……。もちろんお父さんが再婚していたら訪ねないと思う」

食事の話題にお盆の話題が出る。

お盆は正しくは七月十三日で、八月十三日は月遅れという小生の意見を妻も娘も否定、お盆は八月十三日と妻も娘も主張。娘のスマホで調べてみると、お盆は八月十三日と出だ。何たる間違い。陰暦七月十三日が正しいのだ。八月十三日は現代生活に適合した、新暦のお盆で、あくまでも月遅れのお盆なり。

三十日（月）晴　祝日　昭和の日の振り替え休日

娘が帰京するのでレストラン『ジュピター』で昼食。手塩にかけて育てたが、今では完全な親離れ。娘はほっとしたような面持ちで東京に帰っていく。娘にしてみれば、義務の親孝行を果たして帰るのだ。明日から愛犬と共に旅に出るという。親も娘もお互いに心配かけないようにしようという暗黙の契約は見事に守られている。

離婚した娘に孫はいない。妻はそのことを格別に淋しがってはいない。妻の心情は、孫がいないために、心配ごとも義理も少なくてすむと、せいせいしているのである。少し冷たい感じだ。しかし、しょせんは親と子は別の世界を生きるというのは人生の摂理である。

娘の身の上に何か起これば、私たち老夫婦は安心の老後は送れなかっただろう。心配をかけられず、親のほうも、子供に心配かけず老後を生きることができるのは何よりだ。老親への何よりの親孝行は子供は親に心配をかけないことだ。

五月

一日（火）晴

今日から俳句の季語では夏に入る。そのためでもないが、半袖下着の上にポロシャツを着る。二の腕の辺りがいささか寒い感じがする。

診療所に定期検診。薬の処方のためである。喘息の薬と吸入薬、血圧、鼻炎、利尿剤、去痰の各薬を毎日服用している。薬のせいか病気の自覚症状はない。

二日（水）曇のち夕刻より雨

午前中、ホームに出張してくるスルガ銀行に小切手の入金。

ＴＯＫＩＯの記者会見。メンバー四人が山口達也の強制わいせつ事件に関してのお詫び会見。四人の思いそれぞれが微妙に違うことがわかる。いずれの心中も理解できる。いずれの胸中も悲痛がにじみ出ている。山口の退職願いをリーダーの城島が預かっているという。城島の「TOKIOの音楽は五人で一つの作品だった。山口の音が無くなって果たして完全な音楽と言えるかどうか、聴衆に判断してもらうしかない」という発言が私の胸を打った。この記者会見を観ている当の山口の胸中は察するにあまりある。事件はとりあえず起訴猶予になったらしい。

三日（木）雨のち晴　祝日・憲法記念日

昨夜からの雨が朝の十時頃からあがり、陽光が降りそそいでいる。夏の光である。

ゴールデンウィークの車の混雑は今日がピークだという。年老いて行楽もままにならない。八十二歳老人は行楽の時期を自宅で過ごすことになる。妻は遠くまで歩けない。老いてくれば観光は無理なのだ。老いるということは悲哀である。しかし、人はこの道を誰もがたどらなければならない。今、小生は老いの坂をあえぎながら登っている。登りつめたところに死が待っている。人はみなこのようにして老いの季節に耐えていくのである。

漫画家よりテスト描き届く。まあまあの出来。採用するかどうか出版社と相談の上、決定しようと思う。テスト作品について意見を述べて出版社デスクに転送。

今日は恒例の麻雀同好会。二位と四千差、小生辛うじて薄氷のトップ。ダマテン、ピンフで逃げきる。

ホームの大浴場は菖蒲湯。仄かな香りに身をしずめる。

十二日の出張の宿泊予約で、常宿のホテルに電話。空室なし。五月第二週の土曜日なるゆえか？　久しぶりに別のホテルを予約。まずは安心。

四日（金）晴　祝日・みどりの日

メジャーリーグ、マリナーズのイチロー選手、球団の特別補佐に就任した。選手登録の四十人枠からは外れ、今季の残り試合には出場しないという。しかし、来季以降に再びプレーする可能性もあるという。来季の開幕試合は日本で開催の予定というが、その時日本人ファンのために出場の可能性は残されている。

球団としても、彼の実績と大リーグへの貢献度から判断して単なる戦力外選手の烙印を押すことはできなかったのであろう。また、球団側としても、マリナーズのイチローとして野球人生を終わってほしかったのだ。

マリナーズのGMに「彼はクラブハウスのダライラマ」とまで言わしめた。イチローの野球に対する求道的姿勢と同僚への影響力、信頼度の高さから出た比喩であろう。イチローの存在によってより大きなメリットを得ようという思惑でもある。彼自身も「野球の研究者として、自分の年齢や能力を実験台にして極めてみたい」という意味のコメントをしている。野球の研究者としての着地点をイチローは見つけたのだ。そのコメントは見事なり。小生、老骨の我が身を叩き台として老人研究家は如何か？（笑止）

何気なく回したチャンネルで、巨人とＤｅＮＡの延長戦。巨人、ノーアウト一塁二塁の好機にバント失敗。12回、０対０で結局引き分け。

五日（土）晴　祝日・こどもの日

こどもの日という祭日、八十二歳の小生にとって特別の感慨なし。孫もなし。孫でもいればまた格別の日なのかもしれない。

世界の子供の運命を思う。戦乱の中に恐怖の日々を送る子供の暮らしに胸が痛む。いじめの日々に戦々恐々としている子供の姿に胸が痛む。離婚して片親の子供に胸が痛む。両親が他界した子供の運命に胸が痛む。難病と闘う子供の存在に胸が痛む。それでも子供の日が存在することに希望を抱いて子供の日々を生き抜いてほしい。

母一人子一人のわが子供時代、客観的には幸せではなかったはずだが、不幸の追憶もなし。母の慈愛偉大なりし故か？　我を育ててくれた祖母の愛情の深さ故か？

菖蒲湯今日が最後なり。♪柱の傷はおととしの……大浴場で八十二歳老人、人目もはばからず大声で童謡を歌う。（笑い）

六日（日）晴のち曇

連休最後の日なり。老人ホームに暮らす八十二歳の小生にとって連休の終わりも始めもさして関係なし。

夜、娘より電話あり。

七日（月）雨

午前、T出版のデスクIくんに解題三巻の解説と序文を送る。

午後、ホーム住人のN氏の車でカラオケスナックへ。

小生、相変わらずの演歌。まあまあの出来なり。自己採点65点。年々声が出なくなる。これも自然の摂理なり。嘆いても始まらない。八十二歳の相応の声なり。

八日（火）雨

肌寒い日なり。テレビでは三月下旬の気温とのよし。カーディガンを取り出して着る。それでもまだ寒い感じ。

ホチキスの釘の入れ替え。ふと、この釘の使い終わるまで生きているだろうかと考える。この頃、何事においても、生存の時間と照らし合わせることしきり。人との出会いと別れには何時もよぎる思いだ。別れの瞬間、この人と生きている間に再会できるだろうかと考える。若い日にそのような考え方をしなかったのが不思議だ。若かりしころ、別れる人に何時の日か必ず会えると考えていた。しかし、とうとう二度と会えずに今生の別れになった人も多数いる。悔恨深きなり。知足らざる者、老いて開眼すること多し。汗顔のいたり。

九日（水）雨

朝、目覚めてから、布団の中であれこれと考えることが多い。まさによしなしごとである。昨日の失敗であったり、去年の思い出だったり、すでに面影遠くなった人たちとの昔の交遊の記憶をたどったりする。その外には俳句とか、仕事のことも少しは考える。仕事といっても、老骨の身では大層なことはない。若い作家や編集者にアドバイスすることを思いついたり、言い忘れたことを突然思い出したりする。

この布団の中でのあれこれは、生きる上で多少の指針になっている。年をとると、机に座っての思索も年々衰えてくる。散歩は思索タイムとしては上等だが、歩くのが難儀になってくるとそれもできない。散歩もせいぜい七十代までだ。老人ホームの住人の中には九十歳になってもよく歩いている人がいる。元気なものだ。こういう人は長生きをする。

十日（木）曇

柳瀬元総理秘書官の国会への参考人招致、予想通りの結果である。与党のヤラセ質問とぬらりくらり答弁。第一、何のやましさがなければ、証人喚問でも何でも受けて立つことができるのに、与野党攻防の果てに参考人で折り合いつけるとは語るにおちる。何の責めも負うことのない参考人招致では、ぬらりくらりもやむなし。

北朝鮮に拘束中だった三人のアメリカ人（韓国系）が釈放。その成果を誇示してはしゃぐトランプ大統領の姿や醜くし。

今日は麻雀同好会。小生ヘタクソ。四位なり。四位がマイナス１０００点の接戦。ゲームとしては楽しかった。

T出版の社長より電話。契約直前に漫画家、原稿料の安さにごねているよし。雑文作家の小生は若かりしころ、一度も原稿料の高低で仕事を選り好みをしたことはなかった。不平をもらしつつも、ダボハゼの如く仕事という餌には安い原稿料でも飛びついた。そのために生涯無名の雑文作家で終わることになった。時代が変わったのだという人あり。

八十二歳の雑文作家はゴミにして化石なりしか。

十一日（金）晴

やんも句会の日。年に一度の吟行の日。伊豆高原駅より東海バスで約十分のフラワーパークに向かう。正式名称は『ニューヨークランプミュージアム&フラワーガーデン』。

足の少し不自由な句友H氏と海を望むベンチで、とりとめなき談笑。変な吟行なれど、心は吟遊詩人。

昼は一同揃って公園内のカフェでパスタを食す。味なかなかによろしい。地ビールと赤ワイン二杯飲む。帰りは伊豆高原駅のやんも会館内にあるカフェに入り「たこやき」で日本酒と焼酎を飲む。大いに酔いて談論風発。日本酒は持ち込みなり。（持ち込み料は千円）女史三名と男子三名。女史三名はたこやきを食べて退散。酔っぱらい俳人三人が残りくだをまく。愉快な一日なり。残りのたこ焼きを妻に持ち帰る。

出版社より連絡。漫画家は原稿料に妥協。明日契約書に調印とのこと。

十二日（土）晴

今日は東京出張なり。十時四十一分のスーパービュー踊り子二号で上京。待ち合わせの喫茶店に二時前に入る。出版社のデスクはすでに来ていた。契約事務終了の後、夕食。大衆酒場で六名の酒盛り。

九時前にホテルにチェックイン。

十三日（日）曇

九時半に、ホテルをチェックアウト。

日本橋の洋服店にタクシーで向かう。懐かしい神保町、小川町、須田町などを通過。青春放蕩時代にさまよった町である。五十年、すでに半世紀経過している。やや様変わりせしが、面影の残る十字路や町並みなり。ただし、食堂などの姿はない。

日本橋の洋服店で夏服を買う。なぜ日本橋かというと、この店はデブの洋服店なり。小生不摂生にしてメタボなり。デブの店以外では既製服はなかなか見つからない。気に入った夏服あり。他に部屋着やベルトなども買い、大きな手提げ袋なり。

大通りに出て東京駅へ。十一時過ぎの新幹線に乗車。テレビの天気予報が的中。予報通り雨が降り始める。

熱海乗り換え伊豆急下田行きに乗る。一時十分伊豆高原に着く。駅の会館内のそば屋に寄って遅い昼食。雨でタクシーが少ない。三十分ほど待って帰宅。八十二歳の出張は疲れる。明日は誕生日。明日で八十三歳。後、三年は生きられるか？

十四日（月）晴

五月十四日は小生の誕生日なり。昭和十年に生を受けて幾星霜、祝われることも少なく、祝われることもまた淋しい八十三歳なり。

確かによく生きたと思う。若いとき、一度として八十三歳という年齢に想いを馳せたことはなかった。酒と煙草と夜更かしの生活で、長寿に無縁の生き方だった。ところが小生、日本人男性の平均寿命を生き切った。心底驚嘆である。

六十代に入って、「もし動けなくなるまで生きたらどうしよう？」という終末を漠然と考えたことはある。もし妻に先立たれたらどのような最期の日々を送るかイメージしたことはある。瞼に浮かぶ映像は、万年床にコンビニ弁当、寝床に座って酒の一升瓶を抱えている無精髭の我が姿であった。それにしても、そのイメージに現れる我が姿は八十歳代ではなかった。あえて言うなら、七十代あたりではなかったかと思う。それが自立型老人ホームに入って八十三歳の誕生日を迎えたのであるから、大したもんだと自画自賛をしたくなる。

正直な気持ちとして、あと三年は大丈夫だろうかと考える。その想いの裏側には、あと三年は生きたいものだという想いも付着している。それが叶わぬならそれはそれでよし、というあきらめもある。いつ死んでも悔いはないという思いである。

ホームの夕食に小さなケーキとメロンひと切れが付いた。誕生日のお祝いである。


新潟県で起こった事件、小学二年の女児を殺害し、線路に捨てて電車事故に見せようとした悲惨、無残、冷酷な事件。犯人逮捕のニュースが流れる。犯人は、近所に住む二十三歳の会社員という。

前途洋々たる少女を殺害したのだからその責めを負うのは当然だが、二十三歳の若者の生涯もこれで終わった。自業自得とはいえ、哀れな一生、犯人の家族の心中を思うと暗澹たるものあり。しかし、子供を奪われた両親の悲しみを思えば加害者の苦しみは同情すべきではない。この犯人につぐないの道は残されてはいない。絶望。

十五日（火）晴
今日は我が老人ホームの三十九回めの開設記念日である。

昨日の小生の誕生日に続いて、今日は老人ホームの誕生日である。小生の誕生日と異なり、開設記念日は未来へ羽ばたく節目である。小生の誕生日は終末へ近づく一里塚だが、老人ホームの開設記念日はより若々しく飛躍していくめでたい日である。小生の誕生日は静かに終わったが、開設記念日のプログラムは賑やかなパフォーマンスで一杯。

10時～11時　コーラス部発表会。伊豆高原ゆうゆうの里のコーラス部は伝統があり、知名度もある。コーラス部の演目は①『のはらうた』よりどんぐり、②風、③金髪のジェニー、④みんなで歌いましょう（観客もいっしょ）⑤そのひとがうたうとき。

午後1時30分～2時　青木理事長挨拶、杉山施設長挨拶、入居者代表挨拶は6棟の野口佳枝子さん。次いで永続勤務職員の表彰。勤続20年鈴木照（食事サービス課）、勤続10年渡辺了介（ケアサービス課主任）、野崎修二（生活サービス課在宅）、佐藤香代子（生活サービス課在宅）。

2時～3時45分　入居者・職員パフォーマンス
①太極拳演武（ゆうゆう太極拳クラブ）
②音楽バンド・ゆうゆうカンタービレ（職員メンバー）演奏曲目・ピンクレディメドレー他
③錯覚ダンス（ケアサービス課職員）
④ダンシングヒーロー（生活サービス課）女装の男子職員と新入女子社員の珍妙なダンス。

⑤漫才「漫才研修」コンビ名ヤマモトイハラ（事務管理課）
⑥サンキューハーモニカショー入居者（越前栄三郎）
去年に続いて二回目。高齢の越前さんの童謡・唱歌など次々に吹くハーモニカで観客の合唱。越前さんは川柳づくりの名手でもある。
⑦落語・代書屋（入居者）芸名・缶太
缶太さんは小生とカラオケ仲間で、本名森川さん。本職の落語家より手ほどきを受けているよし。

夜はまぐろの解体ショー。祝い膳。

落語の森川さん他、カラオケ仲間と酒盛り。賑やかな老人ホームの誕生日なり。

十六日（水）晴

小生のひっそりとした誕生日と、大賑わいの老人ホームの三十九周年の開設記念日が終わった。老人ホームに再び平常の時が流れて行く。

午前中は、二十七日に行う老人ホームの日帰り見学者向けのミニ講演の要点をメモ。

日大のアメリカンフットボールの違反の危険プレーに世論の非難が高まっているが、日大の対応が不透明である。もともとラフプレーの多い競技らしいが、反則はスポーツマンシップにそぐわない。特に相手に怪我をさせるような反則は絶対に許されない。プロレスのショーとアメフトの競技は全く異なるものである。事件以来、日大の監督が姿を現さないというのも不可解なり。

十七日（木）曇

今日はホーム内の麻雀同好会。小生、ツキに見放されている。始まったばかりで親のハネマンに放銃、以後最期までツキの訪れなし。小生のイチコロ。ヘタクソ。

歌手の西城秀樹さん死す。六十三歳の若すぎる死なり。

女優の星由里子さんも逝去。七十四歳。やはり若すぎる死というべきなり。

アメフト、関学監督怒りの記者会見、日大の釈明は笑止なり。どんな状況においてもスポーツマンシップを忘れてはならない。ましてや学生スポーツ、本分は清々しい闘志であるべきだ。理想的解決、監督辞任。今年度の全試合辞退。誰もが納得する解決を期待する。

十八日（金）晴

天気予報芳しくないが、伊豆高原は快晴。

財務省元理財局長、文書改ざん事件は不起訴。改ざんによる実質的な犯罪行為が立証できないためらしい。小生にとっての予想範囲であった。うそをつくことによって実質的被害が発生しない限り罰を与えることはできない。何のために、誰をかばうために、うそをついたのかは結局追求されることはなかったわけだ。

官僚の信用失墜という大問題も、それ自体犯罪ではない。国民に不信感を与えた罪は大きいと思うのだが、刑罰の対象外ということだ。

籠池事件の八億円の土地の値引きも結局背任としては立証できないらしい。すなわち、刑法に抵触しないように便宜をはかったということである。やる気になれば官僚は罪を受けずに何でもやれるということだ。

誰が何のためにきわどいことをしたのかは、今回の捜査では明らかにならなかった。

安倍総理や総理夫人のために行ったことは誰が見ても明らかなのに、そのこと自体、法を犯した行為ではなかったことが結論づけられた。それにしても、すっきりしないまま、後味の悪い幕引きである。

籠池問題を追求された当初、この問題に妻が関わっているようだったら、私は政治家を辞めますと国会答弁で大見え切ったのがまずかった。あれがこじれの始まりだった。

今日は夏布団にカバーをかけようとしたが、妻はその手順を忘れたと嘆く。小生はもちろんこの手の作業は無能力者に等しい。
しっかり者と信頼していた妻の老化が進みしことにショック。布団は、カバーなしで使用し、小まめに洗濯屋さんにお願いしようということになった。わびしき気持ちなり。

中学生プロ棋士の藤井聡太六段が船江恒平六段との対局に勝ち、史上最年少で七段に昇格した。今までの七段昇格の最少年記録は、加藤一二三九段の十七歳三カ月。藤井さんは十五歳九カ月で七段になった。驚くべし。まさに天才棋士である。

十九日（土）曇のち晴

アスレチックジムの日。メンバー全員揃う。小生、先週は上京のため欠席。二週間目の参加。いつものことだが疲れる。Nさんは私より二歳の年長者。私も後二年はやれるという理屈だが、果たしてできるか？　頭はそれほど劣化しているようには思えないが、肉体の衰えを痛感する。

日大アメフトの暴力プレー事件で、日大監督は辞任、当然のこと。原因の説明は一切なく、すべて私の責任と言って済む問題ではない。もし監督の指示によるものなら、その点を明らかにしなければ、実行した選手の将来に汚点が付く。痛恨の記憶として生涯背負っていかなければならない十字架だ。同情に値する。監督は自分が指示したとはっきり言明して、当事者である選手の将来を救済すべきである。

本来なら、日大の理事長も辞退すべきだが、その点には言及なし。

二十日（日）晴

早朝風強し。

午前中、ゆうゆう句会の投句の整理。

今日は老人ホームの日帰り見学会のよし。二十五人の参加者だという。大盛況である。三月の小生の講演を聞いて参加した人も何人かいるらしい。天気でよかった。

朝丘雪路さんの逝去のニュース。行年八十二歳。小生と同年代。平成の終わりに死ぬ人多し。淋しきことなり。

投句の整理終了後に、T社の漫画の絵コンテチェック。後二、三日はかかりそうだ。

二十一日（月）晴

午後、カラオケ同好会。N氏の車でスナックの『ポニー』へ。

二時頃、クラウンレコードの新人歌手、新曲のキャンペーンに来る。深谷次郎と名乗る。作詞家星野哲郎の弟子だという。なかなかの美声なり。新人とはいうものの、年齢は五十歳とのこと。なかなかの美声で実力派だが、芽が出ないのか遅咲きなのか。

プロの世界は難しい。小生も、もの書きのプロの末席を汚しているが、遅咲きも何も永遠に花咲くことはなく、無名のまま、八十三歳まで仕事をこなして、プロの世界に沈没していくわけだ。彼のひょっとして、思いがけない幸運で人気が出ることを祈りたい。それだけの実力はある。『るり色の雨』『ごめんねＹｕｊｉ』なかなかの名曲である。『ごめんねＹｕｊｉ』は星野哲郎の作詞である。小生のリクエスト曲は、彼がうろ覚えだったために小生とデュエットすることに。小生のリクエスト曲は星野哲郎作詞・船村徹作曲『女の宿』であった。

カンヌ映画祭で是枝裕和監督作品『万引き家族』が最高賞のパルムドール賞を受賞。

日大暴力選手の被害者である関西学院大学のアメフト選手の父親、記者会見。加害者選手を警察に告訴したことを発表する。日大の監督のあの態度では告訴もやむなし。「私の指示でやらせました。私はあらゆる公的地位から身を引きます」と監督が心より謝罪すればよもや告訴ということにはならなかっただろう。「私はあのような指示をしたつもりはないが、選手は勝手に忖度したのだ。ネットの拡散ははなはだ不本意だ」という監督の説明なら、告訴でもしないことには真実は明らかにならないだろう。

夕刻、NHKスペシャルの製作スタッフNさんより電話あり。小生のプロデュースした死刑囚徳永の手記についての問い合わせである。終戦記念日に浮浪児の人生について特集したいとのことである。小生のプロデュースした著書『奈落』（展望社刊）の中に死刑囚徳永が、戦災浮浪児として少年時代の数年間を生きたことが描かれていることを知り、ドキュメントの一つにしたかったのであろう。徳永の原稿が存在しているかと訊かれたが、老人ホームに引っ越したときに処分したと伝えるとNさん落胆しきり。当時の弁護士に訊いてみると言って電話を切る。

二十二日（火）晴

十五日はホームの開設記念祭のため、一週遅れての句会。

午後一時より、ホーム内サロンにて、老人ホーム内の俳句会『ゆうゆう句会』あり。

スタッフ五名。小生の投句、我ながらあきれる駄句なり。

《フォークダンス黒髪匂う五月かな》《葉桜や山のいで湯のさびれゆき》《見え透いた嘘美しき花氷》《器量よし唇紅き田植え笠》《人の群れ白く染めゆき夏きざす》

いずれの句にも選句あり。器量よし……を特選にしたひとあり。過分なり。汗顔。

小生が選びし特選はN女史の《降る雨に鈴蘭の鈴鳴るごとし》。他にプロの句もあるが、それでは特選が片寄るので、あえて、素朴なN女史を選ぶことにした。

日大アメフト加害者選手の記者会見あり。大いなる違和感あり。当事者の学生が記者会見を開く前に大学側としての謝罪会見が開かれるのが正常な形である。大学側が学生一人を守り切れない異常事態に唖然。大学運営当事者は何を考えているのか不明である。やはり、監督コーチの指示はあったのだ。

加害者学生の態度はいさぎよさを感じだ。好青年なり。この有為の学生の良心をマヒさせ、青春とスポーツと将来を奪った大学側の責任は重い。今こそ、大学側は人間としての誠意とは、大学の教育とは何かを問われている。

加計問題の新たな文書が愛媛県から出てきた。相変わらず官邸も元総理秘書官の柳瀬氏も知らぬ存ぜぬの態度を崩さない。野党はそれなら証人喚問をと要求すると、それには応じない。それなのにウミを出し切り、真実を明らかにすると首相は大見えをきる。ナンセンスな猿芝居である。少なくとも愛媛県側には虚偽の文書を作るメリットはまったくない。安倍さんと元秘書官の嘘は歴然。嘘だと思われたくないなら、なぜ証人喚問に応じないのか？　嘘をつかない覚悟なら、証人喚問は少しも怖くない。

心に一点のやましさもないのなら、なぜ元秘書官の証人喚問を渋るのか？　それが国民には納得がいかない。正々堂々と証人喚問に応じ、「ほら、何にもなかっただろう」と野党を叱る安倍さんをみたいものだ。ウミを出し切ると声高に叫んで、その真実を探る一つの方法である証人喚問を避ける安倍さんの態度に疑惑。

二十三日（水）曇のち雨

九時半、ホームの事務管理課に、二十七日の講演の打合せに出かける。講演と言ったところで十五名ばかりの日帰り見学者に小生の老人ホーム入居の体験談を語るという気楽な講演である。再度、時間と場所と当日のスケジュールについての確認のため、W主任と談合。十時半に辞去。

その後、出張銀行のスルガ銀行に引き出しを依頼。スルガ銀行は水と金に老人ホームに出張してくる。今日の引き出し依頼は、金曜日に現金を受け取ることになる。

夜の八時過ぎ日大アメフト内田監督と井上コーチの記者会見。前日の加害者選手の記者会見を受けての緊急会見か？

加害選手への指示の否定。選手を守ると言いながら、選手が勝手に行った行動として、自分たちの立場の保身のためとしか考えられない会見だった。

「指示をした。申しわけなかった。あの指導は間違いだった」全面的に非を認めての記者会見のほうが世論の支持が受けやすかった。この釈明会見で自分たちの信用失墜を、より鮮明に際立たせることになった。日大ブランドに大きな傷をつけてしまった。

刑事告訴への防御のための記者会見か？　浅ましい限りである。

内田監督、日大理事の職を一時停止とか。井上コーチは当然ながら、コーチ辞退。内田監督の理事職一時停止はあいまいな責任の取り方である。この事件、たかがスポーツの傷害事件以上に重い問題である。教育理念にかかわる深刻な問題を含んでいる。大学経営陣の大幅な刷新がないかぎり、日大の落ちた信用は、しばらくの間、回復できないのではないか。卒業生たちは危機意識を持って大学側に働きかけていないのであろうか？

日大広報部の記者会見司会者、ことの重大さの認識に欠けている。同じ質問ばかりだから、時間が来たので終了するという発言に記者たちびっくり。上から目線の態度。日大に蔓延している危機意識の甘さ。

籠池事件の紛失したといっていた財務省の文書がまたまた出てきた。国民を愚弄し、国会を軽視する役人の態度、忿懣やるかたなし。しかし、何のためにそんなことをするのか？はっきりしているのは安倍さんを守るためということである。役人が文書を改ざんして、得することは何もない。安倍さんを守ろうとして行っていることが、逆に安倍政権の土台を揺るがしている。ウミの張本人の安倍さん、如何にしてウミを出し切るのか国民を納得させるように結末を迎えてほしい。

それにしても、安倍さんにかわるリーダーが野党にいないという、国民の不幸。

二十四日（木）曇

原稿進行状態の手紙を出版社に書く。

午後麻雀同好会。小生トップ争いに破れ二位。一位K氏。K氏はこのところ連続トップ。

日大アメフト暴力プレーの話題でもちきり。記者会見の司会者は元共同通信の記者だったとか。あの尊大な態度は先輩記者として、後輩記者に対するものだったらしい。しかし、日大の置かれている現状の深刻さを考えたら、もっと危機意識を持って対応すべきだった。

二十五日（金）晴

午後二時のホームの定期バスで買い物に出る。ココカラファインなる大型店で、ウイスキー、日本酒、チョコレート、駄菓子他、医薬品など購入。帰途、いわかみ書店に立ち寄り、ワープロ用紙１００枚入りを三部購入。ついでに書籍二冊求める。ワープロ用紙３００枚は四百字原稿紙九百枚に相当する。これだけの枚数の原稿を死ぬまでに書けるだろうか？　ほぼ一生ものだろう。小生、企画は内蔵しているが、意欲は枯渇している。わびしき心情なり。

日大の学長の記者会見をテレビで観る。学長の口調謙虚なれども、あくまでも学生の誤解で生じた事件というスタンスは変わらない。学長としても監督の指示とは言い難いのかもしれない。あるいは日大のこの事件に向かい合う共通の立場かもしれない。これでは世論の支持は得られないだろう。

監督とコーチが唆し追い詰めたのは明白である。そのところを認めないかぎり、解決の道は遠いだろう。この構図、政局の森友加計問題の政府答弁に似ている。安倍首相としては認めるわけにはいかないだろうが、日大の場合は指示ありと認めたほうが解決が早い。指示していないのに認めるわけにはいかないと言いたいのだろうが、テレビ画面で観るかぎり指示は明白である。国民の眼は節穴ではない。

政府答弁の場合、嘘は明白なれど、この際安倍さんの降板は国益に反する。日大もあの監督が大学理事の座を去ると、大学経営のマイナスになるというのか？　そんなことはないだろう。

米朝会談延期。墓穴は北朝鮮、手のひら返したように米の要求にたいし怒りのポーズを見せ始めている。中国のバックが得られたことで気が大きくなったのか、中国に知恵をつけられたのか、一転して融和ムードから反目ムードに変化。中国に何度も足を運んだ後に態度が変わった。やはり、中国からの何らかのサジェッションがあったものと推測される。トランプがそれなら対話をしないと引くポーズを見せると、北はあわてて、対話を呼びかけているが、一筋縄ではいかないのが、トランプさん。北は少しトランプをなめ切った。一発かましておいてから対話を迎えようとしたのだろうが、その手に乗らなかったトランプ大統領。北が度の過ぎた駆け引きをくり返すと、本当に会見は幻に終わってしまうかもしれない。それが北の自滅の道につながる可能性だってある。

二十六日（土）晴
明日は老人ホーム里内の講演である。講演メモに眼を通す。

韓国文大統領と北朝鮮のキム代表との二回めの首脳会談。アメリカが会談延期を決定した背景について語り合ったのだろう。北朝鮮のやることがチグハグ。

事実上の優勝決定戦である関脇栃ノ心と横綱鶴竜の十二勝一敗同士の直接対決。鶴竜に軍配。栃ノ心、十二勝二敗に後退。明日の千秋楽で、鶴竜が勝てば自力優勝。栃ノ心が勝って鶴竜が負ければ優勝決定戦。千秋楽は鶴竜は白鵬との横綱決選。栃ノ心の対戦相手は今場所好調の勢《いきおい》なり。

二十七日（日）晴

今日は、老人ホームへの日帰り見学者に対しての小生の体験講演である。午後一時から講演スタート。自分の体験だけを語ればいいのだから、気が楽とばかりに忙しさにかまけて、下調べをあまりしなかった。講演の要点はメモを作ったが、やはり話す筋道は脱線する。ところどころ、自著の一部を読み上げた。何しろ、老人ホームに関しては三冊も本を書いているので、言うべきことはすべて本に書いてしまっている。文章のほうがキメが細かいのは当然である。語っているうちにまたたく間に時間が過ぎた。一時間二十分も話し続けたことになる。質疑応答の時間もあったが、あまり難しい質問もなく終了。

講演の出来、甘くみて自己評価は50点。50点というのは可もなく不可もないということだが、やや、50点を下回るかもしれない。45点ということか。

大相撲、鶴竜優勝。連覇なり。白鵬、千秋楽に鶴竜に破れた。栃ノ心、勢に勝ち、有終の美を飾る。大関昇進ほぼ決定。

相変わらず日大アメフト部問題騒々しい。監督の「自分の指示」というひと言ですべて解決するのに、やはり、腹がすわっていないのだ。それとも、本人は言葉で「やれ」と意思表示していないから指示はしていないと錯覚しているのだろうか？

二十八日（月） 晴

診療所に毎月の薬の定期処方。

夕食前に食堂入口（ウッドテラス側）で転倒する。どうして転倒したのかわからない。つまずいた感覚もない。まるで、何かに引き込まれるように体が投げ出される。どのように体が投げ出されたのか皆目見当がつかないが、眉間から出血。半袖のTシャツのため、右腕に不気味な擦過傷。左ひざも擦りむいた。職員は出血に驚き、車椅子で診療所へ。午前中も来た診療所へ再び運ばれる。車椅子とは少し大げさである。

このような転び方は、この十年の間に三回。一度めは、知人と並んで歩いていて、歩道から足を踏み外して転んだ。二度めは、砂利に足を取られてバランスを崩した。いずれのときも、体が無様に投げ出された感じだった。このような転び方は医師に言わせると筋力低下だという。バランスを崩してあれよあれよという間もなく転倒する。無様にしてみじめである。若いと思っていても、まぎれもなく老化が進んでいるのだ。何しろ、半月前に八十三歳になった。昔、八十三歳の人を見ると、よぼよぼの老人に見えた。まさに今小生は、よぼよぼの老人なのだ。哀れである。

作家、津本陽さんの訃報に接する。享年八十九。誤嚥性肺炎。史観、史実、推論の優れた人だった。老人ホームに入る前、津本さんの作品は、小生の書斎の本棚の時代物の並ぶ一角を占めていた。冥福を祈る。間もなく小生も参ります。

筆者の心に残っている人の訃報がこのところ多い。八十九歳は長寿というべきであろう。小生も八十三歳、死の縁に近づきつつあるのかもしれない。

二十九日（火）晴

今日は妻は老人ホームの受診便で歯医者に出かける。

小生は十一時半、診療所に昨日の転倒の傷痕を治療しに行く。仰々しい包帯が隠れるようにTシャツの上に長袖のワイシャツを羽織る。顔の絆創膏はそれほど目立たない。擦り傷の範囲、昨日よりは縮小している。

出版社に電話。六日、社長、編集次長、待ち合わせの詳細を決める。小生のアシスタントも同席するように連絡をする。六日の上京のホテルの予約をする。

アメフトの関東学生連盟の処分発表。日大監督、コーチ各一名は除名の処分。永久追放である。重い処分。自業自得とはいうものの……。

日大アメフト部の部員一同の声明文発表。監督、コーチに対しての批判は無し。生まれ変わろうとする意欲はある。抑制の効いた、よく考えられた声明文である。

内田監督、井上コーチを正面切って非難はしていないが、チームメイトの記者会見は真実とした点で、監督、コーチの弁明が嘘であることを暗に指摘している。

三十日（水）曇

大リーガー、大谷翔平と小生は同じ出身地で、岩手県の奥州市である。奥州市は旧・水沢市と江刺市が合併して奥州市となった。小生が上京した六十数年前は、江刺市も水沢市もなく、江刺郡岩谷堂町であり、胆沢郡水沢町であった。先に水沢市となり、はるか後年に江刺市が誕生した。

江刺市が誕生したときに、市で鉄道の無いところとして、テレビのクイズ番組に出題されたりした。拙著の著者紹介で、岩手県奥州市出身、などと書いても今までさしたる反応もなかったが、大谷くんが有名になったおかげで最近、ときに読者から「大谷選手と同じ出身地ですね」などと訊かれるようになった。

水沢は初代東京市長の後藤新平や、幕末の勤皇志士、蘭学医の高野長英などの出身地でもあるが、このことで何かアプローチがあったということはない。私の著者紹介が注目されるようになったのは大谷くんのおかげである。著書の中身より、著者紹介の出身地が注目されるなんて情けない話だが……。

大関栃ノ心誕生。伝達の使者への口上。

「謹んでお受けいたします。」の常套句に続けて、「親方の教えを守り、力士の手本になるように稽古に精進いたします。」

ジョージア出身の栃ノ心、日本語はたどたどしいが、心を打つ口上であった。

今まで、大関、横綱の口上は、四字熟語を使った類型的な口上がが多く、少し白けていたが、初めて真実の心のこもった口上である。あっぱれ。

三十一日（木）曇のち雨

診療所に転倒の傷を見せに行く。快方である。治癒は時間の問題。土曜日に傷を見せに行き、それで終わり。

午後は麻雀。三位。ツキ無く腕も悪し。

雨のため、妻、昼食、夕食配膳を受ける。

財務省の文書改ざん、籠池氏への土地の八億円値引きの背任容疑はいずれも不起訴であることを大阪地検が発表した。刑法的には難しいだろうと予測していたが、いざ不起訴となってみると、何の目的で行われた改ざんで、何のための値引きかという動機は結果的に明らかにならなかった。記者会見で当然ながら記者は質問したが、捜査過程の結果については答えは差し控えたいとの検事のコメントだった。

官邸に対しての配慮についても質問されたが、検事は政治的判断は関係無くあくまでも法律的な判断で結論を出したとの見解を示した。法律的にはそういうことなのであろう。財務省も人騒がせな行為をしたものである。原因は、やはり官邸への忖度としか見えない。法律は無罪でも、財務省の信用失墜の罪は重罪である。告発者は検察審査会に申し立てるという。

六月

一日（金）晴

妻は朝、「金曜日は風呂はないわね？」と小生に問う。

妻は介助入浴を受けている。妻の介助入浴は月・水・土である。何カ月も前から続いているのに、時々、混乱するのだろうか？　やはり頭脳の劣化なのだろう。冷静に判断して妻の劣化の度合いは20％くらいではないかと思う。妻自身は、60％くらいボケたと思っている。小生は20％と楽観している。妻の頭脳劣化を防いでいるのは、朝夕の顔の手入れと、毎週COOPへの宅配の注文だと思う。顔の手入れは手順を考えなければならない。コープへの注文は、膨大なカタログから注文品を判断し書き出す努力をしなければならない。一時期、妻は顔の手入れの順序が混乱して娘に訊いていた。

今は正常になったのだろうか？　あれ以来、そんな愚痴を聞いていない。

午後は六日の日の東京出張の電車の切符を買いに行く。切符は往復踊り子号である。

二日（土）晴

九時よりアスレチックジム。月初めは計測の日なり。

K女史、ジオパークに出かけ、ジムは不参加。

ジムでの会話、九十歳の女性の交通事故の話題しきり。最年長のNさん、「これから、家族の免許返納のプレッシャー、ますます強くなるだろう」と神妙な面持ち。

茨城県鉾田市の吉田弘子さんよりメロン届く。吉田さんは文学少女ならぬ文学老女。小生より年長のよし。八十五歳辺りと推察する。長編小説を書いて小生の批評を求めて大作を送ってくる。批評を書いて送ると、忠実に訂正して作品を何度も書き換える。その情熱に感心する。もちろん、年齢から言って、作家のデビューなどという通俗的なことは考えていない。純粋に面白い小説を書きたいという一途な気持ちである。

拙著を読んでいただいたご縁で交流が始まった。ご交誼をいただいて四年ほどになるが、まだお目にかかっていない。小説から拝察すると、若き日は、なかなかの美人ではなかったかと想像する。ご健筆を祈る。

日大アメフト部の元監督、日大常務理事の職も辞任した。これから刑事被告として取り調べを受ける。自業自得とはいえ、凋落という言葉の残酷なこと。ネット時代の世論の恐ろしさ痛感。もし、ひと昔前だったら、アメフトの競技場での出来事として小さなニュースで終わり、これほど世論が炎上することはなかったろう。時代は変わったのだ。監督、ゆっくり休んで懺悔の日々を送ってください。これは、決して皮肉ではない。奢る平家は久からず。凋落すれば、落人にならざるをえない。

老人ホームの住人で久しく会わなかった人YSさんに出会う。この人、九十歳を過ぎたはず。足の不調で去年から今年にかけて食堂にも現れなかった。久しぶりに会ってみると、車椅子ながら少し明るい表情になっていた。

「体調は悪くありません」の言葉に安堵。

三日（日）晴

今日はN研究会の会長と下田で会談。老齢につき、来年度、顧問の職を辞任したい旨を先日申し入れた。その件も含めて、今年度下半期の活動の打合せ。

妻の四日（月）の伊東市内の歯科医院の車の予約をする。

妻に今日と明日の生活の手順のメモを作って渡す。

午後一時半、会長と秘書ＢＭＷでの迎え。

三時前に、下田の蓮台寺温泉、清流荘に到着。三時半より小生の部屋で会談。実になる話し合いなり。夜、宴会。美味なれば老齢の身を忘れて満腹。はしたなし。ロブスターの活き造り特に美味。

四日（月）晴
二十四時間かけ流しの内風呂の温泉に浸かる。うち風呂は屋根はかかっているが、露天風呂風で、前は緑の谷あいなり、鶯の声がする。朝風呂の後、シャーワーと髭剃り。

朝食は八時半。小生、昔から旅館の朝食は好みなれど、桁違いにおかず多きなり。ごはん一杯、味噌汁に昨夜のロブスターの殻が出し汁として使われている。

ホテルを十時前に出発。十一時過ぎに里に帰る。妻歯医者に出かけ留守。

妻十二時近くに帰宅。抜歯後、出血が止まらなかったよし。

午後カラオケ同好会。あわただしい一日、老齢の身には疲労残る。

財務省の文書改ざんの調査結果が発表。処分者二十名。いずれも軽い。首謀者の元佐川局長、停職三カ月に相当。五千万円余りの退職金より五百万余りが差し引かれるとのことだ。財務大臣の監督責任。大臣報酬十二カ月分を自主返上ということで、思い切った処置と納得したが、何のことはない、総額百七十万円とのことだ。財産家の麻生大臣にとってほとんど痛痒なし。これでは制裁にならない。身内の調査ではどうしても甘くなるという見本のような責任の取り方だ。

肝心の「何のために改ざんをしたのか?」と問われて麻生大臣「私にもそれが分からないのですよ」とぬけぬけとおっしゃる。安倍首相を守るためであることは国民のほとんどか分かっているのに、「それが分からない」と答える麻生大臣、辞職はしないで大臣に居座ることになった。

政局混乱の核は安倍さんの言動であるのに、いまだ支持率は四十パーセント前後を保持している。結局、国際情勢、アジア情勢複雑なおりに、これを乗り切るために安倍さん以外に適任者はいないという国民の無念の支持ということか。小生も、安倍さんに代わるリーダーは不在と考えている。無念だがそれが現実だ。

小生の考える総理大臣の要件。政治力、語学力、憂国力、知力、容姿に勝れた人、である。

小生、付帯条件として「無私清廉」であることを付け加えている。

安倍さんの欠けているのは「付帯条件」である。主たる条件は辛うじて合格点。他の大臣候補は主たる要件は十分に備えているが、語学力、容姿の点で合格点に達していない。まことに残念である。現代の総理は国際社会での活躍が重要な任務である。容姿はあなどれない大きな要件である。容姿は本人の努力や誠実さに関係のない点で不公平な要件。

ちなみにトランプさん、政治力と知力と無私清廉の欠如。アメリカ国民は気の毒。

五日（火）晴
とりとめのない夢を見続けて目覚めた。下田帰りに引き続いてのカラオケでやや疲れている。十時半就寝で、目覚めは五時過ぎ、七時間近くは寝ている計算だ。
妻は抜歯の消毒のため八時半発の老人ホームの「受診便」で出かける。
神戸製鋼に大捜査のメスが入る。製品検査の文書を改ざんして不的確品を大量に生産販売したという不正競争防止法違反だという。同じ文書改ざんでも、不起訴になった財務省とは異なって厳しい司法の取り調べを受ける。物作り日本、技術の日本の信頼を落とした。その罪は大きい。神戸製鋼の場合、世界の市場にまで影響を与えている。財務省の場合より、少し罪は重いか……。それにしても、文書改ざんが好きなお国柄と見られるのは恥ずかしい。自動車のスバルも燃費、排ガスのデーター改ざん問題が露見し、代表者が引責辞任。民間の企業は不祥事があればトップは辞任する。だが国家のリーダーは居座っている。不思議というより、不気味な政治権力だ。不甲斐なき野党というべきか？

明日は東京出張。早寝しよう。

六日（水）雨

小生が不在の間の妻の薬の仕分けをして妻に伝達する。かつて、しっかり者だった妻の劣化、信じられないほどだ。出張の度に一人残して出かけるのが気がかりである。

朝から雨。雨の東京出張である。ホームのバスは午前中は伊東便で、駅への立ち寄りはなし。駅へはタクシーで向かう。

十時四十一分発の踊り子号、東京着十二時四十分。踊り子号は熱海での乗り換えがないのが助かる。東京も雨。

五反田駅前の喫茶店『集』で落ち合う。待ち合わせは一時半、編集次長のI君はすでに来ている。やがて社長とアシスタントのS君、全員集まる。
N会との出版契約は午後三時。事務手続きと今後の打合せ四時に終了。
I君は母上の介護のため急いで帰宅。
夕食は新宿の居酒屋。長崎出張の打合せ。九時過ぎにホテルにチェックイン。
就寝、十一時。

七日（木）曇

新宿のホテルで目覚める。

朝、九時二十五分、新宿発の踊り子号で帰る。伊豆高原着十一時半、ほぼ定刻である。十五分ほど待つとホームの定期バスもあるが、少しでも早く帰りたい一心で、駅前よりタクシーに乗る。

今日は麻雀同好会。三位。親の満ガン上がるものの、全体的にいいところ無し。ラスト争いのSさんに競り勝っての三位である。
八十三歳の出張は疲れる。夜、大浴場の帰途、二階回廊に通ずる階段を登る足が重い。仕事はやはり後一年ということをしみじみ感ずる。一瞬、死の予感があり。

八日（金）晴

明け方、思いついたことをメモしようと書斎に入るおりに家具に足をぶつける。一瞬、苦痛に顔を引きつらせたが、そのまま、再びベッドに入る。うつらうつらと朝寝をしたが、ベッドの足もとが冷たく濡れている感じがする。起きてみると、小さく血がにじんで、その周囲がびっしょり濡れている。足の傷口から水が流れ出していたのだ。血ではなく水が流れていることに不気味なものを感じた。全くの無色無臭の水滴が傷口からにじんでくる。

小生には足のむくみがあり、傷口からむくみの水分が流れ出しているものと推察した。九時、ホームの中の診療所に出かけ、医師の診断を受ける。医師もむくみの水が出ているという小生の見解を特別に否定はしなかった。

その日、伊豆高原のコミュニティセンターでやんも句会がある。厚い脱脂綿の上にさらにガーゼを巻いて出かけたが、それでも帰宅後、ズボンの裾が水浸しになっていた。八十三歳にして生まれて初めての経験である。血ではなく水が出ることに不気味なものを感じる。この怪我も疲れが原因か？

就寝時、足にタオルを巻いて、その上にビニールの袋をかぶせて床に就く。

憂鬱な一日なり。

やんも句会の小生の俳句。

《ふるさとや　我れ大の字の　夏座敷》に票集まる。他は駄句なり。

句会の引退二人。メンバーの減少淋しきことなり。

九日（土）晴

今日はアスレチックジムの日であるが足が気になるので不参加。

昨夜、タオルを巻きさらにビニール袋で足をくるんで寝たが、かすかにはみ出ていたタオルまで濡れており、シーツまで濡れる。

朝、起きてタオルを交換したが、十時半には再びタオルを交換する。感じとしては水の排出が少し治まった気がする。三時には診療所でガーゼの交換。やはり水が湧き出している。

米朝対談のニュース賑々しいが、足の傷に心がとらわれて関心が薄れがち、八十三歳では天下国家を論ずるのも自分の体調が万全という前提か？　自己嫌悪あり。


紀州のドンファンの怪死事件。ますます話題沸騰。死因は覚醒剤のショック死。捜査本部は何日か前、愛犬の墓を掘り起こして死因を特定しようとしている。もし愛犬の急死も覚醒剤のショック死なら、他殺は確実である。通俗的ミステリー映画風の興味をそそる。被害者の資産五十億とか。五十歳も年の離れた妻というのも異常である。謎は謎を呼ぶ。悲しき末路である。金は人を悪魔にする。金が無くてよかった。負け惜しみではない。金は必要なだけあれば余分にいらない。金は邪魔にならないという巷間の伝聞は間違いである。金は必要以上にあれば、邪魔である。

三時に診療所。「長くかかりそうだね」と医師の弁。ショック。相変わらず水が傷口よりにじみ出す。不気味なり。

十日（日）雨　肌寒き一日

タオルを足の傷口に巻き、ビニール袋に足を入れて紐で結んで寝る。それなのに朝目覚めてみると、タオルがびっしょり水を含んでいた。ビニールのくるみ方が良かったのか今朝はシーツを濡らすことはなかった。少しずつ快方に向かっているのかもしれない。

昨夜、新幹線の車内で殺傷事件が起きた。名古屋行きの最終便での事件だった。青年が突然刃物を振り回して乗客に切りつけたのだ。女性をかばおうとした男性が殺された。犯人は襲う対象はだれでも良かったと話している。やりきれない事件である。

診療所に今日行くことになっていたつもりだったが、考えてみると、今日は日曜日なので月曜日の三時の間違いだったと思い直していたら電話が入った。なぜ来ないのかという電話である。日曜日の予約は間違いではなかったのだ。診療所の川口医師の献身的なのには頭がさがる。小生、十日ばかり入院したとき、朝の七時には回診に来た。おまけに日曜日も返上である。川口医師は老人医療について特別に使命を感じているのかもしれない。

日朝会談、トランプ氏もキム氏もシンガポールへ入った。北朝鮮の非核化本当に実現するのか？　小生、ほとんど信じられない。しかし、世紀の会談であることは間違いない。単なる政治ショーとして終わらせてはならない。

プロ野球交流戦、西武対巨人、巨人の二勝一敗。

N研究会会長病気で倒れたとの連絡入る。下田会談のとき食欲、健啖であったが、全体的に疲労感がにじんでいた。回復を祈る。長崎出張中止。

ガーゼの上にラップをぐるぐる巻きにして大浴場へ。バスタブには入らずにシャワーのみ。

十一日（月）雨

風雨強し。台風、太平洋沿岸をかすめて北上するらしい。

暗鬱な午前である。

足の傷口よりの水、排出が少なくなった。タオルを巻かずに様子を見ることにする。三時半、ホーム内診療所に足の治療。出液少なし。夜、タオルを巻かずに就寝。

袴田事件、高裁の判断は再審を認めずであった。支援者から悲嘆の声。静岡地裁の再審決定の大きな根拠は衣服に付着した血液のＤＮＡ鑑定が袴田さんの血液と一致しないという点を認めたことだった。しかし高裁はこの鑑定に疑問を抱いた。また、味噌樽に隠した犯行時の衣服が、袴田さんのものではなく、捜査当局の捏造の疑いがあるという点も静岡地裁の再審決定の根拠だったが、この衣服も袴田さんのものと考えても矛盾がないというのが高裁の判断である。

時間が経ちすぎた事件。もし、袴田事件が冤罪なら、真犯人は何処かでせせら笑っている。もうすでにこの世にいないかもしれない。袴田さんは小生と同じ学年である。小生、昭和十年五月、袴田さん十一年の二月の早生まれ。八十歳を過ぎた死刑囚の半生壮絶なり。被告の年齢を考慮すれば、最高裁判断が出るまで釈放を取り消すほどのことはないと、高裁は、最高裁に下駄を預けた判決。

新幹線の被害者の死者、有為な研究学徒で、将来を属目されていた。彼の死は世界的損失である。犯人は誰でも良かったと告白している。悲劇なり。

十二日（火）晴

タオルを巻かずに寝て、水濡れなし。傷口の出水止まったのかな？

今日は妻の市民病院の付添いである。手術後の経過診断である。去年股関節の手術をしてから、一カ月め、三カ月め、今日は六カ月めの検診である。八時半、ホームの受診便で向かう。いずこも年寄り多し。幼子などを見ると心が和む。

小生、よたよたと足もとおぼつかない。妻は小生以上に老体なり。若いとき散々苦しめた償いとして小生の最期は妻に奉仕する日々と心に決めている。

妻の手術後の経緯、異状無し。主治医は転倒のみくれぐれも注意するようにとくり返す。三時、受診便で老人ホームに帰着。

トランプ大統領とキム委員長の世紀の会談終了。

最初の気合いの入れ方騒ぎ方から見ると、その内容はだいぶ薄味である。したたかに見えるトランプさんが、キムさんにやられたという感じは拭えない。少なくとも合意内容は大ざっぱである。今まで北朝鮮には何度も裏切られてきた経緯があるだけに不安な合意内容である。トランプさんはプロセスの中の第一歩と語る。北は確実に非核化への道を歩むと宣言した。

北の誠意をこれから世界が見守るしかない。

今まで、裏切りが露見しても単に制裁の強化ですんでいたが、トランプさんの在任中なら、どう転ぶかわからない。北も今までの相手と同じに甘く考えるのは危険である。キムさんの指導力の問われるところだ。トランプさんは拉致問題に言及したという。何よりであった。薄味会談の中の唯一のスパイス。少なくとも、日本人の好みに合う。

握手する写真、孫と祖父という感じ。孫にやられた祖父。

老人ホームで蛍狩りツアーの催しあるらしい。心は動くが参加する意欲に乏しい。このように、あらゆることに意欲を失って年を重ねていくのかもしれない。

十三日（水）晴

以前よりもらっていた皮膚科の薬が無くなったので小西皮膚科に行く。タクシー病院券を発行してもらう。そのついでに水の出る傷口を診てもらう。

傷口が潰瘍化していて長くかかりそうだと医師に言われた。とにかく金曜日にまた来るようにとのこと。十時半帰着。病院券タクシーは便利だ。早い。

老いることは悲しみ以外のなにものでもない。怪我をしても病気になっても、治りにくくなる。自然治癒力が弱くなっている。死に向かう過程で健康を支える要素が一つ一つ失われて行く。全て失われたところで死が待っている。希望より絶望が身近である。

足痛む。小西皮膚科を信頼しているだけに痛みが激しくなると裏切られた感じ。しかし眠れないほどではない。病気でも怪我でも小生、よく眠れる。これは長所なりしか愚鈍の証拠か？

メディア、米朝の会談一色。論調は小生の考え方にほぼ近い。トランプさんの政治ショーで終わらせては北朝鮮の思うつぼ。

十四日（木）曇

今日は麻雀同好会。三位と競り合って辛勝の二位。腕まだまだ悪し。

ＮＨＫのＮさんより電話。死刑囚Ｔのこと、やはり戦災孤児のスペシャルにどうしても触れたいという気持ち捨てがたいとのこと。来週の火曜日、小生の取材に伊豆高原までご来駕のよし。当日ゆうゆう句会などもあり、多忙なれど承諾。

十五日（金）雨

今日は朝一番、八時半のホームのバス伊東線にて伊東駅に向かう。伊東駅より小西皮膚科近い。大型スーパーに立ち寄る路線のため、マイクロバスは満員。辛うじて座席確保。皮膚科、塗り薬変える。明日土曜日も午前中に来るようにとのこと。ホームに帰着後病院券を発行してもらう。タクシー会社に朝八時半予約。

午後、ホームの診療所へ人間ドッグの結果を判定してもらうために行く。帰途、管理事務所に立ち寄り、W主任と講演の打合せ。施設長も同席。ついでにNHKの取材の協力をお願いする。

サッカーのワールド大会ロシアで開幕。第一戦、ロシア対サウジアラビア、ロシア勝つ。セパ交流戦、巨人対ロッテ戦を観て就寝。巨人勝つ。エース菅野完投。

九時半の就寝。早い。

十六日（土）

四時半起床、早く寝れば早く起きられるのは道理。小生の睡眠のパターンは六時間半から七時間、健康的と自負。

起床後、書斎に入り昨日の日記の補足。いつもの習慣なり。

八時半、病院券予約のタクシー来る。小西皮膚科、土曜日ゆえ混雑激しい。子供連れ多し。喧噪なり。傷口に赤外線当てられる。何故の効用か？　慌ただしげな看護師に聞くことためらわれる。十一時少し前、帰着。

多忙でパニックになるのは、全部の仕事を一定の時間内に処理しようとするからだ。仕事に優先順位をつけて、マイペースで順次処理していき、決まった時間からはみ出したものは、そのまま次の時間内で処理すれば多忙でもパニックになることもない。

八十歳過ぎた老人の知恵と内心自負していたら、老人ゆえの多忙だからそんな悠長なことが言っていられるのだと自嘲の思いしきり。生産社会の多忙はそんな生易しいものではない。自己嫌悪つのる。本来、老人に多忙は似合わない。蝸牛のごとき歩みこそ老人の美しき姿なのだ。小生の老人ホーム、『ゆうゆうの里』のキャラクターは蝸牛である。

多忙なれど九時半に寝る。

十七日（日）晴

ＮＨＫの取材を受けるために死刑囚Ｋの手記を拾い読みする。全資料散逸の中に、死刑囚が代々木公園で肉まん売りの屋台を経営していたときにＮＨＫの取材を受けたとの記述があった。このことをプロデューサーは気づいているだろうか？　あるいはNHKの映像資料の中にKの動画がドキュメントフィルムとして残っているのではないか。電話をもらったときにそのことを確認してみよう。

多忙なのに、午後、テレビを観て時間をつぶしてしまった。

夜、娘の定期便電話が来る。父の日の謝意とプレゼントを遅れて発送したお詫びを述べている。子供の日に何もしないのだから、父の日にお返しをもらう道理もない。しかし、一人娘で、両親を忘れずに暮らしていてほしいという気持ちはある。

十八日（月）曇のち雨　十時過ぎより雨脚強くなる

朝、近畿地方の大地震のニュース。大阪市北部が震源らしい。震度6弱。家屋倒壊の下敷きの死者一名の報が入る。心肺停止の人も一人いる。

午前中、テレビ報道、震災のニュース一色。

午前十一時半、NHKより電話。明日の取材の件。予定通り午後三時ゆうゆうの里にて取材。

午後カラオケ同好会。足の傷ゆえ酒をひかえる。四曲歌って一時間早く退出。

明日のＮＨＫの取材、やはり落ち着かない。若いとき、取材記者だった小生、数え切れないほど、多くの人を取材してきたが、小生が取材されるのは八十三年生きてこのかた数回である。やはり取材される身は落ち着かない。ＮＨＫが私に訊きたいのは、死刑囚の少年時代のことらしい。

死刑囚Ｔの著書をまとめる間、東京拘置所に何度も通ってＴの話を訊いた。そのときに当然ながらＴの少年時代についても取材した。一連の取材で少年時代については特別に多くの時間を割いた。小生の知っている範囲でその事実を伝えよう。

震災の被害大なり。死者三名、負傷者多数。

十九日（火）晴

八時半、受診便で小西皮膚科へ。帰着、十一時半。

昼食の後、ゆうゆう句会。

小生の《サングラスかけて虚構を生きてみむ》評判よろし。俳人のＮＫ女史の特選に入る。

三時よりＮＨＫの取材を受ける。約一時間二十分。特別に緊張することもなし。番組の成功を祈りたい。戦災孤児の戦後、放送は社会的に意味あり。戦災孤児として負の極限を生きた死刑囚T。死刑執行の後、平成の終わりとなって、戦災孤児としてメディアの暗い脚光を浴びるわけだ。哀れなり。

サッカーW杯、日本対コロンビア、2対1で日本勝つ。まずは勝ち点3を得る。南米勢にアジアチームが勝ったのは史上初とか。まさにブラボーである。しかし勝ち方としては将棋なら相手の角落ちで勝ったようなものだ。相手の主力選手がレッドカードで退場。日本は一人多いメンバーで戦った。いずれにしてもどんなに強い相手でも、角落ちなら負けない実力を日本は身に付けている証拠だ。テレビ最後まで観戦。就寝十二時。

娘よりみちのくの銘酒詰合せ届く。父の日の贈り物であろう。

二十日（水）雨激し

朝、老人ホームの伊東循環便にて伊東駅へ。伊東駅より小西皮膚科へタクシーで。治療が終わって帰途、川奈駅より伊豆急で伊豆高原へ。駅前のパン屋に立ち寄る。カラオケ仲間のH氏と伊豆高原駅で出会う。タクシーに同乗。十二時半ころ帰宅。

病院通いだけで午前中つぶれる。生産社会ではありえない時間の無駄遣い。年寄りの時間の使い方の秩序のなさにあきれる。時間の浪費は年寄りとてじくじたるものあり。

雨止まず。ため息深し。処理しなければならない仕事があるのに午後も漫然と過ごす。

茨城県の文学老女Yさんよりビールの詰め合わせ届く。メロンに続いて第二弾なり。恐縮。

小生のアドバイスに従って小説書き替え送付したよし。


夜、BSフジ『プライムニュース』を観る。パネリストは小泉=金正日の首脳会談を実現させた影の立て役者、元外務省官僚の田中均氏、東大韓国文化センター長の本宮正史氏、朝鮮大学の準教授李氏。米朝会談、拉致問題について卓見を拝聴。

ただし、小生にはやじ馬的違和感あり。拉致問題は北朝鮮の非人道的犯罪なのに、北朝鮮の思惑優先議論に不満。犯罪には解決済みという言葉は似合わない。犯罪には贖罪と懺悔あるのみ。無条件で被害者を解放すべし。拉致された人は戦争捕虜ではない。

まっ、これはスジ論で、北朝鮮は難しい交渉相手。拉致被害者の家族の心情を思うと、前途暗たんとする。

二十一日（木）曇

茨城県のY女史の小説原稿落手。講演が終わってから読むことにする。手にずっしりと量感あり。八十代半ばにして執筆の意欲あることに敬服。

午前、講演メモを通読。

午後は麻雀同好会。ＳＫさん馬鹿ツキ。半チャンにして、大差をつける。三コロ。小生、三コロの二位。無念。

二十二日（金）晴

老人ホームの伊東循環便（八時半）に乗る。伊東駅より小西皮膚科へ。傷口痛々しい。多少は快方に向かっているのか？　帰途は川奈に出て伊豆高原へ。

老人は至る所に体調不振を抱える。そして医者通い。時間と国の医療費の浪費。やがてあの世へ。悲しきパターンなり。またしても午前中つぶれる。

午後講演メモに目を通す。

テレビはサッカーW杯、日本の次の対戦相手セネガルの紹介に賑々しい。セネガル強敵なり。

二十三日（土）雨

突然、皮膚科に行くことを思い立つ。講演まであと十日。それまでに治したいの思いなり。たとえ治らなくても講演にさしたる支障はないが、酒の飲めないのが侘しきなり。

八時過ぎに車を呼ぶ。駅で三十分近く熱海行きの電車を待つ。定刻より驚くほど前に行くというのは、四十代より身に付きし習慣なり。三十代までのあらゆることにルーズだった悪癖矯正の反動である。駅で二十分以上待つ。

四十代で誓いしこと。約束の十分前には必ず行くこと。借りた金は約束の五日前に返すこと。この誓い守って五十年。ただそれだけのこと。

皮膚科土曜日で混雑。小児の喧噪激しい。

二十四日（日）雨

漫然と時間をつぶす。老人なればこそ許された時間の浪費である。

一日置きの風呂。包帯の上にラップを二重に巻いてガムテープでとめて入る。早く湯船に入りたい。

夜、娘より定期電話。ＮＨＫの取材に興味津々。

「お父さん、八十歳過ぎて売れっ子になったわね」の言葉に苦笑。爆笑。

二十五日（月）晴

午前、一時ころ目を覚ましテレビをつける。日本対セネガルの試合観戦。シーソーゲームの好試合。２対２の引き分け。日本は勝ち点はセネガルと同点。今後の試合運びによっては、決勝トーナメントに進出の可能性、濃厚になってきた。今後の奮闘を祈る。

八時半発の老人ホームの伊東循環便にて伊東駅へ。駅より小西皮膚科へ。快方へ遅々たる歩みに、医院への不信感募るが、とにかく、講演までは医師を信じて通院しよう。医療費の少額に対してタクシー代の出費多し。酒代よりは健康的出費かもしれないと思い納得。まだ酒をひかえている。皮膚科の帰途、パン屋と駅売店に寄る。あじ寿司を購入。夜の食事のつもりである。

二十六日（火）晴
今日はホームの受診便で皮膚科へ。妻は歯科へ。受診便で皮膚科往復。受診便大いに有難い。帰途、ホーム内の診療所で毎月の定期検診を受け、日常に服用している血圧と喘息の薬を処方してもらう。喘息は二十年近く発作なし。治っているのか薬のために発作が抑えられているのか不明。医師は一応飲んでいたほうが無難だという。医療費の無駄遣いのような気がしてうしろめたい。が、発作は恐ろしい。

妻に指摘される。「あなたの歩き方、ずいぶんよたよたしているわね。それでは転ぶのも無理ないわね」

小生ショックなり。見た目もすっかり老人なのだ。まあ、当たり前だ。八十三歳はまぎれもなく老人である。それでいいのだ。

富山市の交番勤務の警察官刺されて拳銃強奪される。その拳銃で小学校校庭で交通整理などに当たっていた警備員が撃たれて死亡。刺された警官も失血で死亡。犯行の動機不明。恐ろしき犯行なり。

昨日はＩＴアナリスト、ネット上の言行トラブルで刺され死亡。若き有能な働き手があっけなく殺される事件相次ぐ。何かが狂っている。その根本正さなければならない。

新幹線内部の通り魔事件でも有能な科学者が殺された。暗澹たり。

二十七日（水）晴

今日もホームの伊東循環便で伊東駅へ。駅から小西皮膚科へ。循環便マイクロバスは満員。補助席使う人数人。小生十分前に到着したが後ろの片隅に空席あるのみ。以後に来た人は補助席。それだけ入居者に重宝されているのであろう。医院で傷口を確認。症状かすかに快方に向かっている気がする。帰途、パン屋に寄る。

どのテレビチャンネルも明日の日本対ポーランドの一戦に沸き返っている。日本中が見守っている。八十三歳の老残の胸も期待にはずむ。

仕事のアシスタントに進行状態の確認の手紙を書く。

巨人、広島戦、巨人惜敗。昨日に続く。拙攻なり。

二十八日（木）晴

十時半、事務管理課のW主任と講演のプログラムの最終確認。申し込みすでに百五十人を超えたよし。当日、朝、ホームを七時出発。ハイヤーを予約したとのこと。

木曜日は小西皮膚科は定休なり。回復は時間の問題。

今日は午後、麻雀同好会。辛うじて二位。三位と四千点違い。相変わらずK氏トップ。K氏の腕なのかツイているのか。

ポーランド戦を観ないで就寝。睡魔に勝てず。年寄りはあらゆることで耐久力がない。不甲斐なし。

二十九日（金）晴

朝、八時半、ホーム発の伊東循環便で伊東駅。駅前よりタクシーで小西皮膚科医院に向かう。医院の順番スムーズで、帰途は川奈発10時10分の下田行きに間に合う。

伊豆高原の散髪屋に寄る。散髪も空いていて、十一時半に終わる。車を呼んでもらってホームに帰る。十二時前に帰着。時間の使い方満足なり。

老人は日常の何事もないことで時間を消費する。生産とは関わりないところで老いの日々が刻まれる。ヒマとか無為によって時間が積もっていく。その果てに死という終着駅が待っている。老いの日々はメランコリーである。

ポーランド戦、破れたが、日本は決勝トーナメントの出場権を得たという。勝ち点はセネガルと同点であるが、反則点がセネガルより少ないゆえに二位になったのだという。セネガルがコロンビアに敗退したニュースが入るや、日本は闘う姿勢を捨てて、時間を消費するための姿勢で試合に臨んだわけだ。ポーランドに勝つという姿勢、あるいは引き分けにするというプラスの姿勢を捨てて、ひたすら反則をしないよう、消極的試合運びで時間潰しに徹したのだという。場内からは当然のごときブーイング。スポーツマンらしいいさぎよさに問題はあるが、戦術としてはありということか？　反則点の違いで出場を逃がしたセネガルは日本のやり方に怒っているかもしれない。世界のメディアも批判的論調が多い。

夜、久しぶりに缶ビールを飲んでみる。怪我をして以来二十日めくらいのアルコール摂取である。美味とは思うがそれほどの感激もなし。おそらく傷口にさしたる影響もないと思う。これから酒が飲めると思うと、少し心が明るくなる。

三十日（土）晴

八時半、ホームの五号棟に車を予約しておいた。八時五十六分発の熱海行きに乗る。土曜日の小西皮膚科医院である。川奈で下車して医院へ。土曜日なのに待ち時間順調。傷口だいぶ小さくなる。数えてみると、怪我をしてからちょうど二十一日めである。この調子だと全治一カ月か？　次は来月の三日火曜日である。帰途は川奈発十一時五分。時間がたっぷりあったので、駅に隣接するTスーパーで、果物とチョコレートを買う。

医院の帰途に五号棟の住人N氏と出会う。しばらく顔を見なかった。やや憔悴の感じである。N氏、かつての小生の風呂友なり。九十歳のはず。

今までガンの検査で入院していたよし。

「ガンの検査はしないほうがいいですよ。検査でへとへとになってしまいました」と苦笑する。「年寄りのガンは進行が遅いですから、そんなに簡単に死にませんよ」とN氏は付け加えた。N氏はどうせ病気の治療はしないのだからと言って、健康診断を拒否している人だ。そんなN氏がどんな経緯でガンの精密検査を受けることになったのか？　おそらく医師との関係で成り行きで検査を受けることになったのだろう。

小生は拙著の中でガンとは闘わないと広言しているが、果たして成り行きでそのように信念を貫けるものかわからない。

夜はホーム内の晩酌会である。昨日二十日めにして缶ビールを飲んだ。翌日の晩酌会の喉ならしのつもりである。

小生の晩酌グループは主としてカラオケのメンバーで構成されている。生ビール三百円、ワンカップ三百五十円なり。食堂は晩酌会用の献立。酔っぱらいが嫌いな妻のために、小生が妻の分の食膳を自室に運ぶ。

酔談は大いに盛り上がる。他愛ないが楽しい。

今日で六月が終わる。半年が終わる。光陰矢の如しなり。

七月

一日（日）晴

明日は講演である。三月に行った講演と同じ内容だから特別なこともないと思うが、やはり少しの緊張感がある。妻はあれこれと気を使っている。年をとってから、事に当たって不安が異常に大きくなるらしい。老化現象の一つかもしれない。哀れな話である。

昼食は妻は自宅でとる。小生は食堂でカラオケ仲間のNさんやMさん夫妻と同じテーブルで食事をとる。Nさんの亡くなられた奥様の写真を拝見する。亡くなる二カ月前に撮影したものだというが、元気そうにNさんに笑顔で寄り添っている写真だ。年齢が十四歳差だというが、若々しくて美しい。とても病気を抱えている人には見えない。ガンだというが、ガンは突然容体が悪化することがある。

Nさんはいろいろな同好会に参加して充実した毎日を送っている。霊界の奥さんも安らかであろう。

妻に早く寝るようにうるさく言われるが、たわいのないテレビを観て十時過ぎに就寝。

二日（月）晴

今日は小生の講演会である。老人ホームを七時に出発。

夜中に目が覚めて眠れなくなる。やはり講演に緊張しているのか？　開き直って仕事をする。二時に目が覚め、三時ころまで仕事をしている。眠くならないが、このまま朝まで眠らないと、睡眠時間は四時間足らずということになる。さすがにそれでは不安だ。三時過ぎにベッドに戻る。眠っていないつもりでも、少しは眠ったのかもしれない。時計を見ると五時になっている。

洗顔のあと、赤飯弁当の残りとカステラ一切れと牛乳の朝食。特別仕立てのタクシーで老人ホームを出発。同乗者、施設長、事務課のW主任、私を世話してくれるK氏。伊東市内で、途中、職員二人を乗せて一路東京へ。小生やはり車の中で眠る。途中、小規模の渋滞があったが、予定より早く着く。施設長と早めの昼食をとって雑談で時間をつぶす。

開場の定刻に講演の聴衆続々と来場。開演の定刻に始まる。

三月の講演の枕に使った言葉。

「これが文芸講演なら、関係者他数人という参加者のはずですが、老人ホームの体験談ということで、かくも多数のご出席をたまわりました。八十歳過ぎて流行作家になった気分です」まさに実感である。笑いを取るつもりで話したのだが、だれも笑わず、やや白けた感じだったので、今回はその枕を使わなかった。

とみに目が見えなくなって、原稿が見にくい。半分以上は原稿なしで話す。そのために時間の配分を間違って、司会者より講演ストップがかかる。儀礼の拍手は頂戴したが、講演は尻切れとんぼ。自己採点四十点。

帰途もタクシー。伊豆高原に着いて職員のK氏と駅構内の中華料理店で慰労の乾杯。九時過ぎにK氏に送られて帰宅。妻に「遅い」となじられる。十時過ぎに就寝。

三日（火）晴

朝のニュースで日本、ベルギーに3対2で惜敗したことを知る。ベスト8に残ることができなかった。最初、日本が2点を先取したが結局3点を入れられて破れた。逆転である。ベルギーは、日本を軽くあしらおうとしたが、2点を先取されて、あわてふためいて死に物狂いの反撃に出て勝った。日本の監督「ベルギーを本気にさせた」と語っていたが、けだし名言。本気は強い。日本、いつの日か、本気の世界の中でベスト8に勝ち残れるか？　前途は遠い。

落語家の桂歌丸さん、死去。行年八十一歳。小生より二つ下だが同世代。落語の世界も、昭和が一つ一つ消えて行く感じである。

今日はホームの受診便。小西皮膚科へ。確かに良くなりつつあるのだが、まだ完全に傷口がふさがらない。「もう少し頑張って」と医師の言。ここまで来たら、「頑張ります」というしかない。

十一時半、ホームに帰着。

講演の疲れか？　眠い。三時より四時過ぎまで熟睡。目が覚めてベッドに腰かけてよしなしごとを考えている間に、食事の時間を知らせる五時のチャイムが鳴る。

老齢の身、うとましき。

風呂は一日置きにシャワーのみ。傷の絆創膏が濡れないようにラップで巻いてガムテープで水が侵入しないようにラップに目張りする。早く首まで風呂に浸かりたい。

父の日に娘より贈られた銘酒を飲んでベッドに入る。

四日（水）

タイの洞窟に十二人の少年と一人のコーチが閉じ込められている。探検、冒険のつもりで入って、雨で水かさが増して脱出ができなくなったものらしい。イギリス人のプロのダイバーが少年たちの安全を確認したという。医薬も食料も届けられたという。家族はひとまず胸をなでおろしたが、どのように救出するかまだ結論は出ていない。雨期はあと四カ月ぐらい続くらしい。雨期が終わって水をかき出した後に救出するのがベストらしいが、それには後四カ月くらいは待たなければならないという。真っ暗な洞窟の中で四カ月も待てるのだろうかと懸念する声が上がっている。

プロのダイバーの誘導によって少年も水に潜るという話しもあるが、何百メートルも濁った水の中をダイビングに無知な少年たちが無事に移動できるのだろうかという声もある。水中でパニックになって、プロのダイバーの身も危険にさらされるのではないかという声も上がっている。少年や家族の心中を考えると暗澹とする。

今日は老人ホームの決算報告が集会室で行われるが小生は欠席。講演のため、原稿の締切りを延ばしてもらっていたのを一気に書き上げる。

決算報告は重要なり。講演の始まる前に、一人の婦人が駆け寄って来て、老人ホームの経営状態について質問を受ける。小生、「ご不安なら決算書を見せてもらいなさい」と答えた。

小生の拙著にも「老人ホームを選ぶ15のチェック項目」がある。四番目の項目に「運営会社の経営状態」がある。講演でもそのことに触れた。

小生の入居しているホームは、今年の五月で三十九周年を迎えた。小生は信じている。古いことは良きことなり。歴史があるというのは安全証明として重要なり。

五日（木）曇時々雨

午前中、原稿の推敲とプリント。午後麻雀同好会。小生、前半好調なれど、最終的に三位。二位との差二千点なり。前回まで連戦連勝のK氏、四位。ついにツキが落ちたのか？


衝撃的ニュース。文部科学省の局長が贈収賄事件の収賄で逮捕。犯罪の内容は、東京医科大学に子供を入学させる代わり、文科省主導の『私立大学ブランディング事業』の認可を与えたのだという。子息の裏口入学と国の事業認可を使っての取引だという。

私立大学の研究やユニークな新規事業に国家として補助金を投入して肩入れしようという崇高な企画である。これを息子の裏口入学の取引に使ったというのだから前代未聞の贈収賄事件である。

願わくば、子息は手心を加えなくても合格する点数を取っていることと、当該大学の新規事業は、国家の援助を受けるにふさわしい事業であってほしい。もちろんそれで犯した罪が帳消しになるというものではないが、幾分か救われる。父親の逮捕で子息は学内で針の筵に座らせられている心地であろう。気の毒だ。息子はこのことを知っていたのであろうか？本人が知らないところで行われた不正行為ならば、息子にとって晴天の霹靂にちがいない。一生、痛恨の傷を背負って生きていかなければならない。

もし、子供が力及ばすで、大学の事業がお粗末であれば、この事件救いがたし。しかし、そんな子供だましのことを局長たるものが行うであろうか？　つまらない親馬鹿の事件であれば、何たる茶番。子を持つ親は、我が子に対して総じて馬鹿であるが、そのことを親は自覚して厳しく自己を見つめなければならない。

六日（金）曇時々雨

朝、八時半の伊東循環便で伊東駅へ。伊東駅より小西皮膚科へ。一つの傷口は治療終了。残るは本命二つ。見た目も、自覚症状も恢復に向かっている。湯船に浸かりたい。シャワーだけでは不満が残る。

タクシーの手違いで帰りの電車が一台遅れる。一時間一本のダイヤ、乗り遅れると一時間近く待たなければならない。あまった時間で駅前の東急で買い物。帰着は十一時四十分。

オウム事件の主犯、麻原彰晃こと松本智津夫被告他六人計七人の死刑執行。一挙に七人の執行というのは意表をついた。衝撃的大ニュースである。

理解しがたい犯罪だった。教団が反社会的な行動を起こすのは、教団に対しての時の権力者の不当な宗教弾圧に対して蜂起したり反乱を起こしたりするということはある。オウムの大犯罪には宗教的な意味を全く持たない意味不明の無差別テロだった。加担した弟子たちは高学歴の前途有為の青年たちだった。教祖の意味無き狂気の夢想に踊らされた不幸な青年たちである。

宗教の本義は自己救済（悟り）の完成であるが、その過程において、宗教人は悩める大衆（衆生）の救済が大きな使命として自覚されなければならない。殺人が衆生済度に結びつくということは絶対にありえない。その絶対にありえないことを人類の救済であるとして大量殺人に結びつけた松本智津夫の狂気と夢想になぜ彼らは共感したのか、これは、単にマインドコントロールの結果と結論をくだしていいのか。

一人のえせ宗教家の単なる夢想の果ての事件だとしたら、救いがたい痛恨の大惨事である。それでもまだ、彼を偉大な宗教家として崇めている信徒がいるという。信じられない。

麻原の執行によって、おそらく史上にありえない犯罪事件に区切りがついた。これから幾千年を経過しようがこの事件の評価が変わることはないだろう。世紀の大汚点である。

七日（土）雨

今日は一カ月ぶりのアスレチックジムである。メンバー全員揃う。小生、久しぶりの参加に、温かき仲間の歓迎。今日は月初め、ジムの計測の日である。久しぶりのジム、やはり疲れる。一通りコースを消化する。自宅に帰って疲労を感じる。昼食後、昼寝。

西日本、未曾有の豪雨。被害甚大なり。夜の七時半現在、死者四十七人、行方不明者四十七人。恐ろしき。特に広島県の被害多大なり。

老人ホームの夕食、七夕そうめん。かやく御飯のおにぎり二つつく。抹茶羊羹もつく。いずれも美味なり。満足。

八日（日）晴

豪雨の後始末で各地が苦しんでいる。死者の数も百名を超えた。これからさらに増えていくだろう。何たる大惨事！　被災者に心からお見舞申し上げる。雨が続いた伊豆半島も三日めくらいから日が射しはじめている。快晴というわけではないが、一応晴れと呼べる天候だ。

今日は老人ホームの日帰り見学会。昼食を終わって食堂からの帰途、見学者の一団と出会う。メンバーの中に二人、この間の小生の講演を聞いた人も参加しているという。口々に講演は大変参考になったと賞賛の挨拶。半ば外交辞令とは思いつつ悪い気がしない。しかし、過分な讃辞はおもわゆい。照れ臭い。

大相撲の名古屋場所開幕。角番の大関豪栄道が負けたほかは順調な幕開き。

横浜の大口病院の点滴殺人疑惑、元女性看護師が逮捕される。おおむね犯行を認めているという。動機不可解にしてナンセンス。人の命を奪った代償は重い。若い看護師、何故の破滅か？　白衣の天使の堕落。慨嘆。しかし、多くの看護師の崇高な職業意識信じる。

九日（月）雨時々晴

今日は銀行巡りと郵便局、それに買い物。妻を同道するので、タクシーを呼ぶ。買い物は妻の懸案の売薬その他。銀行は記帳と市民税の納付。郵便局、大型店で買い物、銀行の順序に回る。それぞれの区間はタクシーを呼ぶほどではないので歩き。妻は足が不自由なので難儀している。疲労大なり。最後の銀行でタクシーを呼んでもらう。

ちょっと歩くと疲れる。疲労感で足が重くなると、老齢を強烈に実感。疲れてくると小さな段差につまずいたり足がよろけたりする。同年輩で現役の出版社社長と電話で会話。仕事ができるのは後二年であることを確かめあう。わびしきことなり。

老いは人間の定めなれど、残酷なものだ。しかし我ひとりの嘆きではない。すべての人類はこのようにして誕生と終末をくり返しているのだ。小生の人生、さんざん破天荒な生涯を送って今、目の前に終末が迫りつつあるだけのことである。

今日の外出、妻の申し出なれど、足の悪い妻、さぞ疲れたに違いない。

振り返れば、悔恨の累々たる堆積の中に埋もれた我が生涯なのに、そのことで苦しみ悲しみに打ちのめされるという深刻な思いはない。小生、目先の快楽を求めて歌い続けた肥満のきりぎりすということか。我が生涯に悔いなし。

十日（火）晴
今日はホームの受診便。相変わらずの小西皮膚科である。
木曜日の夜に治療のガーゼを取り去ってシャワーを浴び、そのまま就寝し、翌日にその傷口を見せてほしいとのこと。これは、ほとんど回復ということであろう？　傷口が水に濡れても問題なしということなら、これで治療は終わりということだろう……と、勝手に希望的判断して喜ぶ。思えば長かった。ほぼ全治一カ月である。
西日本の豪雨被害の死者の数、毎日加算される。最終的にどれだけの数になるのか、予測できない。今日現在、死者の数百五十名を超えた。

当然ながら家屋の被害もすさまじい。二階の天井にまで水が来たという例もある。何しろ、河川が氾濫し、堤防が決壊したり、山肌が崩落して土石流による被害も大きい、まさにこの世の地獄を見るが如しである。心より被害者へお見舞申し上げる。

洞窟に入って出られなくなったタイの十三人の少年、十三名が全員無事救出。世界の協力で見事に解決したが、タイ当局の適切で冷静な判断が成功に導いた。大いに賞賛に値する。少年たちの健康状態もほぼ良好とのことだ。一週間程度の入院で家族のもとへ帰れるという。

特筆されるべきは少年たちを引率していたコーチ（25歳）の存在である。少年たちに瞑想を指導し、精神的動揺も食料不足も乗り切った。食料の菓子類も均等に分け与えて、命を長らえさせた。彼自身はほとんど何も口にしていなかったらしい。自分の分も少年に分け与えたのだ。肉体の衰弱は彼が一番大きかったという。彼の少年時代の仏教修行が今回の遭難に役に立ったのだ。瞑想の効力改めて注目されるだろう。

世界に見守られた救出劇の主人公たち、社会に役立つ人間に成長してほしい。世界の目によって見守られた少年たちの未来は世界の善意に対して美しく報いてほしい。

十一日（水）晴

今日、東京より来客二人の予定。小生の入居している老人ホームの見学のためである。江戸川区で学習塾を経営しているS女史と私と同業の著述業者のSR氏の二人である。過日の国際フォーラムでの小生の講演を聞いて、真剣に老人ホームの入居を検討してみようという気持ちになったらしい。午後一時半、ホームの管理事務所で落ち合うことになっている。

来客二名定刻に来たる。各自の宿泊ルームで旅装を解き、その後W主任にホーム内を案内してもらい、説明を受けることに。五時半ホールに集合の約束をして小生は退席。

五時半、ホールに集合。レストラン『花吹雪』へ。歓談の後、カラオケへ。SR氏なかなかの美声なり。小生、相変わらずの演歌なるも、年々声が出なくなる。老齢ゆえの劣化なり。これも自然の摂理で、如何ともなしがたし。寂寥を噛み締めるのみ。

九時半帰宅。妻に遅いと叱責される。昔、放蕩の限りを尽くしていた小生としては、妻の叱責は今昔の感なり。昔、朝帰り、流連荒亡の日々。遅いとなじられたことはなかった。破天荒は日常のことで、悪行は連日の如くで、妻としては怒る気にもなれなかったのであろう。あの時から幾歳月、今、妻の叱責に甘んずるのは小生の贖罪のつもり。

十二日（木）晴

SR氏、八時半ころホームを出て帰途につくという。SR氏の専門は釣りのライターでこの時期、取材で多忙になるのだ。伊豆高原に来たついでに近辺の釣り場に立ち寄るらしい。

八時半、東京の銘酒を持参して拙宅に。このまま釣りに出かけるという。ゲストルームの鍵は駐車場で出会いしW主任に返却したよし。

十時半、S女史を伴いホームの先輩田口氏宅を訪ねる。田口氏が小さいタイプの居室を上手に使い込んでいるのを小生、常々感服しており、S女史に見せたかった。一人暮らしの模範である。女史も大いに感服している。三人連れ立って私の贔屓にしているイタリアレストランJへ。ビールで乾杯して歓談。十二時半散会。

午後、小生麻雀同好会。成績振わず。二位との差千点で三位。

夜ガーゼ外して風呂へ。湯船に早く浸かりたいが、それは時間の問題。

自民党の参議院の定数増加の法案、国民をなめきっているとしか思えない。一票の格差是正に名を借りた党利党略の暴挙である。安倍政権は議員定数削減を約束して民主党から政権を奪ったはずだ。身を切る改革の意識は失われてしまったのか？　一党多数のおごりはいつの日か国民の審判を受けるときが来るはずだ。

十三日（金）晴

今日は伊東便で、皮膚科へ。治療は最終段階と思う。傷口時折痒し。傷口を診た医師「もうすぐね」と言う。入浴はシャワーだけにと言われた。やはり湯に浸かるのはもう少し先のことらしい。今度の次は火曜日。受診便を予約することにする。帰途、川奈駅で一台早い電車に乗る。今日はやんも句会で、医院のついでに顔を出そうとしたが、この時間なら一度帰宅して出直すことにする。パンを買って帰る。

病気や怪我に向かい合いながら時間を消費していくのは老人の現実である。老人の日常は体調の不振とともに過ぎて行く。生き長らえて何の功績もなく、病気や怪我の治癒に望みを託しつつ日を重ねて行く。老人なればこその哀しき忍耐である。

若い日ならここまで治癒していれば、後は医者の指示に従わず放置してしまったに違いない。小生、おそらくまた火曜日に出かけるに違いない。老人ゆえである。変化も刺激も少ない日々。老いの深まりにただ視線をそそぐだけの毎日。哀切なり。

やんも句会に出席。

三票集まりし小生の句。

《新内の流れる露路や釣り忍》これ見よがしの駄句なり。《夏草やふるさと過疎となりにけり》

《不遇の身まとえばセルの軽きかな》
小生、佳句と思いしがそれぞれ一票のみ。
句会の後、句友H氏とそば屋で一献。

十四日（土）晴
朝九時よりアスレチックジム。
気温の話しが出る。本日、名古屋、東京は猛暑というニュース。暑いといいながら、伊豆高原の気温は、三度から五度ぐらい低いという話に同意。避暑地として栄えてきた別荘地であることに納得。冬もやや温かい。
ジムの日は疲れる。体を鍛えるためのアスレチックなのに、疲れるのは本末転倒のような気がしないでもない。しかし、心地好い午睡をむさぼる。目覚めると一日が終わっている感じに自己嫌悪。無為なる老残の日々の過ぎ行く。

十五日（日）晴
午前中、ゆうゆう句会の準備。投句の整理とプリント。
午後の暑さのピーク、三十二度とのこと。
ホームの住民との挨拶。「暑いですね」の言葉。それ以外の言葉見つからず。

アイスクリーム美味なり。

老いの特徴は気力の衰えである。妻は事ごとに「何もしたくない」と呟く。無気力放心は老いた人の大きな特徴である。いかにやる気を芽生えさせるかが老人介護のポイントの一つであろう。日々の生活の中で小さな気力を持たせる工夫こそが必要である。

十六日（月）晴　祭日・海の日

よく夢を見る。心理学的、生理学的に何らかの理由があるのだろうが、そのことにさしたる関心もない。ふと気がついたのだが、夢の中では歩くことを苦にしていない。夢の中でもよたよたしていたのでは救われない。昔、義足の知人に「夢はいつも五体満足で出てくるんですよ」と聞いたことがある。それと同じかもしれない。

昨夜も夢を見た。夢はいつの場合も荒唐無稽で、日記に記すほどの価値もない。昨夜の夢は後味の悪い夢だった。どこか不明だが、大手企業から講演を依頼され、打合せに出かけた。レストランで接待を受けたのだが、どんな食べ物が出たのかは不明だ。後日、重役秘書が訪ねてきて、講演は中止となったことを告げられる。そして、接待のときの領収証を示して、この代金を支払ってくれというのだ。あまりに多額でびっくりしたが、持ち合わせがなかったので、後日支払うという約束をしたところで目が覚めた。夢ながら辻褄があった話で、これに似た経験をどこかでしたような気もする。愉快な夢ではない。

午前中は和室の整理だ。書斎代わりに主として小生が使っているが、書斎というような知的雰囲気はない。単なる老人の居室である。机に付随している本棚にとりとめもない本が積まれていて、机の上にワープロが二台置かれている。

この部屋には大きな和ダンスが置かれ、背後の左右いっぱいの押し入れはクローゼットのように、小生の衣服類が吊されている。いつの間にか取り出した衣服が押し入れに戻さずにそのまま壁に掛けられている。妻はそれが気になるようだ。自分のことは棚に上げて、戻したものは元の場所にしまってくれというのだ。妻の言い分に従うことにする。

午前中は和室の整理に集中する。何か義務的にしなければならないことがあると、やり残している仕事のことが気にかかる。小生の悪い癖だ。あと片付けや掃除は昔、妻の仕事だった。今は妻は何もできない。今になって片付けは私の仕事になっている。

午後はカラオケ同好会。前回は私を含めて欠席者が多く、淋しい集まりだったというが、今日は我々以外の客もあり、大盛況。小生相変わらずの演歌。『小指の思い出』を歌う。

列島、空前の猛暑。昨日38度、今日39度4分の地域あり。伊豆高原は32度とのこと。被災地も猛暑だという。被災者、ボランティアともに苦労している。苦しんでいる人のいる中に、クーラーの効いた部屋で、昼酒にカラオケはうしろめたし。

十七日（火）晴

今日は受診便。小西皮膚科。本日で打ち止めと思いしや来週も来いという。もう、一歩である。完治もう一息。来週も受診便だ。

午後はホームのゆうゆう句会。

小生の句に選が集まる。小生の俳句特選句二句、《青りんご汝《なれ》の歯形のいとおしき》《冷や奴くずすに惜しき白さかな》

小生の選びし特選句。《思い出を呼び出している祭笛》清美作

連日の猛暑、地球の劣化の始まりであろう。幾千年のはるか未来か判らないが、地球滅亡の予兆かもしれない。人間の悪知恵が滅亡を加速させているのは事実だ。地球を傷つけないように大事に住まなければならない。我が子孫よ心して地球を大事にしてほしい。

今日の読売新聞の文化欄の『読むは今・雑誌』というコーナーで、ノンフィクションライターの稲泉連さんが、『月刊現代のＤＮＡ』という記事を発表している。

『月刊現代』というのは、かつて講談社が発行した総合月刊誌である。およそ十年前に休刊

している。この月刊現代の源流が、さまざまな多様性のある新しいメディアに受け継がれ、育っているということが語られている。

その月刊現代の創刊号に小生、雑誌記者として微力ながら関わっている。創刊号の目玉特集の制作スタッフの一人だった。あまりに昔のことで、細部について記憶していないが、直接の上司は、後年、写真週刊誌『フライデー』の編集長として活躍したIさんであり、二人で遅くまで記事の整理に没頭したのを覚えている。当時はパソコンも使える時代ではないので、調査はもっぱら電話と足の取材だった。

創刊号の仕事で並行して引き受けたのは、松本清張さんの連載小説『流れの結像』の資料収集だった。小説の舞台は製薬会社で当時、ドリンク剤が注目されている時だった。どこで仕入れたのか、清張さんは砂漠に生えている草で、その草を食べているおかげで駱駝は苛酷な旅ができるのだという。確か清張さんは草の名を駱駝草と言った。そちこちの大学の研究室やら、漢方学者を訪ねて取材したが結局そんな草は存在せず、牛から微量に採取できるビタミンKをドリンク剤の材料にして一件落着した。

月刊現代のDNAの残滓の一片として、現在八十三歳で気息奄奄《きそくえんえん》と生きている小生の内部に、この記事が懐旧の情を呼び起こした。あの日あのときの、広い週刊現代の編集室の隣の、小さな月刊現代の編集室が目に浮かぶのである。

十八日（水）晴

浅利慶太さんの訃報。行年八十五歳だという。オペラの楽しみ、面白さを日本人に教えてくれた演出家。小生の持論、八十五歳が寿命の最終ハードル。多くの先輩や仲間が力尽きて逝去した。浅利さんもハードルを越えられなかった。持論に従えば、小生もあと二年である。他人事《ひとごと》ではない。冥福を祈る。

前日、女優生田悦子さんの訃報あり。行年七十一歳。長かった闘病生活の果ての死である。若すぎる死を悼む。

十九日（木）晴

午前中、茨城県の文学老女Y女史の小説を読む。三分の一ほど通読。以前よりややよくなっている。書こうという意欲やよし。八十六歳で自意識若し。

今日は午後は麻雀同好会。ST氏夏風邪とのこと。体調悪し。手が震えて牌の積込みも儘にならない様子なり。しかし、トップなり。小生、体調快調なれど惨敗。猛追したが及ばず四位なり。

連日猛暑が続いている。熱中症の死者多し。特に老齢者の死者多し。

二十日（金）晴

本日は娘の誕生日、祝詞のメールを送る。返信来る。両親が辛うじてながら元気でいてくれることを有難いと思っているという。殊勝なり。

終末を考えるといったところで、老人ホームに入居の我が身、特別に対策を講じる必要もない。体が動かなくなったら、介護棟に移って看とってもらうだけのことだ。それだけは自立型老人ホームのメリットである。有難い。

子供は娘が一人なので、あれこれと死後のことを託さなければならないこともない。問題は、妻と小生、どちらが先に死ぬかということだ。年齢の順からいえば小生が先ということだが、八十歳過ぎた二つ三つの年の差は、格差の内に入らない。体調の変動や病気の発症は予測できない。年老いて、妻はあらゆることができなくなっている。

昔、家庭というものを顧みない小生に代わってあらゆることを為し遂げた妻のあの驚異の能力はどこに行ってしまったのか。私が先に死んだら妻は大いに困るに違いない。老人ホームに入っていることで、大方のことは支援してもらえるが、小さなことで不便を感じるに違いない。それだけが心残りだ。

今日は土用の丑の日、ホームの食堂でうなぎを食べる。うなぎは好物なり。昔、長寿老人の食生活を調べたことがある。週に一回はうなぎという答えがけっこうあった。うなぎの好きな老人は割に多い。小生の好物の一つでもある。

十九日、偉大な脚本家橋本忍氏逝去。百歳とのこと。小生、若かりしころ密かに傾倒していた。小生、不遜にも劇画のシナリオを書いたときペンネームを貝塚忍とした。橋本忍にあやかりたかったのである。笑止にして無礼の振る舞いを詫びる。先生の冥福を心より祈る。橋本さんは小説を書いていたという。百歳にして衰えない創作意欲、驚異なり。

二十一日（土）晴

アスレチックジムの日である。N氏大阪に出かけ男性は小生一人。「男性一人は淋しい」と呟くと、トレーナーのO君「私も男性です」と突っ込みあり。

N氏、小生より二歳年長。大阪は日帰りのよし。元気なり。見習うべし。

時折、ベッドに座り込んであれこれと、雑念に翻弄される。妻も同様にベッドに座って考え込んでいる。心身の疲労感ゆえと思う。昔、年寄りが何か考え込んでいるふうに見えたが、あのときの年寄りと同じポーズで考え込んでいるのだ。まともな思考のときもあるが、とりとめのないことを思い巡らしていることのほうが多い。寝室が書斎に隣接しており、書斎に入る前にベッドに座り込んでしまうのだ。放心のこともある。無為に心を遊ばせているのだ。

哀れな老人の習性である。

今日は無為なる一日だった。猛暑のせいとはいえない。クーラーの効いた部屋に居るわけだから、無為は老いのためである。あらゆることにやる気を無くしているのだ。老いるということは、無為の日々を積み重ねて行くことかもしれない。

妻が介助入浴を受ける日なので、帰ってくるまで昼寝ができない。一時半に出て、帰ってきたのは二時半である。それから昼寝、目覚めると四時だった。苦い自己嫌悪。

夜、テレビ『ぶらタモリ』を観る。関門海峡の余人のあまり知られていない裏話などを、専門家が解き明かしてくれるユニークな番組なり。タモリのキャラクターがほのかな味付けとなっている。今夜の話は先週に引き続いて『関門海峡』の話である。

その後、広島対巨人戦を観る。この試合に負けると巨人の自力優勝は無くなるという。巨人は負けた。広島は強い。素人考えながら高橋監督の采配に問題がありそうだ。クライマックスシリーズに参戦できなければ、おそらく責任問題が浮上するだろう。

大相撲、千秋楽を待たずして、関脇の御嶽海優勝。健闘を讃える。大関陣不甲斐なし。

二十二日（日）晴

午前、茨城の文学老女Y女史の小説を読む。訂正しながらなのではかどらない。何のために書くのか、いささか疑問に思うこともあるが、頭の体操なら、高級なトレーニングである。

昼寝をする。目覚めると夕刻なり。
発句する。やんも句会、ゆうゆう句会の八月の句会の投稿分である。
八月は秋の季語なれど、こう猛暑続きでは『熱帯夜』『極暑』などの季語のほうがふさわしい。とても、『新涼』『秋立つ』という実感がしない。

夜、娘の週一の定期電話。八月のゲストルームの予約ができたことを伝える。

NHKの大河ドラマ『西郷どん』。禁門の変なり。四十五分の中に『桜田門外』『池田屋』事件他、長州薩摩の確執など盛り込むのは少し無理な感じ。西郷の物語には確かに本筋ではないが、省略は少し淋しい。

二十三日（月）晴
猛暑の新記録。埼玉県熊谷市に41度1分を観測した。高知県、四万十の41度0分の記録を破ったという。
五十数年前、編集記者の小生、デスクワークではステテコにランニングで扇風機もめったに使わなかった。女性の編集者もいたが、特別に非難された記憶もない。五十年前にはステテコ、ランニングでしのげる程度の暑さだったのだろう。熱中症の者、あまり周囲に見かけなかった。中高のころ、スポーツのとき、水飲み場に塩がおいてあったのを思い出す。

ホームの診療所に薬を処方してもらうために出かける。妻を同道。

小生、足がつるのを予防する薬を処方してもらう。漢方薬とのこと。

診療所の帰途、妻の歩みの不確かさと、異常な発汗を見て、生活サービス課のS課長は車椅子を用意する。熱中症を憂慮したらしい。老人ホームの見守りの精神は有難い。妻は昼食は配膳。自宅での食事である。小生、食堂でNB氏、M夫妻と同席。歓談しながらの昼食。NB氏ホームの文化祭でシャンソンを歌うよし。大いに激励する。


四時、薬を受取に診療所へ。

妻は疲れたらしく、七時半にベッドに入る。診療所、介助入浴で疲れたらしい。

二十四日（火）晴
今日は皮膚科の受診便。妻も同じ便で歯科へ。
本人としては九分どおり治っていると思っているが、来週も来るようにとのこと。風呂は浴槽に浸かる許可を得た。長湯と患部をあまりこすらないようにとのこと。当然のことだ。この暑さでは長湯などする気にならない。しかし、この一カ月間というもの、湯に浸かりたいという気持ち、はなはだ強い。

帰途、小生を乗せた車は歯科を回る。ホームの仲間に手を引かれて車に近づく妻の老い方にショック。しかし、考えてみると、妻は小生の歩き方を見て何たる老醜と思っているかもしれないと反省する。


白夜書房の森下社長より暑中見舞い。森下氏もすでに後期高齢者のはずだ。生きているうちに会えるだろうか？　二十代からの友人である。

過ぎ去ってみれば、人生まさに邯鄲の夢なり。


年を取ると手すり、壁など、無意識に伝い歩いている。体を支える補助的なものが必要なのである。まっすぐに歩くことに自信を失っているのである。あらゆることを補助してもらうことが老いの生きる日々である。老人ホームの存在価値は、いかに満足すべき終末を迎えさせてやれるかである。

二〇二〇年のオリンピックまで生き長らえられるだろうか。ちょうどあと二年である。

元気に生きるということは個人差が大きい。病気は運命というのが、小生の持論だが、体力、気力の個人差に大きな影響を与えるのが病気である。老人の終末に病気という運命は大きく関わっている。

二十五日（水）晴時々曇

今日はカンカン照りではないので幾分涼しいかもしれない。もっともクーラーの効いた部屋にいるぶんには晴も曇もさしたる違いはない。

老化を痛感するのは機能の劣化や体力の劣化だけではない。気力の衰えが大きいと思う。気力が衰えてくると、何もする気が起きないのである。小生の場合も、去年あたりまでは興味をもつ物や好奇心のうずくことなどもいろいろあったが、去年に比べて今年はめっきり少なくなった。これが老いることだなと考えることがある。わずか一年の月日の経過で我が身が実感する我が身の変化である。

小生、老人ホームに入居したのは七十七歳であった。入居時はまだまだやる気が残されていた。仕事も辛うじて現役だった。あれから六年、今、気力が衰えたことを実感する。老人ホームでは入居者のためにさまざまな行事を企画をする。その行事に二、三年前までは積極的に参加しようとした。年々、その行事に参加する気力が衰えてくる。

我が身の変化を振り返って考えるに、老人ホームは遅くとも七十五歳くらいまでに入居して積極的に老人ホームが主催するさまざまな行事に参加して老後を楽しむべきだ。理想を言えば、六十代に入居して十数年間という時間を余生の楽しみ求めて積極的に生きるべきだ。

六十、七十は余生の楽しみに没頭して、八十代に入ったら、静かな終末の時間を見つめるという過ごし方が老人ホームの理想的な暮らし方だと思う。いざ入居をしてみたものの、いろいろな行事を楽しみたいのに、肝心の気力や体力が残されていないというのでは淋しい。入居は早ければ早いほどいい。

気力は各自の自覚だ。自らを甘やかさずに、なるべく人の手を借りずに自力で生きようとする気持ちは尊い。車椅子を拒否して自力歩行する努力の人は偉い。やがて、その人も、車椅子に乗る日が来る。ああついにあの人もと思いながら車椅子で去っていくのを見送る。

二十六日（木）曇

世界の中で日本の科学技術力が低下しているという。世界ランクで中国にも先を越されてしまった。日本の政治家は、いつ実を結ぶか判らない基礎研究を軽視し、すぐに実効性の上がる応用研究のみを重視しようとする。優秀な日本の頭脳は、アメリカ、中国を始め海外に流出してしまい、現在、日本の基礎研究の分野は危機的状況にあるのだという。

真の政治は国家百年の未来を見据えて行うもので、目先の現実を追いかけるものではない。日本の政治家は国を憂えるのではなく、自己の保身に走っている。大いなる愚劣である。日本の政治は長い間に日本を疲弊させてしまうのではないかと危惧する。先見の眼を有する政治家、日本の未来に鋭い視線をそそぐ政治家の出現を待望する。

午後は麻雀同好会。毎回、下位を低迷する我が身の不甲斐なさにいささか自嘲気味なり。今日は前半好調で段トツで折り返すも、つもられたり、思いがけない放銃で二位に転落。プラス七千点の二位でゲームセット。

オウム真理教の死刑囚残り六人の死刑が本日執行されたとのニュースあり。教団の残党信徒の施設に公安の捜査官が立入りの捜査を行ったという。あれからおよそ二十三年の歳月が経過しており、事件を知らない信徒も増えている。しかし、麻原彰晃こと松本智津夫の犯したサリン事件や弁護士一家殺人事件の犯罪は歴然としており、時の政府による教団弾圧というような法難ではない。麻原はどこまでも凶悪犯であり、神とは似ても似つかぬ存在で、彼の神格化は考えにくい。日蓮上人の遠島や長崎のキリシタン処刑とはまるっきり異なる。

何百年の歴史を経ようが、この事件は宗教弾圧といったものではない。今回の死刑は単なる犯罪の処罰に過ぎない。ただ、多くの有為な青年たちが、狂人と化して犯罪の構成に加担したことは大いに悔やまれる。死刑制度の是非はまた別の話である。

今日、七月二日の小生の講演を聞いたご婦人二名がホームに日帰り見学に来た。食堂で挨拶を受ける。今日は幾分暑さの少ない日でよかった。

浴室に身を沈めること二回め、大浴場で思わず歌が出る。風呂友のＫＲ氏「歌が出るようでは体調良好ですね」と冷やかされる。

二十七日（金）晴

台風が発生し、東海（伊豆半島）は進路予想に含まれている。今日現在、天気は晴れており、あまり緊迫した感じはないのだが、確実に迫りつつあるのだ。明日の夕刻から風雨が強まるらしい。小生は老人ホーム住まいで危険はないのだが、妻に物干し竿をはずして置くようにいわれる。ホームのアナウンスでも台風の注意を呼びかけている。

午前、茨城県の文学老女Ｙ女史へ、小説を読んだ感想文と提言をしたためる。小説ではなく自分史を書いてみることをすすめる。

甲子園の静岡地区予選、常葉大菊川と島田商業の決勝戦。シーソーゲームの接戦の末、常葉が優勝。静岡球児の夏終わる。青春はよし。感動と涙あり。八十三歳にとって十代の青春は夢のまた夢。

巨人対中日戦で、巨人の山口俊がノーヒットノーランを達成。本人はチームメイトの協力で実現したと語っているが、まさにその通り。偶然、幸運の結果である。ヒット性の当たりが守りのファインプレーで好捕されるなどの幸運によってもたらされたものだ。運も実力のうちというから、山口選手にはそれなりの力があったということだろう。まずはおめでとう。

妻、小生がぐずぐずしているので自力でベランダの物干し竿を三本を下に下ろす。台風の備えである。

二十八日（土）雨　台風の予兆をはらむ

テレビも老人ホームのアナウンスも台風情報しきりである。気配があるが、まだ風雨それほどのこともなく、アスレチックジムに向かう。

昼食も食堂でとる。足の悪い妻も食堂に同行。やはり、夕刻に風雨強くなる。

夕食は自宅配膳とのアナウンス。こういうときは老人ホームは有難い。外に出なくてもいい。我が家は特別に台風に備えることもない。戸締まりをして眠るだけである。

二十九日（日）晴

台風一過とはいうものの、台風が通過したという実感もない。老人ホームの住人との挨拶「大したことがなくてよかったですね」の言葉。

テレビでは台風の通過地点の情報が報じられている。やはり、確かに台風は足跡を残しているのである。伊豆半島の伊豆高原にはそれらしき傷痕が少ないということか。歩道の所々に枯れ木などが散乱しているのが、台風の足跡と言えば言える。

娘よりメール。今日は夜外出しているので定期電話は明日になるとのこと。両国の花火だな？と直感。明日電話が来たら訊いてみよう。両国の花火は台風のため日曜に順延。

拙著の読者より、自費出版の問い合わせあった。その返事を書いて投函。小生のような無名の文章職人も読者サービスは大事だ。わざわざ拙著を購入して読んでいただくお客様は、文章職人の大切なお得意さまである。

三十日（月）晴

妻に頼まれて売店にアイスクリームを買いに。ついでにお茶のペットボトルを三本買う。

日大アメフト部の第三者委員会。内田前監督と前コーチの懲戒免職妥当の報告書。現理事長の辞任については触れられていない。理事長の直接的な関与がないのは当然だが、世間を騒がせた点について時の経営トップとしての道義的責任避けられない。

今日で甲子園の全出場校が決定。相変わらず常連校強し。初出場校少ない。大会百周年だという。小生83歳、小生が生まれるはるか前から続いてきた大会と思うと感無量である。今年の出場校は記念のため過去最多の56校だという。

三時半より一時間昼寝。無為の一日が終わる。

三十一日（火）晴

七月も終わる。未曾有の酷暑と西日本の水害悲惨の七月であった。

今日は受診便運行の日。妻の歯の不調で小生の予約の席を妻に譲る。小生の皮膚科はこれで打ち止めにしよう。長かった医者通いよ、さらば。

句友のH氏、うっかり夏の季語で投句の句を作ってしまったとの電話あり。句会は八月十日である。八月は秋の季語だが、前半十日なら夏の季語が入っても可たるべしと答える。実は小生も五句のうち二句は夏の季語である。

日本ボクシング連盟への告発。またまた火の手上がる。加盟会員三百数十名による告発だという。レスリング協会への告発に次ぐボクシング連盟の告発。同じ格闘技系列の告発である。組織を束ねる人たちは権力的になるのだろうか？　連盟会長の山根さんと、日大理事長の握手の写真、暗示的である。

自民党総裁選、各派閥の動き活発化。安倍三選濃厚である。石破さんの志、立派なれど、日本の首相としての器であろうか。小生の考える首相の要件は、一に政治力、二に語学力、三に容姿端麗である。この三つを備えていることが大切だ。政治力の中に、憂国、先見力、国際感覚などが含まれる。安倍さんと石破さん、果たしてどちらかな？

アメフト関東学連、日大アメフト部の公式戦の参加を今年度は認めない方針を発表。日大側が提出した改革案を関東学連は完全なものと認めなかったということだ。日大側のあくまでも事件がアメフト部だけの問題として処理しようとする姿勢に学連は反発したのだろう。底流にある日大の体質、視点、精神は根本的改革とは程遠いとの判断を示したのであろう。

散歩も仕事もせず一日が終わる。老いの七月も終わる。蝉の声高し。

八月

一日（水）晴

老いを生きる小生の姿勢は成り行きである。老人ホームの住民には積極的に老いと闘う人もいる。病気や弱点を強い意志で克服しようとする人である。朝の体操に参加する人、歩く人、体を鍛える人、筋肉をつけようとする人、等々である。称賛に値する心根である。

小生は、流れに逆らわずに老いを肯定している。これには、年齢も関係しているかもしれない。七十代なら、小生もあるいは闘おうとしたかもしれない。八十代は闘うというより、老いを受入れ、見つめる年代と言えるのではないか。この考え方も人さまざまであろう。何しろ、今は人生百年時代である。小生の子供のころは人生五十年時代であった。

現代の八十代は昔の六十代ということか？

♪村の渡しの船頭さんは今年六十のおじいさん

昔の唱歌である。六十代の人にお爺さんと呼べば今の人は不快に思うに違いない。八十代ならお爺さんと呼ばれるのもやむなし。しかし小生、船頭さんは無理である。

夜、岩手の中学の同級生、東京・多摩に住むOY（女性）より電話、盛岡在住のクラスメートのSKの訃報を聞く。SKは仲の良い友達の一人だった。死因は脳卒中のよし。

小生の持論85歳は長寿の最終ハードルである。SKも最終ハードルは越えられなかった。成人してからも何度か顔を合わせているが、思い出すのは少年時代の面影である。冥福を祈る。きっと小生も間もなく霊界に旅立つであろう。あと二年で小生85歳。果たしてハードルを越えられるか全く不明。このままだらだらと行けそうな気もするが、案外もろいかもしれない。老齢者の体調の急変は予測し難い。今日元気なれど、明日はどうか判らない。とにかく、死を眼前に見据えて今日を生きることだ。

二日（木）晴

午前十時半、妻は掃除中に誤って緊急ボタンを押す。五分もしないでホームの職員駆けつける。その機動性やよし。三拝九拝、お詫びしてお引き取りを願う。

夜、NHKテレビで新潟県長岡市の花火を観る。およそ一時間四十五分、華麗な花火を堪能する。本来なら、長岡まで出かけて実際の花火を鑑賞すべきだが、老齢の身ではそれはかなわない。妻に現地に出かけたいかと訊くと、これで十分とわびしき答えなり。妻はアイスクリーム、小生はビールと水割りでテレビの花火鑑賞なり。

東京医科大学、女性の試験点数を減点して、男性合格者を増やす算段をしたらしい。女性医師は結婚出産で医師をやめるケースが多く、付属病院の医師の確保という事情があったらしい。どんな事情があるにせよ、不正はよくない。減点されて医師になれなかった女性の中に日本の医学界に多大な貢献をするような女性がいたかもしれない。痛恨の不正である。


自民党の杉田女性議員が、月刊誌にLGBTは子供が産めないので生産的ではない。こんな人たちに貴重な税金を使うべきではないという意見を掲載し物議をかもしている。突拍子もない意見で度肝を抜かれたが、これに対して自民党は、人それぞれの人生観や意見を持っているので党としては関知しないという立場を取っていた。ところが、世論の反撃でこれはまずいということになって、党としては杉田議員に忠告、かつ指導をしたという。自民党は、世論のあまりの反撃にたじたじとなったのであろう。当然のことだ。

これに対して杉田議員も反省の意を表示している。

大いにがっかり。杉田議員は信念を持って発言したのではなかったのか？　信念のない浮き草の如き意見を雑誌に掲載したのか？　ああ、悲しむべし。もし、信念で言ったのなら、世論に叩かれ、傷だらけになっても信念を貫き通して欲しかった。

甲子園の組合せ抽選終わる。

三日（金）晴

渦中のボクシング連盟会長、テレビのインタビューを受ける。迫力満点だが、説得力に今一つ欠ける。言葉と態度が強烈な印象で、肝心の心が見えてこない。告発者と全面対決をする姿勢。会長、来週、正式記者会見をするという。告発者も新たな材料携えて記者会見を開くという。客観的に見て会長は分が悪いが、最後の抵抗をするつもりのようだ。辞任するつもりはないと言明。

妻に洗濯物を干すのを手伝う。物干しが一方に傾くのを嫌う我のこだわりを妻は笑う。小生も自嘲せり。いい加減に生きてきし半生なのに、物干しの傾きを異常に気にする病癖や可笑しい。

午後、クーラーの効いた寝室に身を横たえる。極楽と思う。反面、無為に過ごす焦燥あり。こんなことができるのは老齢故と思う。若い日に自堕落に生きた日々ありしが、心はいつも何かに追い立てられていた。今、追い立てられるものもなく、焦燥もなくただ身を横たえて惰眠をむさぼる。苦き思いあり。死に向かって傾斜していく時間やいとしい。

四日（土）晴

土曜日、午前九時からアスレチックジム。ＫＲ女史「ぐだぐたの感じよ」といささか夏ばてぎみの感じ。小生「ぐだぐたとやりましょう」と同調。（大笑い）

自転車漕ぎをＮ氏中途でリタイア、小生最後まで挑戦。しかし、考えてみれば、Ｎ氏小生より二歳年長の八十五歳。小生、果たして後二年アスレチックが続けられるか？

ＫＲ女史、夏祭りの盆踊り特訓中とのこと。期待。

夜、大浴場の脱衣場でＴ氏と。

Ｔ「老人ホームに入っていて良かった。こんな猛暑でも夜になれば温泉で汗を流せるのだからね。あっちに住んでいたら、死んじゃうよ」

小生「老人ホームなら死ぬ前に助けてくれますよ。安心ですな」

たわいないが実感。Ｔ氏九十歳。

五日（日）晴

ホームのマイクロバスよりＹＭさん降りる。しばらく足の不調で車椅子を使っていた。小生「体調はよろしいのですね？」と訊く。ＹＭさん「歩かないと筋力が低下してきますので、せめて、買い物くらいはと思って歩いているのです」背筋は真っ直ぐである。

ＹＭさん、確か昭和三年か四年のはず、九十歳前後か。

小生の持論、八十五歳が長寿の最終ハードル。越えた人は長生きである。

ホームのマイクロバスで小生と妻は買い物。大型スーパー、マックスバリューへ。十一日に来ることになっている娘を接待するための買い物。と言っても、それ以外にいろいろなものを購入。重いものは宅配にしてもらう。足の悪い妻は奮闘せり。二時間の買い物で疲労気味。帰りのホームのバスは間に合わず、車を呼ぶ。

今日より甲子園、百周年の熱闘の火ぶた切られる。甲子園のヒーロー、大リーガーの松井秀喜氏の始球式。偶然にも第一戦は松井さんの母校である石川星稜と藤陰（大分）である。後輩のミット目がけて感無量の歴史的一球。野球の大スターでもボールがワンバウンドでそれる。ピッチャーのマウンドはけっこう遠いことを実感。星稜が九対四で藤陰に勝利。勝利の校歌を松井氏も観覧席で歌う。

六日（月）晴

今日は広島に原爆が投下されて七十三回目の年を迎える。

その日、小生は十歳の夏。新型爆弾のニュースを聞く。その頃、小生は岩手の小さな町で、長閑な少年時代を過ごしていた。戦火たけなわのおり、まるで戦争の緊迫感はなく、田んぼの中に焼夷弾一発が落ちただけだった。近くの中島飛行場を狙って投下された爆弾がはずれて田んぼの中に落ちたのだ。小さな町に大きな音がしてびっくりした。子供たちは怖いもの見たさに田んぼまで出かけた。田んぼに大きな穴が空いていた。田の草を取りに来た農婦一人が犠牲になった。

小さな田舎町の小学生も松の根を掘る作業に連日駆り出された。松の根を煮詰めた松根油で飛行機を飛ばすのだという。今にして思えば、日本は追い詰められていたのだ。新型爆弾に対抗して松根油で飛ぶ日本の飛行機では勝負にならない。

後日、新型爆弾は原子爆弾と聞かされた。何百キロ平方メートルに六十年間は草木が生えないと聞かされ、恐ろしい爆弾があるものだと子供心におびえた記憶がある。

七、八年後、小生、いっぱしの左翼少年に成長し、盛んに『原爆許すまじ』の歌を歌った。センチメントな曲は心にしみた。『二度と許すまじ原爆を　世界の空に』

原爆投下から七十三年、広島は大都会に復興した。世界に核は増え続けている。

今日は老人ホームの夏祭りとカラオケ同好会が同日に行われるが、カラオケは五時まで、夏祭りは六時からである。カラオケを三十分早く切り上げ、夏祭りに参加する。カラオケの昼酒は夜のために少しセーブすることを仲間と申し合わせる。

食堂の寿司を妻に運んで、小生は夏祭りへ。

コミュニティホール前の広場に小さなやぐらが建てられ、その周りを踊り手が回る盆踊り。浴衣姿の入居者や職員が踊り手だ。中には車椅子で踊りの環に入っている人もいる。カラオケ仲間の集うテーブル席で小生、焼き鳥と枝豆でカップ酒。屋台もいろいろである。カラオケでセーブしていた昼酒なので、ゆっくり飲みながら見物する。老境に入っても女らしさを失わない人もいる。挙措の優美な人もいる。男性の入居者も踊りの環にまじる人あり。小生も昔、ふるさととの少年時代に盆踊りの経験あり。

盆踊りの次はアンサンブル楽団(職員がメンバーの中心)の演奏。管楽器の音が夜空に響く。

夏祭りのフィナーレは花火大会。当然ながら隅田川や長岡の本格的花火ではない。家庭で楽しむ花火の少しばかりスケールの大きなやつである。それでも結構迫力があり、火花が空高く舞い上がるものもある。そのたびに観客から拍手が鳴り響く。小生も酔いにまかせて大きな拍手を送る。ナイアガラと称する仕掛け花火はなかなか大がかりで、ナイアガラの滝を暗示させる花火の絨毯は見ごたえがある。夏祭り八時半頃に終わる。

七日（火）曇　夜半より雨

深夜に落雷があったもよう。緊急コールのシステムが壊れたという。朝、生活サービス課より電話があり、異常の有無の確認があった。異状無しと答える。

甲子園、地元静岡の常葉大菊川と島根の益田東との対戦、七対六の一点差で静岡が辛勝。当初点差があったのに、益田に逆転され、巧みな盗塁によって、僥倖な再逆転。

物書きの現役の頃、甲子園のシーズンはいつも締切りが遅れがちになった。つい、テレビにしがみついてしまうのだ。八十パーセント仕事から開放されている今、ついテレビに釘付けになってしまう。

小生、十六歳で故郷を出て、毎夏、甲子園の野球に望郷、愛郷の念にかられたものである。東京三十年、神奈川の相模原に住んで三十年、静岡六年になるが、甲子園というと気になるのが岩手県の出場校である。かくも故郷への思いが強烈なるかということを、甲子園の時に知らされる。

もし地元静岡と郷里の岩手の一戦があったとしたら、このときの心境は複雑であろう。今年の岩手の出場校は、花巻東高校。時の人、大リーガーの大谷選手の母校である。

ＮＨＫのＮ氏より電話。予定通り『ＮＨＫスペシャル』の放映があるという。小生の年齢など細かい最終確認の電話であった。

俳優津川雅彦氏（77）逝去。昭和の名優また一人消える。

八日（水）曇時々雨　夜半より台風の余波で雨風強くなるもよう
台風の進路に伊豆半島も入っている。夕方、風強くなり妻は食事の配膳を受ける。風雨は夜中に強くなる模様。

沖縄県知事翁長氏逝去、すい臓ガンだという。行年六十七。沖縄の基地問題で国家権力に徹底抗戦。力尽きて地に落ちた感じである。冥福を祈る。

日本ボクシング連盟会長の山根氏辞任。義理人情、ワンマン、独裁、現代のスポーツ界にはそぐわない。まさにあだ花散るという感じ。近代スポーツのドンにふさわしくないキャラクターである。組織から解放されてゆっくりと余生を楽しんでください。

九日（木）曇
台風は房総沖で大きく進路を東に変えて、伊豆半島には影響少ない。薄日なれど日が射している。まずは一安心。

甲子園、接戦なれど花巻東破れる。

ふるさとの夏遠のく。実家の従兄弟に電話して日曜日のＮＨＫスペシャル出演の件を告げる。二歳年長の従兄弟は八十五歳。小生の生きている最後の動画を観て欲しかった。生きているうちに会いたいという、小生の言葉を聞き取ったのか「めっきり、耳が遠くなってね」と言う。「私も」と答えた。生きているうちに会えないだろうと思う。

長崎の原爆記念日。仕事で何度か訪れた長崎。原爆記念館にも二度立ち寄った。悲惨な被爆の写真が脳裏に焼きついている。

施設長より『自分史の書き方』カルチャースクールの講師の打診あり。一応内諾したが、受講者があるのか心配だ。文章書くよりのんびりと本でも読んでいたいと言う人割に多い。自分史の意義をどれだけ理解してもらえるだろうか？

十日（金）

今日は地域のやんも句会。

小生の拙句特選二人より受ける。

《門火消え立ち去りがたき闇に立つ》特選二名

小生の他の投句。《草原に風のみ秋を告げにけり》《人恋うも地獄とぞ知る熱帯夜》《ドロー

ン撮る小さき町よ夕焼ける》《少年の日は帰らざる虫の籠》

草原、熱帯夜、いずれね二票の選句あり。

主宰者のN女史の季語の採択の厳しさに小生異議を申し立てる。

「八月の前半に夏の季語が入っても許されるのではないか」と申し立てたのに対して「立秋過ぎたら夏の季語はまかりならぬ」というのがN女史の見解。

小生、日ごろから、俳句を言葉遊びと称して厳格な決まりを持たずに楽しめばいいというスタンスである。このスタンスで、拙著を刊行している。『通俗俳句の楽しみ』と『ぼけ除け俳句』の二冊である。アマチュア俳人としてこれが許されないということになると、今後の句会を一考せざるをえない。小生は常日ごろ難しい言葉にはルビをふれと唱えてきたが、ルビをふるのは邪道だという。読めなければ選句しなければいいという厳格な意見に小生口をつぐむ。小生著名な俳人とも交遊があるが、今時、俳句にルビをふるななどという人は珍しい。正論なれど、いささか鼻じろむ感じあり。

句会の後、句友H氏と一献。N女史との見解の相違についてあえて語らず。世間話で終わる。

十一日（土）晴　祭日・山の日
娘、東京より来たる。親を見舞う気持ちやよし。
夜、妻、娘とレストランへ。娘と酒を酌み交わす。妻は全く飲めず。二人で盛り上がる。

甲子園に対する小生の心情は不可思議な心の動きをする。

小生が応援するのは岩手、東北、静岡、関東の順である。妻は昔、神奈川の野球名門高校で教師をしていたことがある。この学校が甲子園に出場したときはその高校の勝敗去就に夢中になる。静岡というのは、小生が入居している老人ホームが静岡にあるからである。

東京に三十数年、神奈川に三十数年住んでいるのに、いまだに甲子園と言えば岩手であり、東北の高校に心情が傾く。故郷の魔力はまさに、マインドコントロールと呼んでもいい気がする。望郷は八十三歳の小生の心をつかんで放さない。

十二日（日）晴

今日の夜、NHKスペシャルに小生、出演することになっている。故郷の旧友やかつての仕事仲間の親しかった人に電話で知らせる。私の動画は生きている間の最後になるだろう。不在で電話がつながらない人もいた。これは仕方がない。

年も年であり、特別に高ぶることもない。それに天下のNHKのこと、小生、おかしなことを言えば、編集でカットしてくれるであろうと楽観的である。

老人ホームでは、職員や関連施設に連絡したらしい。時間がある人は観るようにとのことである。施設には、取材のおりにはお世話になった。

娘と酒を飲みながら放映の時間を待つ。

タイトルは『戦災孤児の闘い』である。

戦争という大事件によって肉親を失った孤児たちが生きるために苛酷で悲惨なサバイバルを繰り広げ、そして現在まで暗く残酷な記憶を引きずりながら生き長らえてきたドキュメンタリーである。孤児たちのまさに七十三年間の生きる戦いの跡である。

その孤児の中には大犯罪者の死刑囚もいた。その死刑囚の手記の構成刊行を引き受けたのが小生で、その縁でＮＨＫの取材を受けることになった。

この番組はすぐれている。

小生の出番は二分ほど、死刑囚についてふたことみこと語って終わりである。一時間半の取材で、二分間、そんなものだ。

昔、雑誌記者のころ、ある事件を追って大阪に一週間滞在したことがある。八日目に帰社して満を持して書き上げた原稿が三十行のコラムに圧縮されたことがある。それに比べれば一時間半のインタビューが二分間放映されたのは上出来である。

娘いわく、「まあまあじゃない？」という感想である。

十三日（月）晴
朝、高校の先輩ＳＡさん（八十五歳）より電話。

「テレビ観たよ。懐かしかったので電話した。元気そうだね」この人には電話はしなかった。数日前、ちらと脳裏をかすめたが、きっとテレビを観るだろうと思った。まさに的中した。

娘が帰京する日である。昼、近くのレストランに行く。小生の贔屓の店である。食事の後、娘に里まで送ってもらい別れる。次の再会は墓参の折かもしれない。まぎれもない一人娘との短い交流と別れである。人間にも巣立ちがあり子別れがある。老人ホームには老人ホームの暮らしがあり、子供には社会生活がある。

娘の帰った後、妻はベッドで深い午睡をむさぼっている。母性愛に疲れたのだ。

十四日（火）晴

甲子園第二戦、静岡の常葉大菊川、宮崎の日南学園に3対0で勝って第三戦へ。

今日、韓国は『慰安婦をたたえる日』を制定したとか。日韓の友好を傷つける悪い決定である。記念日とは忌まわしい。その意図、測りがたい。第一、いかなる事情があろうとも、慰安婦はたたえるものではなく悲しむべき存在であろう。慰安婦の存在をたたえるという発想の国とは友好はかりがたい。そのことを憂える。溝深し。

老人ホームの住人のＩＤさんいわく「テレビ観ました。実際のお姿のほうが堂々としていますね。テレビのほうが小さく見えました」いかなる意味があるのか判らないが、実際の姿のほうが立派だということか？　素直に受けとめる。良く考えてみると、テレビではメタボが目立たなかったということを言いたかったのかもしれない。

今日は老人ホームの住人有志は八幡港の花火大会にホームのマイクロバスで出かける。入居当時、小生も参加した。八十三歳の今、その意欲はない。音が大きいので、外に出て空を仰ぐ。雑木林に遮られた空に火の花が咲く。回廊にたたずみ、妻は未練げにいつまでも空を見上げている。哀れなる妻。花火鑑賞会に参加する体力なし。

十五日（水）晴

今日は終戦記念日である。小生、十歳で敗戦を知る。東北岩手の小さな町で、町の表通りに子供たちはたむろしていた。ガキ大将はおもむろに言った。

「日本は戦争に負けたらしい。アメリカ軍が攻め込んできて、皆殺しになるかもしれない」

しかし、不思議に恐怖感はなかった。

小生、少年航空兵に憧れていて、これでその夢は絶たれたことを自覚した。昼になって家に戻ると、母と祖母が玉音放送を聞いて涙を流していた。戦争に負けたので泣いていることは理解できたが、貰い泣きするほど小生には悲しい思いはなかった。その日、午後に釣りに出かけた。良く釣れたことを記憶している。七十三年前、十歳の我が身、国の未来について思いをはせたという記憶もない。釣竿を担いで軍歌を歌ったことをかすかに覚えている。

戦争は悪。平和は善。単純な理屈である。この理屈、おろかな者が忘れる。


大阪富田林の警察署を脱走した凶悪犯人、三日目になるがまだ逃走中である。強盗傷害の犯人だから、凶悪犯人と言えるのだろうが、手配写真はおとなしそうな表情である。接見室のアクリル版を破壊して、その隙間から抜け出して逃走したという。弁護士と接見が終わり、あまりに長いので覗いてみたら逃げられていたのだという。

弁護士接見の時間に制限がないというのは初耳だ。小生、東京拘置所に被疑者の取材に出かけたとき、十数分で、時間が足りないので、弁護士を同道したことがある。それでも三十分だったと記憶している。警察署の面会は弁護士なら時間無制限なのだという。まあ、留置場は拘置所とはいささか違うが、それにしても代用監獄の役割を果たしているはずだ。ずさんな管理体制の気がする。弁護士も接見が終わって声もかけずに帰ってしまったというのも少しお粗末である。住民は不安の日々を過ごしているに違いない。

数日前から行方不明の二歳児、自宅近辺の山林の中にいるのをボランティアの老人によって発見される。何事もなくてよかった。この老人、災害各地に出かけてボランティア活動をしている人だという。自費で登山道の標識を立てたり、人のために尽くすことを生きがいにしているようだ。七十七歳で、小生と六歳しか違わないが、赤銅色に日焼けして元気いっぱいだ。人のために生きようとしている心根の立派な人だ。仏の心を持っている。見習いたいが、小生、体力的に無理だ。羨ましい。

ボクシング連盟の山根会長、すべての役職から身を引いたという。これでいいのだ。人間というのは、権力に居座ってしまうと周りが見えなくなるものらしい。山根会長の功績を認めている人は多い。長く権力を握っていると、自分の振る舞いが人に与える威圧や無理難題が弊害になっていることに気がつかなくなってしまう。世の権力保持者よ反面教師に見習うがいい。山根さん、長い間ご苦労さま。

ＮＨＫの戦争実録番組『ノモンハン事件』胸を突かれる迫真の構成だ。戦争が愚かしいというより、人間の愚かさ醜さ、非情、保身のための責任回避、やりきれない姿が浮き彫りにされている。軍部の横暴が貴い人命を紙くずのごとく葬り去る姿に、八十三歳の老骨は怒りの思いにしばし翻弄された。この番組によって戦争は一部の愚か者のために仕組まれたものだということを改めて痛感させられた。

登場する当時の生き残り兵士、百二歳とか百一歳、しっかりした口調で証言し、上官の非道を告発している。告発の証言は重大であるが、それと同時に、この人たちはよくぞ生き長らえているという事実に驚嘆の思いを抱かされた。小生の余生は、せいぜい残り五、六年と考えている。何しろ、小生の持論は人間の最終ハードルが八十五歳である。人生百年時代としてはハードルが低すぎるようにも思えるが、多数の先輩や、友人知人は八十五歳前後で他界している。多くの人は八十五歳のハードルを越えきれない。やはり、八十五歳は長寿のボーダーラインなのだ。八十五歳を越えた人は生命力の強い人だ。

苛酷な体験をしてなお、百歳まで生き延びられたのは、やはり、その人のDNAが百歳を生き延びられる素質を内包していたのである。

ノモンハン事件で、いささか小生とかかわりあう人物は辻政信である。陸軍参謀の辻政信は戦後、僧侶に変装して戦乱のラオスに潜入したという伝説がある。ベトナムか中国かその行く先ははっきりしないが、とにかく、大陸に身をくらましたのである。その後、十数年の間にさまざまな情報が飛びかった。小生、かつて『辻政信は生きている』という情報に接し、有名週刊誌の記者と連れ立って大阪に飛んだのを覚えている。ノモンハン事件の番組に小生の記憶の連想が錯綜する。

十六日（木）曇

今日は麻雀同好会。先週も今週も前半一位からの転落。最後の詰めが甘い。我が人生に似ているような気もするが、小生、晩年にみじめというわけではない。むしろ、放蕩、無頼の半生から平穏無類の老人ホームで余生を生きている。奇跡なり。

文化祭実行委員より、十一月三日に『自分史の書き方』という講演を依頼される。「聞く人がいればお引受けします」と答えた。

多くの人は文章を書くことに抵抗感がある。それに、老人ホームの誇り高き住人は、小生のような無名作家の講演など聞く耳もたないのではないか。私は懸念を述べると、依頼者は「私たち職員も何人かは拝聴します」という。一人でも聞く人がいれば、語ることはやぶさかではない。お引受けすることにした。

十七日（金）晴

今日、東京より姪が大学生と中学生の娘を連れて訪ねてきた。先週電話があったとき、突然の電話で、何か相談ごとでもあるのか心配したが、ただ、会いたくなったものらしい。姪といっても、小生一人っ子であるから、姪は妻の妹の子供である。妻と妹は仲のいい姉妹であったから、姪は亡き母の面影を求めて突然会いたくなったのであろう。日帰りの来訪だという。

「伊豆高原は行楽のメッカだから、どこか観て帰ったほうがいい」と小生。大学生と中学生の少女では八十三歳の老骨の言葉など化石の呟きに等しいであろう。これが生きている間の最後の面会かもしれない。人生、一期一会なり。

甲子園、熱戦続く。ベスト8出揃う。

大阪、富田林警察署より脱走せし逃走犯、五日になるも捕まらず逃走中。接見した弁護士に自分で報告するから何も告げずに立ち去ってほしいといわれたので、警察に報告しなかったという。警察の失点は免れないが、弁護士の行為にも問題がある。

住民の不安は大きい。大阪府警に抗議の電話一千数百件という。さもありなん。

歯痛あり。以前から問題のある歯が物を噛むと痛い。以前、冷水にしみて、歯科医に出かけようとすると、痛みがとれる。それでそのまま放置してここまで来た。いよいよ最後の時が来た。歯科医に電話するが、ベルが鳴ってもだれも出ない。お盆休みかもしれない。この歯医者は土曜、日曜は休みである。月曜日、痛みがあれば電話しよう。

十八日（土）晴

今日は九時よりアスレチックジムの日である。物を噛まなければ歯痛はない。参加する。ジムでＩＳさんの訃報に接する。いささかの感慨あり。行年百二歳と思う。二カ月ほど前に車椅子のＩＳさんと会話を交わした。頭も口調もしっかりしていた。握手の手が少し冷たかった。クリスチャンのよし。まさに天国に召されたという感じが強いご婦人である。老いてなお、美貌の残っている人だった。安らかにお眠りください。

ＮＨＫの『思い出のメロディー』に菅原都々子（91）が出演『連絡船の唄』を歌う。小生の持論は、自分を棚に上げて、「プロは老醜をさらすな」ということだ。しかし、彼女は声も出て、容姿もきれいだ。この姿なら老醜は一片もない。九十一歳の歌唱力に驚嘆した。

十九日（日）晴

ケアセンター増築作業のため九時半よりポンプ切り替え作業で断水。作業は三時半まで続くよし。ホームより飲料水のペットボトル支給。トイレの水は事前に汲みおく。

国連事務局長として活躍した黒人のコフィー・アナン氏逝去。平成最後の年、まるで動乱の世紀末の如く、内外著名人の死者多し。

甲子園、今日一日の休日、静かな日曜日なり。明日より準決勝。

行方不明の二歳児を発見したボランティアの尾畠さん（78）は、豪雨被災地に現れてボランティアの作業に参加している。他人のために生きるその姿は立派だ。元気だ。笑顔も爽やかで、動作もしっかりしていて頼もしい。見習いたいが、八十三歳の小生、とてもあのような真似はできない。心で立派だと称賛するのみ。不甲斐なし。

土曜日、日曜日は爽やかな気温だった。ホームの住人の交わす挨拶も、「しのぎやすいですね」の言葉。

世界各地で地震が多発している。まるで地球の断末魔のあがきのようだ。

二十日（月）晴時々曇　夕刻より雨

甲子園、準決勝で秋田の金足農業高校、東京代表の日大三高を破り決勝へ。明日、春秋連覇をめざす北大阪代表の大阪桐蔭高校と雌雄をけっする。東北へ優勝旗を持っていけるか。判官贔屓というより、小生東北岩手の出身であるから、当然ながら金足の優勝に期待する。

今日はカラオケ同好会。NK氏初参加。小生の誘いを受けて参加。聞くだけと言っていたが、二曲歌う。拍手多し。吉幾三の歌。まあまあのでき。

小生、相変わらずのナツメロ。特記することもなし。

二十一日（火）晴

妻、ホームの受診便で歯科医へ。義歯が入るらしい。

今日は老人ホームのゆうゆう句会。小生の投句二句が特選に選ばれる。《秋蛍いまわのきわに光けり》《旅人を胡弓で泣かす風の盆》

秋蛍……は、老いてなお光続けたいという小生の願い。

他に《人の世の闇に迎え火焚きにけり》も選句される。

小生の選んだ特選句。《歪みたるダリの時計や秋旱《あきひでり》》清美。なかなかの佳句なり。

甲子園決勝。金足農業高校、大阪桐蔭高校に破れる。13対2の大敗なり。金足の吉田投手、疲労濃厚。今までもち続けてきた迫力がない。それにしても、地方予選から甲子園決勝まで一人で投げ切った気力を讃える。永遠に記憶されるであろう。甲子園の夏終わる。

菅官房長官、携帯電話の料金は不透明で、他国と比べて高いと講演で語る。四割程度の値下げは可能ではないかとの見解を示す。大賛成だ。小生、それほど使った意識がないのに、毎月、一万九千円程度の電話代を払っている。納得いかないと思いつつ甘んじてきたが、初めて料金に対する不信感が露呈された。
暑さまたぶりかえす。

二十二日（水）晴

やんも句会への退会のお願いをKY女史宛にしたためる。感情的しこりがないことをくれぐれも述べる。小生の俳句は、あくまでも言葉遊びであり、正統俳句の異端児である。退会はやむなし。

金足農業高校の野球球児、準優勝で故郷に凱旋。甲子園に向かうときは二十人の見送りが、凱旋で千人という。球児たち、おごることなく、素晴らしい人生を生きてほしい。

この勝利のために、今後さまざまな誘いの手が待っているだろう。目がくらむことなく、正しい人生を生き抜いてほしい。真の勝利は五十年後に待っている。心から、お疲れさま。

今日も暑かった。台風十九号と二十号、日本を掠めて通過するらしい。大雨の予測。自然の猛威は恐ろしい。

二十三日（木）晴　台風の予告あり

縁、運命、偶然ということをしきりに考える。誰かと出会う。その場所にいる。ある事件に遭遇する……。あまり深く考えなければそれは偶然の結果である。

私は多くの人と出会ってきた。その人たちと出会ったのは偶然だと考えれば、それはそれでどうということもない。

私が妻と出会ったのは私がある会合に出て、帰途、気まぐれにいつもと違う道を選んだためである。いつもと同じ道をたどって帰途につけば妻とは出会わなかった。しかし、気まぐれにいつもは通らない道を通ったために妻と出会ってしまったのだ。妻は私と結婚したために苦労を重ね、何度か離婚を考えたはずである。いろいろなことが重なって離婚に至らずに生涯を共に過ごす結果となった。出会ったのも別れなかったのも偶然といえば偶然だが、不思議といえば不思議な縁である。

私は高校二年の夏に東京の高校に転校した。田舎の高校で出会った友とはやがて疎遠となり、東京で出会った友とはいまだに交遊が続いている。上京したために、私の生涯の軌跡が決まったのである。私が上京しないで、あのまま、故郷にとどまれば、今の境遇と全く別のものになっていたに違いない。

昔、ある人より娘姉妹の結婚相手をさがすように依頼された。依頼された小生は預かった二人の履歴書の白封筒を玄関の横の棚に二通並べて置いていた。あるとき仕事先のある人から縁談の相談を受けた。小生、預かっている履歴書を次に会うときに持参する約束をした。

履歴書は玄関の棚に手前が姉、その後ろに妹の履歴書を置いていた。約束の日、姉の履歴書を内ポケットにしまって出かけた。相手に履歴書を渡す時に封筒から取り出した履歴書を見てびっくりした。姉だと思って持ってきた履歴書は妹のものだった。後で解ったが、妻が掃除をするとき、履歴書の順序を逆にしてしまったらしい。何気なく置いてある白い封筒に特別の意味があろうとなど。妻は考えなかったのも無理がない。中身を確かめずにポケットにしまった小生もうかつであったが、後の祭りだ。その人は有難く履歴書を受け取って先方に渡した。後日、見合いをし、めでたく結ばれた。あのとき、姉のほうの履歴書だったらどうだろう？　おそらくそれでもめでたく結ばれたに違いないと私は考える。その日、小生が持っていった履歴書で大きな人生の一つが決まってしまったのだ。その後、しばらくして会った父親に、姉の縁談がまだ決まっていないと聞いた。私が履歴書を間違えてしまったのは全くの偶然だが、偶然というには少し不公平な気がする。こういうとき運命という言葉がふと脳裏を掠める。

事故現場にたまたま差しかかって身体障害者になった人、ある大学を受けたために、不正試験で落とされた人、偶然に悪い上司の下につき、人生がねじ曲がった人……、そんな立場に立たされた人がその不運を、単なる偶然というには無念すぎる。

名脇役の菅井きんさん逝去。行年、九十二。冥福を祈る。

二十四日（金）

秋田の金足農業高校、寄付金二億円以上集まったという。人間の善意ありがたし。これからはふるさと納税は、秋田市と力む人あり。

昨夜まで二夜、クーラーをつけずに眠った。日中は暑いのに、夜は涼しくなっているのだ。確かに秋の気配がただよっている。

二十五日（土）晴

今日はアスレチックジムの日。メンバー全員揃う。メンバーとの会話。「もし神が二十八歳に戻してやるといわれたら戻してもらうか？」という小生の問いに、ＫＲ女史も、Ｎ女史も「あえて戻りたいとは思わない。今が一番楽しい」と口を揃えて答える。ＫＲ女史七十四歳、Ｎ女史七十七歳。老人ホームの暮らしに満足し、老後の日々を楽しく送っているのだ。

帰宅して妻に問う。妻は「戻りたい」という。妻は現在、足腰が不自由で、五体満足な昔が懐かしいのだろう。放蕩無頼の夫に苦しめられた記憶は失っていないはずだが、それでも健常だった昔が懐かしいのかもしれない。小生は戻りたい気持ちもあるが、苦悩の日々を、もう一度生きるのもしんどい気がする。母をはじめ、人生の行きずりに出会った人びとと、もう一度会ってみたいとは思う。しかし、また引き返す途方もなく長い時間を思うと躊躇する。生々流転、流されてここまで年老いてきた。振り返れば悔恨の足跡ばかりだが、ふたたびやり直すとなると考えてしまう。

昨夜もクーラーをつけずに眠った。

二十六日（日）晴

老人ホームの経営母体が発行している『ゆうゆう』という小冊子がある。今年の九月号に常連寄稿者で仏文学者の海老坂武さんが『マイナスをプラスに』というエッセイを寄せている。話の内容は難聴についてである。海老坂さんの年齢は不明であるが、小生と幾つも変わらないのではないか？

私も難聴だが、エッセイの内容は難聴で不自由をしている話である。内容から推し量って小生の難聴より、海老坂さんの難聴はもっと重い感じである。人の話が聞こえないので、会合などに出るのがおっくうになったと書いていた。小生の場合はそこまではひどくない。補聴器をかければ、大方のことは何とか聞き取れるし、相手との会話は何とか交わすことができる。会議に出ても相手の言い分を聞き取ることができる。

困るのは耳のいい妻はテレビの音が低いほうが好きで、私の聞き取りやすい音が高すぎることで、私と時々衝突する。妥協の余地がないときは、小生は自分の書斎で小さなテレビに向かい合う。

難聴というのは、低すぎる声と高すぎる声が聞き取り難い。テレビやラジオのアナウンサーの声ははっきり聞き取れるがドラマの声は聞き取りにくい。老いの悲しみである。

この頃、急に視力も衰えた。恐らく老人特有の眼病と思うが、どうしても年内に書かなければならない原稿があり、手術はできない。それで眼科に行くのを控えている。老いの暮しの特徴は、肉体の劣化と向かい合って、その不自由さに耐え忍び、よろりそろりと生きていくことである。

今日は一日、講演のテーマである『自分史の書き方』のレジュメをつくる。昔、産経新聞のPR誌に書いた原稿を探したが見当たらず。新しく構成することにした。拙著の『あなたの本を出版しよう』に自分史の項目があり、それから少し引用することにした。レジュメ、まあまあのできばえと自己満足。

自民党総裁選に安倍首相も立候補を表明した。石破さんとの一騎打ちということか。

自民党総裁はすなわち日本の首相である。安倍さん石破さんに対抗する首相候補が野党に不在というのは淋しい。小生の暴論。首相の条件の一つが容姿である。身長一メートル七十五センチ以上である。容姿と逸材は関係はないというのは、昭和の御代まで。現代は美丈夫こそリーダーの条件なり。しかしあくまでも単なる条件の一つである。美丈夫にして政治力、語学力を有しかつ碩学の人である。一国の首相がハンサムにして馬鹿では困る。

二十七日（月）晴

講演のレジュメに引き続いて今日は、資料として配る自分史年表の見本を作る。続いて資料として配る自分史のレジュメ見本をつくる。

人気漫画『ちびまる子ちゃん』の漫画家、さくらももこさん、乳癌で逝去。行年五十三歳。若すぎる死である。清水市の出身だという。地元のテレビは大々的に訃報を流す。小生、作品については不案内であるが、『おどるポンポコリン』の主題歌は懐かしい。安らかにお眠りください。

都心、異常気象で大混乱。雨の渋谷や新宿がテレビに映し出されて懐かしい。こちらは懐かしがって観ているだけだが、帰宅ラッシュに遭遇した人たちは大変な思いをしている。小生も、老人ホームに入る前は常時利用した駅である。あちらで暮らしていれば、小生も駅の改札で途方に暮れていたかもしれない。今夜もクーラーをつけずに眠る。

二十八日（火）晴

老人の足もとはいつも不安定である。物につまずかなくても、微妙にバランスが崩れてよろけたり、転んだりする。不甲斐ないと思うが如何ともしがたい。何かにつかまって歩くことでバランスの崩れが防げる。老人ホームの建物には至る所に手すりが張り巡らされている。無意識のうちにつかまって歩いている。やがて手すりがあっても、歩けなくなる日がやってくる。それが人間の定めである。

突然バランスを崩したり、持っている物を落としたりする。脳の病気かな？と、不安を感じたりするが、ここ一、二年のことであり、もし病気なら症状が進行することを自覚するに違いないから、病気ではないだろうと、楽観的に考える。

小生、やんも句会を脱会するに際して、別れを惜しんで句友のH氏に地域の老人会に誘われる。『対島地域ふるさと協議会』という名称の会である。小生の居場所があれば、今後参加させていただきたいと思ってH氏の同道でうかがう。

生き生きとした老人の集まりである。参加者の表情は明るい。今日は認知症の知識についての講義と手製の紙芝居である。いずれも感服。主催者の好意が伝わってくる。

毎週火曜日の集まりらしい。世話役の皆さんはボランティアだという。皆さん善意にあふれ、明るい人たちで好感が持てる。来週はリーダーの三島氏参加のよし、私の居場所があればこれからも参加をしたい。

小生、老人のための俳句会を立ち上げたいと考えている。格式ばらず、自由に俳句を楽しむ句会である。仮の名称は、この集まりにちなんで『対島ふるさと句会』とでも名づけたい。賛同者がいれば始めたい。その手がかりをこの会で得られればありがたい。

帰途、そば屋に立ち寄りH氏と一献。生ビール一杯に酒二杯。タクシーで老人ホームに帰る。

二十九日（水）晴

八十三歳の小生、一応健康なんだろうと思う。四年前くらいまで、朝の健康体操にも出ていたが、入院したときからやめている。退院したときは、一応体調ももとに戻っていたのだが、何となく体操に復帰するのがおっくうになった。健康らしいことといえば、毎週土曜日のアスレチックジムだけである。月二回のカラオケも体や頭にいいと思うが、昼酒を飲みながらであるから、本当に健康にいいかどうかは判らない。週一のマージャンは頭の体操には多少いいのだろうが、健康のためというより、楽しみのためにやっている。歩くことは確かに健康にはいい。

長寿者をたくさん見てきたが、半数以上がよく歩いている人である。中には、何にもしないから長生きしているのだと、人を食った答えをした人もいたが、小生は確かに何もしないのに元気だ。何もしないで酒を飲んでいるからその報いとしてメタボである。メタボは体によくないのは判っている。酒はほどほどにと他人様からご忠告を受ける。ご好意は有難いが、酒も飲まないで、老後を生きていくのは何とも味気ない。

健康食品は服用している。効果を自覚したことはないが、きっと何がしかの効果があるのだろうと信じている。血圧と喘息の薬は飲んでいる。薬を飲んでいて健康人とはいえないが、食事をきちんと取り、時間がくれば空腹も感じる。傍からみれば元気な年寄りと映じているはずだ。足もともおぼつかなく、何となく頼りない身のこなしであるが、自分は健康だと思っている。それでも、いつもあと何年生きられるだろうかと常時考えている。

三十日（木）晴

体操協会もパワハラ問題で話題沸騰、若い選手（18歳）がコーチの罰則の重さに抗議して記者会見をして、協会幹部のパワハラを告発した。以前に混乱したレスリング協会も、発端はコーチと選手の蜜月を恨んでパワハラが問題になった。監督は責任を取って辞任に追い込まれた。今回も、告発者はコーチと自分を引き離そうとしてのコーチへの罰則を重くしたのだと訴えている。「コーチ」と「選手」と「協会」の軋轢、まず、これを解決することが健全なスポーツの第一歩のようだ。

恒例の麻雀同好会。奮戦するも二位。トップのＳＫ氏のツキやすさまじい。とてもかなわない。無念。

三十一日（金）晴

今日で暦の上の夏が終わるが、残暑まだまだ厳しい。振り返れば暑い夏だった。

午前十時、文化祭実行委員の職員TN氏に講演内容のレジュメと参加者に配る資料を手渡す。ポスターに掲載のおりは、レジュメの小項目まで紹介していただくように依頼する。講演の参加者の一人でも多からんことを願ってのことである。

小生の正直な気持ち、参加者は少ないのではないかと危惧する。老人の無名作家の講演など、聞きに来る奇特な人がいるのだろうか？　TN氏「いやあ、心配いりませんよ。そうとう来ますよ」と楽観的。まあ、小生、一人の参加者でも話すつもりだから参加者の人数は関係ないようなものだが、企画者のめんつをつぶすのが心苦しい。

今日のホームの夕食は秋刀魚の塩焼き、美味なり。旬の食はうれしい。入居者の反応は良好。

アジア大会の女子サッカー決勝を観てベッドに入る。中国との一戦である。日本、勝って金メダル。終止中国に押されての勝利である。素人目にも、実力、中国の方が一段と上である。

何はともあれ、勝ったというのは結果である。おめでとう。

小、中学校の同級生だった松戸在住のＫＧくんより梨が届く。松戸の梨はブランド物である。何度か贈った拙著の返礼らしい。拙著を贈るのは無名作家が一人でも多くの人に読んでもらいたいからであるが、贈られたほうは結構負担に感じるのだ。拙著を贈るのもほどほどにしないといけない。しかし、逆の場合もある。贈られても負担だろうなと思って贈らなかったら、なぜ自分に贈らなかったのだとなじられたことがある。贈るも否、贈らざるも否、難しい。無名の悲しさである。

九月

一日（土）曇時々雨

毎週土曜日のアスレチックジム。月初めは計測の日である。メンバー全員揃う。

松戸のＫＧくんに梨のお礼の手紙を書く。反省したばかりなのに、懲りもせずに今年はじめに刊行された拙著を同封する。相手が迷惑に思っていることを承知で送る。万に一つ読んでもらえることを期待しているわけだ。

雨模様なので、妻は食事を配膳。昼夜ともに小生一人食堂に行く。

二日（日）雨

妻、つまずいたわけではなく、突然、転びそうになったと語る。突然、「生きるのが嫌になった」と呟く。小生のいう、老人特有の故なき厭世感である。自分の体が思うようにならなくなったときなど、ふと感ずる厭世感である。否応なく老いの深まりによって感ずる厭世感で、厳密には「故なく」ではなく、それなりの理由があるのかもしれない。ただ、その理由がはなはだ漠としているということだ。老いとは孤独で悲しいものだ。その老いは万人が避けて通れない。昨夜生まれた嬰児もこの老いを遠い未来に体験する。人間の宿命的苦悩である。

夜、娘より電話あり。小生出演のＮＨＫスペシャルＢＳでも再放送あったよし。

三日（月）曇時々雨

奇怪な夢を見た。行く先になかなかたどり着けないという、よくある夢のパターンだが、登場する場所や物語があまり愉快な夢ではない。日常生活に、特別に悩みも、不安もないのだが……。

エンゼルスの大谷、右肘故障以来、三カ月振りの投手先発だが、ツーランホームランを打たれたところで、小生、テレビを切って書斎に入る。もう一点取られたときに交代したらしい。

午前、講演の下調べ。自分史については何度もしゃべったり書いたりしてきた。得意分野、安心のテーマだ。

午後はカラオケ同好会。相変わらずの演歌。五曲歌う。

台風、二十一号が明日上陸するらしい。静岡にも影響があるという。明日会う予定の延期の連絡が入る。

四日（火）雨　台風上陸の気配

雨模様だが、伊豆高原は台風らしき兆候はない。テレビは絶えず緊迫の状況を実況。四国、室戸沖の波高し。竜馬像は昨夜のうちに撤去した。静岡が荒れるのは午後からである。


句友HS氏より台風の気配が少ないので、句会立ち上げの協力者三島氏を午後に紹介したいとの電話が入る。三島氏、富戸駅より乗車とのこと、駅近くの食堂で待ち合わせ。

三島氏、ボランティアに明け暮れている人らしく地元への愛着、並々ならぬ人らしい。好感の持てる人。早速、来月、句会に参加する人に働きかけてくださるとのこと。

三島氏、地元のボランティアのみならず、日本オオカミ協会静岡県支部長を勤めている。日本の生態系が乱れているのは、日本オオカミが絶滅したためだと力説。モンゴル辺りに生息するオオカミはDNA的に日本オオカミに近いという。輸入して日本オオカミの再生というロマンに取り組んでいる。希有の人なり。来年初頭、百歳大学を立ち上げるという。老人ライターとして協力する旨を約束して別れる。日本酒と焼酎に酩酊する。五時帰宅。

体操協会のパワハラ問題、徹底対決一転、塚原氏側が告発者の宮原さんに会ってお詫びしたいとの作戦に変更。徹底交戦は世論の風向きから言って不利と判断したのだろう。しかし、思惑が見え透いている。ここでも長く権力に居座った弊害が現れた。塚原夫妻は日本体操界によかれと思って関わってきたのだろうが、独裁的になりすぎて回りの思惑に配慮できなかったのだろう。人間の弱点なり。奉仕者の気持ちを忘れた指導者は、いつかほころびができてくる。

五日（水）晴

朝からテレビは台風禍の生々しい映像を放送。自動車の横転、関西空港の水浸し。連絡橋の破損（タンカー激突）で、乗客三千人、空港従業員二千人の計五千人が、孤島になった空港内に取り残された……などの生々しい映像が繰り返し流される。

自然の猛威の恐ろしさに戦慄する。今日は台風は日本列島を抜けるらしい。

会ってお詫びをしたいという塚原夫妻の申し出を宮原選手は拒否。見え見えのお詫びを宮原選手側は警戒したらしい。拒否もやむなしか。

六日（木）晴

昨夜半、北海道で大地震が発生した。早朝よりラジオテレビは事故のニュース一色。人身事故も当然起きているだろうが、朝のうちはその情報がまだ確認されていない。山崩れも発生している。警視庁から専門の特別部隊や救助犬などが派遣されたという。捜索も救助もこれからである。台風、地震の頻発、まさに地球は狂っている。

午後、麻雀同好会。小生プラス一万点の二位。ＳＫさんのツキのすさまじさ、どんなテクニックを用いても止められず。次回に雪辱を期す。

七日（金）晴

北海道、今日現在、死者十六人、行方不明者二十六人と多数の被害あり。救助作業の進行に従ってますます増加するだろう。発電所の損壊で、全道で二百九十五万所帯に停電発生。世耕経済産業大臣は、今日中に二百四十万戸復旧させると明言。節電を呼びかける。政府全力で復旧に取り組むと声明。飲料水、食品、避難所など道民の苦労がしのばれる。

午前中、自分史講演の原稿作り。このテーマでは小生、四十年前から何度も講演や、執筆をしてきた。改めて勉強することもないのだが、なまじ得意の分野だけに、下書きがないと話の枝葉が伸びて収集がつかなくなる危険性がある。一応、基本の筋道だけはつけておかなければならない。

体操界のパワハラと暴力の問題がテレビを賑わせている。暴力はいけないのは誰もが解っている理屈。愛の鞭も許されないとだれもが口をそろえて語る。しかし暴力を受けた当の宮原選手は暴力を受けたことをマイナスとして受け取っていない。どうしても当該コーチの指導を受けたいと言っている。それでも暴力はいけないから、第三者は二人を引き離そうとする。その周囲の思惑を、宮原選手はパワハラと感じている。二人を引き離す外圧をパワハラだと感じてしまうのだ。さてどうしたものか？といっても親の幼児虐待で子供を一時的に保護するやり方とは根本的に違う気がする。当人は暴力と感じていない。そのことによって自分が体操選手として成長したと感じている。小生は、子供にも愛の鞭を振ったことがないし、妻を殴ったこともない。暴力についての見解は持ちあわせてはいない。しかし、父親に殴られて立派に成長した子供が、父の暴力を懐かしんで語る例はある。よく聞く話でもある。

過分な塩分が体によくないことは正論である。しかし、辛い方が食欲が進むのも事実だ。医学的に悪でも、食欲のために塩が欲しいということと同じではないか……？　それとは少し違うかな？　難しい問題だ。暴力は悪だ。愛の鞭も悪だ。そんなことを言っていると、薄味の植物的人間ばかりが増えてしまうのではないか。

このところやたらに第三者委員会という言葉が横行している。企業や団体が不祥事を起こすと「第三者委員会」を立ち上げる。第三者委員会といいながら、関係の深い弁護士などが混じることもある。法の番人である弁護士だが、依頼者の思惑や利益を優先するのは当然のことだ。その人は第三者とはいえない。

第三者に調査を頼む前に、当事者の遵法意識を高めることが大切だろう。

八日（土）晴

今日はアスレチックジムの日である。毎週、このトレーニングもあと何年続くかということを考えながら参加する。土曜のメンバーにＮＫさんがいるが、この人小生より二歳年長の八十五歳。小生もあと二年は参加できると思うのだが、しかしＮＫさんは常日ごろ外部のスポーツトレーナーに特訓を受けたりして、心身の摂生に配慮している。小生は何もしない。その差が大きい。ＮＫさんは九月いっぱいで麻雀同好会を脱会して散歩に専念するという。模範老人なり。すごい。

原稿に目を通したり、はがきを書いたり、昼寝をしたり、いつの間にか夕暮れを迎える。このようにして老いの一日が暮れる。一日が終わるとそれだけ死に近づく。

大リーガーの大谷翔平選手、十九本の本塁打を打って、日本人選手、大リーグでの一年目の本塁打の記録保持者となった。今まで十八本の城島選手が最高記録だった。我が郷里奥州市出身の大谷選手を祝す。災害、事故、事件の暗いニュースの中に一筋の光なり。

九日（日）晴

静岡県全域、雨の予報なのに伊豆高原、朝から光が降りそそいでいる。

早朝のニュース速報、女子テニス選手大坂なおみ選手が全米オープンで優勝。日本人初である。快挙なり。

昨日、男子の錦織選手、準決勝で宿敵ジョコビッチに完敗。しかし、ベスト4まで勝ち上がったことは称賛に値する。大坂、錦織共に日本テニスの実力を内外に示した功績大。

夜、娘より定期電話。

十日（月）晴のち曇のち雨

顧問をしているN研究会に書籍制作の中間報告の手紙を書く。外注をしているライター、編集者、デザイナー、漫画家へ進行状況を確認。ほぼ予定どおりなり。

夜、土砂降りなり。珍しく激しい雨だ。一時間ほどで小振りになる。伊豆高原で長雨の経験少なし。

十一日（火）晴

妻、ホームの受診便で歯科医へ。昼前に帰宅。
原稿一本書き終わる。明日午前中推敲。
ホームの日帰り見学会あり。参加者多数のよし。
昼寝、四十分。記すべきこともなく一日終わる。

十二日（水）曇のち雨

午前五時起床。昨日書き上げた原稿の推敲。
介護棟で使う古新聞を提供する。

妻が何となく元気が出ないとふさぎこんでいる。昨日、歯医者に外出したせいかもしれない。人と会ったり長時間話し込むと疲れるらしい。老人性のウツであろう。「えいっ！」小生声を出す。「元気の元を注入したが、元気がでないか」と訊くと、「あなたの気合いは効き目がないわ」妻は笑いもせずに大まじめに答える。

ウェイト・リフティング協会でもパワハラ問題勃発。三宅義行会長の三年前の話の再燃らしい。三年前、事件はもみ消されたと、常任理事の一人が理事会で告発。この告発は何となくパワハラ問題が各スポーツ団体で問題視されている社会背景に便乗しての告発に見える。権力闘争の匂いもする。派閥争いか？　権力のあるところ、パワハラや闘争が渦を巻く。

権力にも名声にも無縁の八十三歳、ただ、死に向かって静かに歩むだけ。

毎夜の温泉有難や。心に憂きことのかかる日も、夜浴槽に身を沈めると憂鬱が解消する。

十三日（木）晴

老いの生きるリズム。目の前の小さな行事や懸案を見据えて日を送る。

誰かと会う約束した日を指折り数える。月に一度の俳句会、週に一度の麻雀、月に二回のカラオケ、酒の会、十月の東京での出版社との打合せ、十一月の文化祭の講演、新しい俳句会の立ち上げ……。小さな、小さな生きる営みで時間が消費されていく。生きる望みを繋ぎながら時間は過ぎて行く。いつの日かその時間にピリオドが打たれる。

今日は楽しみにしていた麻雀同好会。成績振わず。二千点違いで三位。毎回のこと、往年のギャンブラー形無し。

NHKのNディレクターより電話。先日放送の「NHKスペシャル《駅の子》（戦災孤児の戦い）」のDVDを送ると連絡あり。特別番組の再放送は11月だという。確定したら電話で連絡するとのこと。

十四日（金）雨

今日は妻、ホームの車で整形外科医院へ。付き添ってくれるのはホームの職員Aさん。Aさんは付添いのベテランで心強い。小生も付添いで車に同乗。この医院、リハビリに定評があって、妻はこの医院でリハビリを受けたいと考えての受診である。しかし、妻は介護保険の要支援1の適用を受けているため、保険でのリハビリを受けることはできない。このハバクリニックが経営している会員制の運動施設でトレーニングを受けることになった。妻は最初からこのような運動療法を望んでいたらしい。

午後二時より、集会室にて入居者懇談会。介護棟、診療所の建て替え工事の進捗状況等の説明あり。

懇談会の後、ホームの定期バスで酒を買いにスーパー「ナガヤ」へ。日本酒、焼酎、ウイスキーを買う。ついでにおはぎ、チョコレートなどを買う。帰途、タクシー。

十五日（土）雨

小生は今日はアスレチックジムの日である。

妻は昨日受診したクリニックで体験トレーニングをするため、無料送迎の車で向かう。いつまで続くか？　永続を期待する。

十六日（日）曇

午前中、共同執筆者Sくんの原稿に目を通す。Sくんなかなかの筆達者に成長している。数箇所に手を入れただけで合格。Sくんに原稿を返送する。

午後、ゆうゆう句会の投句の整理の後、句会用として会員に配るためパソコンに投句を打ち込む。

樹木希林（75）逝去のニュース。昨日、家族に見守られて息を引き取ったという。昭和の名優また一人消えた。病気と闘い人生と闘った壮絶な生涯だという。夫の内田裕也の奇行を許し、自分の人生を生き切った人だった。七十五歳、若い死である。

安室奈美恵、故郷の沖縄県宜野湾市で引退公演。昭和の歌姫が美空ひばりなら、安室は平成の歌姫だった。美空は小生より三つ下だが、安室は孫の年齢といっていい。時代は変われど、歌姫を惜しむファンの声は変わらない。歌は強し。女も強し。

チケットが手に入らなかったファンも沖縄に足を運び、会場の外で、せめて場内から漏れ聞こえる音に耳を傾けたという。その数一万人という。驚くべし。

一日がまたたく間に終わる。今日も無事に生きたり。

十七日（月）晴　祝日・敬老の日

老人を敬う日というのは老人の身にとって有難いというより面はゆい。老人になったのは努力してなったわけでもない。したがって敬われるような話でもない。歳月の旅を続けている間に自然に年を取ってしまっただけのことだ。敬老というより「老人憐憫の日」であろう。老人とは悲しき身の上である。過ぎた日は戻らない。

《淋しさを敬われている敬老日》の駄句を一句。

早朝、洗濯物を陽の当たる場所に干す。出かける前に取り込む。太陽を浴びて乾いている。

午後一番はカラオケ同好会。


カラオケスナック『ポニー』では敬老の日のプレゼントの菓子を用意。有難く頂戴する。今日は夕刻より、老人ホームの敬老晩酌会があるため、カラオケは四時で終了とする。四時少し過ぎてホームに到着。シャワーを浴びて晩酌会へ。

片隅の席を確保。メンバー揃う。大いに酔って極論、暴論で賑わう。七時打ち上げ。解散。

ホームの行事。昼の二時、敬老コンサートが開かれたとのこと。

《敬老の日に逆らいて二日酔い》と駄句一句。笑い。

十八日（火）曇

午前中、ホームの診療所へ。妻も同行。検診と薬の処方。

小生、三時半に伊東市のボランティア活動家の三島さんと駅前の軽食屋で待ち合わせ。句友星野氏も同席。句会講師の件で打合せ。話の成り行きで、拙著『ぼけ除け俳句』の本二十冊を寄贈することになった。拙著をテキストにしたいという。ビールと酒、焼酎のお湯割でいささか酩酊す。七時半帰宅。妻にたこ焼きの手土産。

十九日（水）晴

妻、八時半のクリニック迎えの車で、トレーニングに向かう。十一時、帰宅。疲れたとぼやく。

拙著、出版社に二十冊を注文する。三島さんの自宅宛に発送するよう依頼する。出版社より、来週、倉庫より発送すると返事来る。

稀勢の里、三敗、横綱生命危うし。

二十日（木）曇のち雨

午前中、原稿の執筆。午後麻雀同好会。熾烈なトップ争いに破れて小生二位。無念。

稀勢の里、前回優勝の関脇、御嶽海に横綱相撲で勝つ。横綱の首がつながる。代わりに御嶽海の大関昇進が遠のく。

自民党総裁選で安倍首相、石破さんに大勝。安倍五百五十三票、石破二百五十四票。全くの予想通り。必ずしも安倍さんが日本の首相にふさわしいとは思わないが、今のところ、安倍さんに代わる人物は、党内にも野党にも存在しない。こんなところか。

三年の間に、安倍さんに代わる日本のリーダーの出現が待たれる。

夕刻まで雨降り止まず。

二十一日（金）雨

昨日より気温が低下。半袖では寒い。昨夜、就寝のとき、夏のタオルケットの上に薄い毛布をかける。喉元過ぎれば熱さを忘れるではないが、あの猛暑がまるで夢みたいな感。

文化祭の講演会『自分史の書き方』のポスターを受取りにホームの売店へ。文化祭実行委員のTA氏より二枚受け取る。一枚はふるさと協議会の会場に貼ることになっている。十月二日、俳句の講師に出向くときにポスターを持参して貼らせてもらう。

午後三時、伊東市のボランティア活動家三島氏、ホームの近くの十字の国の施設へ来たついでに、小生のホームに立ち寄って面談。来月の句会立ち上げについての打合せ。ボランティア活動の悩み、予想通り、予算と資金面でご苦労の様子。講演のポスターを渡す。

来月二日の句会立ち上げ準備の会合に参加することを約束して別れる。

二十二日（土）雨

朝、妻、歯科医に出かける。九時の予約らしい。

小生、今日はアスレチックジムの日。握力測定あり。八十歳以上の平均よりは少し上回っているとのこと。安堵したが実感がない。実情は、よたよたふらふらの感じである。

来月、出版社との打合せの上京のついでに、昔、懐かしい八王子の友人と会いたくて、何人かの旧友に電話をしたが、スケジュールが合わず、お流れ。心なしか対応が冷ややかなので淋しさを感じた。小生、連絡すればすごく喜んでもらえるものと一人よがりの思い込み。笑止千万。考えてみれば当然で、こっちの都合のいいときだけ顔を出して、相手はいつも喜んでくれると自惚れていた。妻には「あなたは思い込みが激しく、自分中心に物事を考える」といつも非難（嘲笑）されている。まさにその通りだった。友人といえど、小生が考えているほど懐かしくも会いたいとも思っていないのだ。笑止千万。反省。八十三歳のいい年をして、その道理に気がつかないなんて、馬鹿丸出し。自己嫌悪しきり。

古里は遠きにありて思うもの、友人も遠きにありて思うものなり。

大相撲秋葉所、千秋楽を待たずして白鵬の優勝。抜群に強し。一強なり。

幕内通算一〇〇〇勝。四十一度目の優勝である。前人未到の記録なり。稀勢の里、横綱対決で鶴竜をねじ伏せるも、四敗なり。鶴竜上位陣対決で四連敗。両横綱不甲斐なし。

二十三日（日）晴　秋分の日

今日は秋分の日で、秋の彼岸でもある。ホームの売店でおはぎを販売する。つぶあん、こしあん、ずんだの三種類である。二個ずつ買う。お茶とプリンも買う。仏壇に二個供えて、早速食べる。今風に甘みをおさえている。小生、もう少し甘いほうがいい。酒飲みのくせに甘党である。大福をつまみに日本酒を飲んだことを自慢にしている。小生、単純無類の男なり。八十三歳になっても、一向に性癖改まらず。三つ子の魂のことわざ真理なり。

優勝がすでに決まっている大相撲、小生には興味半減。白鵬の全勝優勝で幕。稀勢の里、豪栄道に無様な負け方。横綱らしからぬ転がり方だ。これで来場所もとるのかな。鶴竜は稀勢より負け数が多いが、負け方に無様なところが少ない。その違いだ。稀勢の体が大きいだけに転がり方がみじめっぽい。小生大ファンだけに残念だ。

老人ホームの終末の調査アンケートに対して妻はぽつりと言う。

「だれにも知られずにひっそり死にたい」。老人ホームの掲示板に、逝去の日、行年などが貼り出される。そのことに妻は抵抗があるという。実際に死の事実を告げないまま、姿を消す人もいる。どうやら、それをいさぎよいと思っているらしい。大げさに言うならそれが死に方の美学と考えているのかもしれない。妻の感想もそれに近い。それは、違うと小生はいつも周囲の人に言っている。小生に言わせれば、その考え方は裏返しのロマンチシズムである。うがって言えば、死の美学ではなく負の美学である。

死ぬときは「世話になった人びとに対して挨拶の言葉を残して死ぬのが人の道ではないか」というのが小生の持論である。「長い間お世話になりました。この度あの世に旅立つことになりました……」と、別れの言葉を残して死ぬのが礼儀だろうと思う。

老人ホームでも、何の言葉も残さずに死ぬ人がいる。そんなとき、人々はどうしたのだろうとその人の噂で持ちきりになる。「しばらく姿が見えないけど、あの人はどうしたのだろう?」「入院しているのかな?」「ずいぶん入院が長いね……」などと、皆が首をかしげる。やがて、何処からともなく、死の噂が聞こえるようになる。「ああ、やっぱり……」と人々は一抹の淋しさを持って受け止める。そのとき、「黙って消えるなんて失礼だな……」と私は思う。

妻は「目立たなく生き。目立たなく死ぬ」と、言うのがモットーらしい。何の因果か、名前が売れてナンボの無名作家と妻は結婚した。私は無名なので、そんなに目立つ生き方をしているつもりはないのだが、ホームの掲示板に『自分史の書き方』のポスターが貼られた。「みっともない、きっと反感を持つ人がいるわよ」と妻は悲しげな顔をする。講師として私の名前が掲載されているためだ。

ホームのホールに月見のダンゴが飾られている。

今日は中秋の名月、大室山にホームの月見のバスが出る。そのためか、大浴場は空いている。私も入居時、いろいろなツアーに参加したものだ。今は、その元気もなく、ホームの回廊から大きな月を眺める。「ずいぶんきれいな月ですね」と妻は呟く。

横綱審議委員会、稀勢の里の十勝を評価。「来場所の奮闘を期する」というコメント。思いやりのある審議会。稀勢、頑張れ！

二十五日（火）雨

朝のＮＨＫテレビ、救急隊が駆けつけると、蘇生措置を拒否する家庭が増えつつあるとのこと。どうせ助からないのなら、このまま家庭で死なせてやりたいという家族の思惑らしい。元気な間にそのような意志を家族に伝えている人もいるという。心肺停止なら、助からない確率が高い。病院に搬送されて、何日か治療室で延命装置で生かされて、結局亡くなりましたということなら、最初から、延命装置などを用いないで、このまま、息を引き取るというほうが合理的だと家族は考えるわけだ。

小生も、それは同感である。しかし、意識が戻るなら延命も意味がある。小生の母は、死の一週間前に一度意識を失った。しかし、蘇生措置で意識を取り戻した。そのお陰で、母の最後の「私は幸せな一生だったわ」という言葉を聞くことができた。意識が戻らなかったら、母の最後の言葉を聞くことはできなかった。破天荒な生き方をしていた小生は、その言葉を聞くことができなかったら、生涯、親不孝の悔恨に苦しみつつ生きなければならなかった。このような蘇生なら意味がある。私にその言葉を伝えた翌日、母は二度目の失神をして、そのまま蘇生することはなかった。小生は意識が戻る戻らないはともかく、十分に生きた。年齢に不足はない。売文という商売のお陰で、言いたい放題のことを駄文、雑文で言い尽くした。思い残すことも言い足りないこともない。延命装置は不要である。

偉大な横綱だった貴乃花、相撲協会に辞表提出。両者の言い分を聞いてみなければ真相は不明だが、常識的には協会側のいじめが遠因になっている。いじめの原因は、日馬富士の傷害事件で紛糾したとき、貴乃花の協会に対するかたくなな態度に起因しているのは当然で、貴乃花の自業自得の面があるのだが、今回の件では、協会側の大人の対応にも期待したい。何しろ、貴は現代日本の相撲の顔なのだから……。

衆議院議員、杉田水脈《みお》議員が雑誌『新潮45』に掲載した論文「LGBTは子供が産めないゆえに生産性がない。こんな人たちに国家予算を使うべきではない」という論文が社会的非難を浴びたことに対して、新潮45が、杉田論文を擁護する特集を組んだ。あろうことか、その擁護論文の中に、痴漢行為を正当化するような、奇妙な視点で論じているものもあり、世論の非難の炎に油をそそぐ結果となった。ついに、新潮社社長が異例の謝罪をして、ついに雑誌は休刊となった。

小生もオッチョコチョイな売文家で、杉田論文も擁護論文も他人事ではないのだが、もっと真面目に議論してほしかった。世論の非難に屈しないで、議論を闘わすべきだった。それにしても、痴漢擁護の論文は困った話だ。小生は、実際に擁護論文は読んでいない。テレビの紹介でしか知らないが、テレビが抜粋した二行だけで判断しても、あの論旨は困る。休刊によって、結局この問題はうやむやになってしまう。それが惜しい。

二十六日（水）曇のち雨

貴乃花の引退届に関しての相撲協会の記者会見、当然ながら相撲協会は圧力もいじめもないことを反論している。

地域の活動家三島氏、ホームに小生を訪ねてくる。百歳大学のカリキュラムについて相談を受ける。小生の考え方をお話する。突然の来訪で、昼食を接待しなかったことが心残りなり。

今日はホームの散歩の会、みんなで歌う会がある。入居当時は、小生もしばしば参加したものだが、この二、三年はすっかり足が遠のいている。

今日は雨のため、散歩の会はホーム敷地内の里内散歩とのこと。「私も出てみようかしら」と妻。その意欲はいいが、みんなに迷惑をかけるのではないかと危惧する。雨の激しさに、「やっぱり、やめるわ」と妻しり込みする。

肌寒い一日だった。

二十七日（木）雨

今日はホームを挙げての防災訓練である。朝の放送では予定通り午後二時に決行するとのことだが、果たして、雨によって訓練の規模が変わるのかどうか……。午前十一時現在では不明なり。

予定通り訓練実施。ホーム里内、震度7の想定である。職員が各住居投を居住者の安全確認のために巡回。さらに、住居棟に被害が発生したとの想定で、住民が居住棟によって、異なる指定の避難場所に集合する。小生の五号棟は、庭園に集合する。傘をさしながら庭園に向かう。妻も杖をついてよたよたと庭園に向かう。安全確認の点呼のあとに訓練終了。小生の入居している伊豆高原の「ゆうゆうの里」の地盤は堅固である。東日本大震災のおりも地震の影響は受けなかったらしい。

海は近くだが、ホームは丘の上にあり、小高い山が海を隔てている。山を越えて津波が押し寄せることは考えにくい。ここの住居を終の住みかにしたことは幸運なり。

二十八日（金）晴

台風、沖縄に急接近して、暴風吹き荒れているが、関東、東海は晴天。洗濯日和。日差し強し。朝、洗濯物を干す。この作業も私の仕事。妻は体力なく知力なく、老いの日々を生きている。若き日、ぐうたら亭主を無視して獅子奮迅の働きをした妻の面影なし。哀れなり。

昨日、防災訓練のため、麻雀同好会は今日になった。小生、善戦するも二位。KAさん久しぶりの一位。

二十九日（土）曇時々雨

午後二時より伊東市の和大鼓の一団が慰問に訪れたよし。小生、仕事中のために聞きもらした。

四時、ボランティア活動家の三島氏、小生をホームに来訪。百歳大学のカリキュラムの相談である。熱心な人である。感心。

ホームの見学会あり。見学中に出会って挨拶を受けたご夫婦あり。小生の執筆した老人ホームの入門書を読んで入居を決断したよし。契約をすませ入居を待つばかりとのこと。大歓迎。職員に訊いたところ、住居は小生と同じ五号棟だという。

三十日（日）曇

台風、鹿児島の半島を暴風に巻き込み接近しているという。上陸すると東に進路をとり、列島を縦断の予想。小生の住む伊豆半島は深夜、午前零時頃に通過するらしい。風に飛ばされそうな物を片付けるようにアナウンス。自力でできないも人は申し込むようにとのこと。小生宅、物干しザオを二本を下に下ろす。

今日は月末で、売店は棚卸しのため、三時閉店。

ドアのストッパーが取れて、自分で何度も試みてもうまくいかない。売店に電話を入れて女子職員に来てもらう。女子職員はいとも簡単に取りつけた。何度も試みた小生、逆に取りつけていたらしい。赤面。いい年をして、無能を露呈。昔、妻にペンより重いものを持たないでくの坊と幾度となく嘲笑された。八十三歳にしてその無能ぶりはいささかも矯正されていない。自己嫌悪はなはだし。

台風、刻一刻と迫りつつある。不気味なり。東京は、夕刻より電車が停まるとの放送。

生活サービス課より台風に関する放送。老人ホームの建物は鉄筋コンクリートであり、風雨に強い。避難勧告が出たとしても、自室にいるほうが安全とのこと。近辺に増水する川もなく、土砂崩れの危険のある場所もない。職員も待機しているので安心してほしいとの放送。心強し。放送聞いて、妻安堵の表情を浮かべる。良き老人ホームなり。

残暑と異常気象に翻弄されし九月も終わる。

十月

一日（月）晴

深夜より伊東市は広範囲に停電。ベッドに入る直前、十一時頃、二度程停電をしたが、一、二分で点った。深く考えもせずに就寝したが、深夜に停電なるを知る。いろいろと、各方面に問い合わせをしたが、原因不明とのこと。電気の生活に慣れた現代人は、停電となると生活機能がマヒし、無力なり。老人ホームの手厚い見守りも停電には勝つすべなし。起きてみれば落ち葉が散乱している。

十時頃復旧す。電気点る。万歳。涙が出るほど有難い。電気さまさま。

午後はカラオケ同好会。相変わらずのド演歌。一曲のみムードミュージックの「雨に咲く花」を歌う。二十年くらい御無沙汰の歌だが何とか歌えた。

京都大学特任教授本庶《ほんじょ》佑《たすく》氏ノーベル賞医学生理学賞を受賞。高校時代、進路を決めるのに弁護士か医者の二者択一だったらしい。弁護士の人間救済には限界があるが、医学の研究は何百万人の人を救うことができるということで、医学の道を選んだという。大成する人は違う。老いさらばえし売文家、異星人を仰ぐがごとし。

ガンの免疫療法の研究の第一歩なり。人類に貢献。まさに氏の若き日の進路過たず。

二日（火）晴

市の町起こしのボランティア活動、ふるさとカフェの句会の立ち上げで招待。寄贈した拙著『ボケ除け俳句』二十冊が希望者に配られる。顔見せの挨拶。

五人以上の参加者があれば句会を開きたい。私の主張「言葉遊び」がどこまで浸透するか？

その後、世話人の三島氏、俳句経験者の兵頭氏、句友の星野と一献。

帰途、東京出張の往復切符を買う。酩酊して七時過ぎに帰宅。

三日（水）晴

目覚めると高熱を発す。一瞬、インフルエンザを疑う。昨夜、日系外人と酒席が隣り合わせる。酔った勢いでブロークン英語で盛り上がる。さては、彼らにうつされたかと疑念。

朝一番にホーム内の診療所に行く。熱三十八度あり。インフルエンザの検査は陰性。医師いわく、発症四、五時間では検査に表れないこともあるとのこと。熱と風邪の薬を処方してもらう。三時頃、生活サービス課の職員来宅、熱を計る。三十九度六分あり。

処方の薬を飲んでベッドに入る。食事は昼、夜配膳。食欲は不振だが、最低線は食べる。

夜、薬の効果現れて、熱が下がったのがわかる。食欲やや回復する。就寝時の熱、七度六分。

明日、四日の麻雀の代打ちをKU氏に頼む。仕事の遅れが気にかかる。ふだん一日延ばしにしているくせに、病気になると気にかかるとは笑止千万なり。

四日（木） 曇

朝、熱六度六分に下がっている。これなら、東京出張も可能だ。

九時過ぎ診療所より連絡、もう一度検査したいとのことだ。

診療所での熱検査では自宅で計ったのと同じ六度六分。念のためにインフルエンザの検査をする。陰性。インフルエンザの疑いが晴れる。平熱なら入浴も可能だという。昨日の高熱は何故か？　八十三歳では知恵熱ということもあるまい。この頃、頭の回転が良くなったことを自覚している。老ざんの知恵熱か？　そう言うと人々大笑い。

しかし、熱が下がっても体調はよろしくない。土曜日の東京出張はどうだろう？

入浴で寝汗を流したいが、妻は入浴に懸念を示す。小生も湯に浸かる自信がない。

入浴なしに就寝。不快なり。

五日（金）曇

明日の東京出張の延期を出版社のＴＮ社、他に申し出る。

いずれも快諾していただいた。熱は平熱よりやや高い程度だ。ここまで回復すれば、六十代なら出張を決行しただろう。やはり、八十三歳の今、それだけ体力に自信がないということか。自信というより、実際に体力も気力も落ちているのだろう。何が何でも上京というファイトが湧かない。


今日はホームの運動会である。雨模様なので、室内（集会室）で行うという。元気なら見学に行くところだが、体調がイマイチすぐれない。室内の運動会、どうするのだろう。

伊豆高原駅に出て出張の日を二十七日に延期した新幹線他のチケットを切り替える。

ホテルも同じ条件で二十七日に切り替える。


顔を合わせるホームの職員に発熱の様子を訊かれる。小生の突然の発熱は、多くの職員に伝えられているようだ。その配慮はありがたい。やはり、歴史の古い老人ホームと感心する。見守られている安心感がある。

四日目の入浴だ。「風呂入って大丈夫？」と脱衣所でＫＯ氏に訊かれる。熱は平熱になったようだ。それでも冷たい水が美味しい。八十三歳という老齢を痛切に実感する。

六日（土）曇のち晴

もし、高熱を発しなければ、東京出張の日である。

熱は平熱で、体調は復活しているが、何しろ四十度近い高熱で二日間呻吟していたのだから、回復したといっても、快調というわけにはいかない。アスレチックジムを欠席。

カメムシの玄関先の大量死を妻は嘆く。「我が家だけではないかしら？」と妻は疑心暗鬼である。売店に電話で問い合わせる。どうやら異常気象による大量発生らしい。多くの住居者より相談の電話が入っているという。施設は樹木医に相談して対策を考えているとのこと。妻は困惑の表情をくずさない。午後、施設維持課の職員が大きな噴霧器を持って来宅。カメムシの嫌う防虫剤を噴霧したという。「どこまで効果があるかわかりませんが……」と語る。妻に告げると嬉しそうに微笑む。

熱が出なければ今日は東京出張である。今現在、午後六時、東京なら夕食の宴会が始まる時刻である。

今日午後、何となく気だるい感じ。昼寝をむさぼる。やはり出張は無理だったようだ。老残哀れである。

酒を飲みたいというのは、体調が回復している証拠であろう。しかし、薬を飲んでいる間は控えなければならない。薬は明日までである。医師には薬を飲み切るようにと指示された。明日の昼で薬は終わる。明日の夜にビールを飲もう。

七日（日）晴

防虫剤の噴霧効果あり、カメムシの死骸いつもの三分の一に減っている。効果の持続は一カ月ぐらいらしい。より長く持続してほしい。

快晴。洗濯物を干す。気温高い。小生、半袖の開襟シャツ。夏の装いである。

台風二十五号の余波、東北地方は強風が吹き荒れているらしい。

どこといって、はっきりとした不調箇所があるわけではないが、何となく気だるい。老残のゆえか？　高熱の後遺症か？

私の推薦した漫画家、クライアントは気に入らないらしい。クライアントが私のミスキャストにクレームをつけるようでは、私の仕事の影響力も薄くなってきたようだ。第一線から完全撤退の時期に来ている。晩節を汚さずに舞台から去って行きたい。

夜、久しぶりのビール。美味なれど期待したほどでもない。日本酒も飲む。五日ぶりの酒に酩酊す。満足なり。

八日（月）晴　祭日・体育の日

今朝の読売新聞の一面にスポーツ庁が調査した高齢者の体力向上の記事が出ていた。七十代の体力が史上最高になったという。人生百歳時代の到来を裏づけるものだ。小生、とても百歳は無理だが、趨勢として年寄りの体力は向上しているのかもしれない。ガンの治療法も格段に進歩している。百歳人生、現実味が濃厚になってきた。しかし、働き盛りの体力は低下しているという。働き盛りは、子育てや仕事で忙しく、体力向上のスポーツなどに取り組むゆとりがないためらしい。果たして百歳人生の社会が到来するのだろうか。

東京の大卸売市場、築地閉鎖。新たに豊洲市場開業。また一つ昭和の思い出が消える。小生の青春の追憶また一つ消える。生きるということは、思い出の灯を消していくことか。過ぎ行く歳月とともに、心に灯る思い出の灯が一つ一つ消えて行く。

スーパー『ナガヤ』に買い物。珍しく酒を買わずに帰る。四日間。酒断ちの病気ゆえ、酒が減らないためである。帰途、中華そば屋で生ビールとラーメンを食す。昼食なり。東京出張の予定のため、食堂に予約をしていなかった。十二時帰宅。

九日（火）晴

妻、義歯が欠けたので歯医者へ。火曜日定期の受診便に空席あり。妻、歯科に向かう。

市民活動家の三島さんより、百歳大学のカリキュラム案届く。だいぶよくなったが、まだ際立った特色に欠ける気がする。小生の無いものねだりか？

黄金の左腕、輪島さん逝去。行年七十。前相撲協会理事長北の湖と輪湖時代を作った名横綱。七十歳、やはり若すぎる死である。北の湖もすでに逝去。二人とも去る。

昭和の歴史に消え行くもの多し。まさに、平成の末。

巨人、阪神戦の最終戦に勝って、辛うじてセ・リーグのＣＳに参戦がかなう。

薄氷を踏むような三位確保。四位のＤＮＡとの差僅差。ラミレス監督地団駄踏んで無念の思いを噛み締めているに違いない。次期巨人軍監督、往年の名監督原辰徳の再来の呼び声高し。何しろ、巨人はリーグ優勝から遠ざかっている。名門巨人の零落、見るに耐えぬ。三位争いであえいでいる姿は哀しい。救世主原の登場に期待。

十日（水）晴

ハバクリニックへトレーニングのため妻出かける。迎えの車に乗り込むのもやっと。こんな思いまでしてトレーニングをしたいという妻の心根は立派である。しかし、老いと戦う妻の心中量りがたし。

出張販売の八百屋さんよりミカン買う。甘い。

十一日（木）曇

妻は日常的に物を置く場所を決めていない。私はかたくなに物の置き場所を決めている。妻は、置き場所を決めていないゆえに、日常的に捜し物をしている。物がなくなったとぼやいている。なくなったのではなく置き場所を忘れただけなのだ。私は眼鏡、爪切り、鍵その他ＡＢＣ、書類ＡＢＣなど、いつも決まった場所に戻す。うっかり置いたままにするということはほとんどない。そのために捜し物をすることはあまりない。妻は日常的に捜し物をしている。感心するのは、捜せば出てくることだ。もっとも、出てこなければ困るわけだが、ついに出てこなくて新たに購入したものは五、六年の間に二つぐらいである。捜し物もボケ防止なら、妻の置き場所忘れもいささか役に立っているのかもしれない。

今日は麻雀同好会。一局目にチョンボするものの、激戦、接戦を制して一位。久しぶりである。

宇宙ステーションに向かうロシアのソユーズ、打ち上げ失敗。ロシア人飛行士とアメリカ人飛行士は無事脱出。国同士あまりしっくりしていない米露、科学の世界では協調しているのは結構なことだ。しかし、失敗の原因が解るまで次の打ち上げは延期という。あと、一千年、二千年後、滅亡するかもしれない地球のために宇宙開発の進歩は不可欠。研究の中断をしてはならない。

十二日（金）曇

昼夕食堂の予約をしていなかった。締切りの原稿に熱中する。

終日、部屋に閉じこもっていてホームの住民と顔を合わせない。五号棟の住民一人、介護棟に移され、部屋は内装のために工事が入っている。セメントを粉砕する音終日響く。

十三日（土）曇

肌寒い日である。ジムに出かけるのに半袖トレーナーの上に上着を羽織る。

先週ジムを欠席したので今日は月の始めの計測である。毎回、数字に目に見えた変化なし。したがってメタボのまま幾歳月。

ホームの人に己の死を知らせたくないというのは偏屈な妻の独特の意見と思っていたが、ジムのメンバーのNA女史もその考え方だというので驚いた。掲示板に訃報の張り紙が出ない限り、住人たちはどうしたのかと詮索しきり。そしてやがて死の事実が明らかになって、「あやっぱり……」と人々は納得する。私は別れの挨拶を述べてあの世に旅立つのが隣人に対しての礼儀だと思う。まっ、しかし人さまざまの考え方があっていい。

私が先に死ぬか、妻が先に死ぬかの違いだ。生き残るものに、どのように処理されようと、死者はかかわり知らぬことだ。

終日、肌寒い一日だった。入浴の後、ウイスキーのお湯割を飲む。

プロ野球のクライマックスシリーズ開幕。セ・リーグ、巨人対ヤクルト、巨人まず一勝。パ・リーグは日ハムとソフトバンク、まずソフトバンクの一勝。

十四日（日）晴

今朝の『サンデーモーニング』、ジャーナリスト受難の時代に言及。ジャーナリストの殺害や行方不明の世界的動向を憂える。言論の自由の無い世界は暗黒の世界である。時の権力者におもねるメディアは言論の死である。負けるなジャーナリズム、闘えジャーナリスト。

ホームのゆうゆう句会の投句の整理始める。

巨人、ヤクルトに二連勝。セ・リーグのファーストステージを制す。菅野投手のノーヒット・ノーランはＣＳでは史上初という。いよいよ、ファイナル決戦。広島との勝負、下克上なるか？パ・リーグは日ハム、ソフトバンクに意地の一勝、明日の決戦でファイナルの出場が決まる。

十五日（月）曇

肌寒い朝である。診療所へ定期検診と薬の処方。インフルエンザの予防注射の申し込みをする。心電図と血液検査、レントゲン、尿検査を受ける。レントゲン、心電図、三月のデータと比較して特別の変化は見られないという。

「後二、三年生きられますかね？」と小生。「さあ、それは解りませんね」とＫＷ医師。それ、真実なり。

午後はカラオケ同好会。みんな楽しいホームの仲間。

パ・リーグCS戦、ファーストステージはソフトバンク。二勝一敗で日ハムを下す。

十六日（火）晴

今日はゆうゆうの里のゆうゆう句会。いつもの句会の使う部屋（集会室）は、事務室が工事中で事務管理課の募集係が使用している。先週使った娯楽室は使えず、句会は食堂の一角になった。初心者に佳句多し.

ゆうゆう句会の後、ふるさと協議会の会合に駆けつける。ボケ除け俳句の講演。反響良好。その後、三島、兵頭、星野の三氏と一献。七時半、帰宅。

十七日（水）曇

朝、八時半、ハバクリニック、妻を迎えに来る。週一度のトレーニングである。

足腰が弱っているからこそのトレーニングであるが、よたよたした体で通う気持ちになっていることは見上げたものだ。

N研究会の顧問辞職願を書く。どんな誤解が生じたのか、小生、信頼を失ったらしい。原因不明である。老体にとっては詮索も煩わしい。これ以上顧問を続ける意味がない。

今日はホームの晩酌会。酒の販売もある。仲間のMR氏、酒席の場所取りをしてくれる。みんな揃う。風邪で欠席のIK氏より銘酒四合瓶の差し入れあり。酒席を嫌う妻のために小生、食堂より夕食を妻に運ぶ。晩酌会ゆえ入浴を四時半にすませる。晩酌会は五時より。酔って支離滅裂の談論風発。楽しい。七時半、部屋に戻る。

十八日（木）晴

今日は午後、消防の点検。午前中、少し掃除する。「汚くても恥ずかしくないわ」と妻。若き日のきれい好きの妻からは想像できない精神の劣化。足腰不自由な妻に点検はまかせて麻雀室へ。麻雀同好会、惨敗。前回の一位から四位へ転落。

十九日（金）曇時々雨

出版社とクライアントのN研究会の間で紛争発生。このトラブルはプロデューサーである小生の研究会への影響力不足と指導力不足によるもの。責任を取って顧問の辞表を送付する。

トラブルの原因は推測だが、第三者の中傷、やっかみ、無責任な発言によるものと思う。そのような中傷に踊らされているN研究会の会長に絶望。辞表の提出の件は以前から申し出ていたことだ。何しろ八十三歳で責任ある発言は無理な話だ。トラブルの有無にかかわらず、顧問辞退のタイミングというものだろう。

午後、床屋で散髪。散髪中に寝てしまうのは私の癖だ。よく話しかける店主。悪いと思うが聞き流して睡魔に身をゆだねる。帰途、スーパー『ナガヤ』で買い物。

プロ野球、セリーグのCS、巨人の下克上ならず。広島勝つ。

二十日（土）曇　夕刻より雨となる

寒い朝。今日はアスレチックジム。

運動衣の上に上着を羽織ってジムへ。ジムのトレーナーのODくんとプロ野球CSの話をするが、巨人敗退で話が盛り上がらない。広島日本シリーズへ進出。

十時半、ホーム談話室で保険のセールスレディに面会。小生、ドル建ての保険少額を契約。株屋、保険会社、いろいろと美味しそうな話を持ち込むが、妻は面倒なことには一切耳を貸さない。それは老化の現れだ。現状維持で満足している。金銭にも興味を示さない。これなら、妻は詐欺にあうこともないだろう。小生も五十歩百歩。先の短い身ではお金を増やしても使い道がない。娘に残す金が減るだけの話で、お金に一喜一憂するのはご免だ。

皇后さま、今日で八十四歳になられた。小生より一つ上。平成の終わりを美しく飾られた。小生、人生に絶望している時期、東京都武蔵境の下宿屋、下宿人一同、大家の部屋に集まって皇太子と美智子妃殿下のご成婚のテレビを観た。あの日より、六十年、まさに歳月の流れ夢の如し。美しき皇后さま美しく老いられた。

あのときの小生、失意の中で酒浸りの日々を送っていたが、今の小生、我が人生に悔いなし。ただし、美しく老いたとは言いがたし、老醜如何ともしがたい八十三歳なり。

二十一日（日）晴

午後二時ボランティア活動家三島氏、ホームに来たる。ふるさと寄席の件でホームのMO氏を紹介。二人、すでに面識あるとのこと。十二月四日、予定通り、ふるさとカフエで公演挙行。八王子らくらく座の素人集団四名伊豆高原に来るよし。ノーギャラなのにご苦労。ボランティア精神うるわし。

二十二日（月）晴

朝より寒い日である。

老人は、身近な目標だけで日々を生きる。若いときのように、五年先、十年先、二十年先の遠大な計画を持って生きるということはない。いつ死ぬか判らない身では遠い未来に夢を持ちようがない。

もっとも、小生は若いときから刹那主義のところがあったから、遠大な計画というものを持って人生設計をしたということはなかった。しかし、五年先ぐらいのことは考えていた気がする。漠然と、三十歳のころ、四十代では、五十代では……ということは考えていた。今は五年先のことは考えられない。五年後、生きているという確信は持てない。

明後日の麻雀、土曜日の東京出張、十一月三日、文化祭での自分史の書き方を講演、五日のカラオケ同好会、九日のふるさと俳句会の立ち上げ第一回の句会、十八日の老人に関するミニ講演、二十日のホームの俳句会、二十四日のふるさと俳句会第二回。年末に娘来る。

抜き書きしてみると、目先の目標も目白押しだが、これらの目標は確実に達成されるであろう。その日が来ると「ああ、今日を待っていたよ」という気分になるが、その日が来たということは確実に死に近づいているということだ。目先の目標を消化しながら、やがて終末を迎えるのが老人の実態である。老人には近い未来はあるが、遠い未来はない。

二十三日（火）曇

娘のゲストルームを予約しようと思ったが、大晦日のゲストルームはすでに満杯、遅かった。仕方がない、自室に泊めることにする。元日のゲストルームは予約できた。

実のところ、自室に泊まるスペースがあるのにゲストルームは贅沢な話だ。妻が掃除が苦手になったためだ。いつの間にか娘が泊まるときはゲストルームになってしまった。できるだけ、妻は余計な負担をしたくないと思っているためだ。小生が掃除をすればいいのだが、小生も掃除が苦手なのだから、妻のことをとやかく言えない。

娘も老いた両親と寝るよりゲストルームは気楽に違いない。親のそばで寝るのが楽しいという子供時代が懐かしい。五十歳の娘にそんな殊勝な気持ちがあるわけがない。

妻の老化に関して声高に注意するが、その後に後悔する。妻だって好きで老いているわけではない。許せよ。それにしても、老いるということは悲しみ以外の何物でもない。

「寒くしないように毛布一枚余分にかけるように」と小生が注意するのに、「重いから嫌よ」と妻はいう。「だって寒いだろう」と小生。「いいの、我慢するから」と妻の答え。毛布の重さより寒さを我慢したほうがいいという妻の言い分に腹を立てる自分に自己嫌悪を感ずる。どのように妻を説得すればいいのか？

ああっ、愚かな悩みなり。悲しみ以外の感情なし。老いることの絶望感は深い。

二十四日（水）晴

今日妻は、ハバクリニックでトレーニングを受ける日だ。煩わしいことは敬遠しようとする妻には珍しく自分で望んで出かけていくジムである。少しでも不自由な体を矯正したいという思いからである。その意欲は見上げたものだ。その心根を大事にしたい。迎えの車の予約ができずにホームの発行する病院タクシー券で向かう。

今日は二時よりホームの食事懇談会があったが、妻の介助入浴のため不参加。小生が介助するわけではないが、浴場から戻るのを待たなければならない。

シリアで拘束されていたジャーナリストが解放された。本人確認でも当人と判明。よかった。家族の心中を察すると、その安堵と喜びはいかばかりか。危険な紛争地帯に入って行かなければならないジャーナリストの身を思うと、ただただ解放は我が事のように喜ばしい。ご苦労さま。

N研究会から辞表受理したという書類が届く。幾分、肩の荷がおりた気がする。それにしても、小生への不信感の原因が不明だ。まあ、年寄りの行動にいらだたしさを感じたのであろう。晩節を汚さず身を引くことができたのは何よりだ。

二十五日（木）晴

高校時代の先輩ＳＡさんへ手紙の返事。ＳＡさんは日曜画家で、添付された自作の油彩のコピーに対して感想述べる。抒情的感性に感服。称賛の言葉を述べる。一月に刊行した拙著を同封する。

今日は麻雀同好会。奮戦、二位をキープしつつも、最終回にマンガンに放銃。三位に転落。後悔先に立たず。危ないかな?と、懸念しつつの放銃なり。自業自得なり。

注目のドラフト会議、おおむね予想通りである。ドラフトの目玉、大阪桐蔭高校の根尾昂《あきら》は中日、秋田金足農業高校の吉田輝星《こうせい》は日本ハムが交渉権を獲得した。いずれの選手も交渉に臨むことを了解しており、獲得はほぼ間違いがない。

サウジアラビア、ジャーナリスト殺害が計画的であったことを認めた。皇太子関与が濃厚である。言論の自由がない、非民主的な国であることが露呈した。石油の大国の暗い影をかいま見た気がする。

二十六日（金）曇

上京前日、出発の準備をする。持参するものといっても仕事関係の必要な物は書類一通のみ。下着類といっても一泊であるから、多くはない。ボストンバッグはすかすかである。

二十九日（月）に役所関係の人が、妻の要支援の確認に来宅するとの連絡あり。応接テーブルの上の不要なものを整理する。小生、日曜日に帰宅するのが夕刻になるので、本日、整理しておく。昔は何もかも妻がソツなくやってくれたのだが、今は小生が率先しなければ何事も進まない。仕方がない。昔のツケを支払うつもりでやっているが、日常生活では無能力者に等しい小生であるから、完璧にはいかない。無念なり。

明日の朝、八時半、五号棟前、駅までのタクシーを予約する。

十一月一日～三日までの文化祭のプログラムが配られる。三日めに小生の講演「自分史の書き方」がある。講演内容の項目が一ページにわたって紹介されている。嬉しくもあり、気恥しくもある。大した話でもないのに恐縮である。

日中首脳会談始まる。安倍首相訪中。経済大国の隣国とぎくしゃくしたままではマイナスである。しかし、領土問題、靖国問題など、懸案山積。したたかな大国と対等に会話ができるのか不安。安倍さん頑張れ。

二十七日（土）雨

せっかくの上京なのに雨である。天気予報で覚悟していたが、かくも見事に的中するとは残念。予報が的中して残念というのも可笑しな話だが、今の予報は精度が高い。こうなると、南海トラフ巨大地震の予知も現実的である。何百年に一度の災害も決して夢物語ではないということになる。予知には科学的根拠があるのだ。小生、死ぬまでに悲惨な災害に遭いたくないが、今のところ巨大地震の確かな時期は不明らしい。何しろ、大自然には未知の不思議がいっぱいある。予測がくつがえってほしい。

人間の終末も科学的に予測可能なのだろうが、自分で死の時期を予測したいとは思わない。ガンの余命を半年と宣告されて、三年も生存した人も知っている。逆に後三十年は大丈夫と思っていた人の突然の訃報に接して驚くこともある。人間の体も大自然と同様、未知の領域が広い。科学の進歩によって、未知の分野は少しずつ狭まっていくだろうが、非科学人間の小生は素直に喜べない。未知なるものは未知のまま温存したい気がする。しかし、それでは困るのだ。地球の滅亡の日、人類は新しい星に移住していなければならない。科学の進歩こそが人類滅亡を防ぐ確かな手段なのである。

八時五十六分、伊豆高原始発である。雨が一瞬止んだ隙に家を出る。五号棟のタクシーを待つ場所は回廊の下の部分で、雨を避けることができる。タクシー来る。

定刻の電車に乗る。熱海に着いてみるとかんかん照りの上天気。得した気分だが、コートが邪魔だ。新幹線大混雑、こちらに移住して新幹線で座る場所がないのは初めてである。新横浜まで約四十分、立ったまま運ばれる。完全に懲りた。これからは、土曜日には座席指定にしよう。四十分ではグリーン車もったいない。

約束の八王子駅前のT会館十一階。約束の時間より五分遅れて着く。八十三歳の旅は何かと時間をオーバーする。階段も徒歩で登り降りはしない。エスカレーターやエレベーターを使用する。当然、場所の移動や待ち時間に無駄ができる。八十三歳では二十分程度のロスタイムを見越していたほうがいい。時間を早めて調整すればいいのだが、電車の時間を早めるとなると、一時間ほど早く着きすぎる。ままにならない。小生の原則、待ち合わせ場所には十分早く着くという信条に反する。しかし、一時間も早いとなると困る。

今日会う人は仕事関係ではない。仕事は明日十一時半、神田の駅前で出版社社長である。待人来たる。昼食を取りつつ談笑。ひとしきり旧交を暖めてから、昼のカラオケクラブに案内される。この場所で会う予定のない人と会う。この人は、因縁浅からぬ人で生きて会うことをあきらめていた人だ。夕食を共にする。これが最後の邂逅であろう。

八十三歳ともなると、思いがけない出会いの人はすべて最後の出会いと覚悟を決める。

九時半ホテルに入る。シャワーを浴びたいが浴槽が大きくて深いのに恐れをなす。もし、乗り越えられなかったらどうしようとおびえる。老残哀れ、

ホテルで野球の日本シリーズを観る。延長十二回、広島対ソフトバンク引き分け。緊迫した投手戦、見応えあり。

二十八日（日）晴

東京八王子のホテルで目覚める。

中央線で神田駅へ。三十分早く到着。待人定刻の十分前に着く。打合せは食事の後ということで、うなぎ屋の老舗本店『きくかわ』へ。老齢の社長、うなぎの大を完食。小生、一段下の中。打合せは駅前喫茶店。十一月中旬と十二月中旬の上京を約束する。

四時前の新幹線に乗って帰宅。ホームの大浴場はくつろぐ。すっかり老人ホームが自分の住みかとして身に付いた。

日本シリーズを観て就寝。八十三歳、旅の疲れが残っている。

二十九日（月）晴

老人ホームのベッドで目覚める。

うなぎのためか疲れが取れている。あるいは熟睡のせいかもしれない。


ホテル代や飲食の接待など、出張の経費の伝票整理はいつもながら煩わしい。しかし、少しでも仕事をしているのだから伝票の整理は必要な作業である。確定申告のための材料である。

生涯現役などとイキがってみるが、仕事の意欲もめっきり減少してきたことを自覚する。

瀬戸内寂聴さんは九十歳過ぎて小説を書いているというからすごい。著名で、宗教家で、天真爛漫な人である。小生のような世俗に翻弄されている無名作家とは違う。モチベーションに天と地ほどの差がある。小生と寂聴さんと比べるのはナンセンス。

世界的傾向として、右派の台頭著しい。自国ファーストの政治家が勢力を持ってきている。新しい世界秩序は反民主の傾向に進みつつある。トランプ米大統領の異常な自国ファーストに世界の民衆が毒されつつある。未来に不安を感ずる。世界は安泰か？

三十日（火）晴

今日はホームの受診便の運行がある。

妻は歯科の予約があって受診便を利用。乗り場まで妻を送る。

午前、文化祭の講演『自分史の書き方』のリハーサル。時間を見ながらしゃべってみる。時間は予定は一時間。アドリブを随所に入れると、時間は少しオーバー気味である。

恐らく聴く人は、自分史の意義や目的よりも、原稿を本にする実務的な話を聴きたいに違いない。資料として添付する自分史のレジュメの見本や自分史年表の見本は多少の参考にはなるだろう。それを手にするだけで講演を聴きにくる価値はある。

執行委員の職員TAさんには、「一人の聴衆でもやります」と言っているが、外部からの聴衆を入れると、今のところ二十人程度は参加者がありそうだ。ホームの入居者数名の方から「講演聴きに行きます」と声をかけられた。

小生が指導して本にした実際の自分史の本を参考のために持参することにする。

妻、昼近くに歯科医より帰宅する。往復ともに受診便利用とのこと。

午後、上京の疲れがやはり残っているのか？　睡魔に襲われる。一時半より二時過ぎまで昼寝。
日中、暖かい日差しが降りそそぐ。小生、数日前から冬の装いである。「今日は暖かいですね」と挨拶されると我が服装の仰々しさに赤面する。妻は「そんな服装しているのはあなたぐらいなものね……」と軽蔑の面持ち。小生、北国生まれの北国育ちなのに、寒さに弱い。弱いというより、恐怖である。寒さだけではない。暑さも嫌だ。結局は我儘で臆病なのだ。八十過ぎて一層、暑さ寒さに弱くなった気がする。

三十一日（水）晴
今日は十月最後の日、まさに秋たけなわである。
妻はハバクリニックのアスレチックジムに出かける。予約の車が不確かだったり、大変な思いをしているが、出かけて機能訓練をしてみようという妻の心意気は立派。八十一歳の妻、この意欲が消失したら一挙に老いの坂を転がり落ちるだろう。妻、十一時ころ帰宅。
貴ノ岩、日馬富士への損害賠償請求訴訟を取り下げた。モンゴルの家族が国民の非難を浴びているからだという。モンゴルでは、日馬富士は英雄で、自国の英雄の栄光が貴ノ岩に汚されたと思っている。気の毒な事件であった。きっかけは同胞の後輩が生意気だから、説教してやろうというモンゴルの先輩たちが、貴ノ岩をスナックに呼び出したことである。横綱白鵬が説教を始めたところ、メールをいじるなど貴ノ岩の態度が悪いということで激高した日馬富士が貴ノ岩の頭をカラオケのマシンで殴って怪我をさせたという事件である。

ここまで事件が大きくなったのは、貴ノ岩の師匠である貴乃花親方が相撲協会のもみ消しを警戒して警察沙汰にしたためである。この事件が引き金となって日馬富士の横綱引退、引いては貴乃花親方が相撲界を引退するまでに波及した。一連の決着は法的には正しい処理であったが、さまざまな禍根を残した。人生とはかくのごときものである。それなら、事件を隠蔽して何事もなかったように幕を引けば全て安泰であったといえるだろうか？

難しい。人生は正しく生きたいが、正しく生きようとして無様になることもある。

十一月

一日（木）晴

今朝も寒い。今日から老人ホーム『ゆうゆうの里』の文化祭である。ホームの集会室には入居者のさまざまな作品が展示されている。絵画、手芸、書道、陶器……、みんな傑作の玄人はだしである。小生の俳句も展示されている。

今日は麻雀同好会。ツキなし。二位に三千点差の三位。

二日（金）晴

快晴の朝。文化祭にふさわしい。今日は入居者発表会。

小生は明日『自分史の書き方』の講演。話し慣れたテーマではあるが、それだけに感動も、新たなアイデアもない。これでいいのだろうかと反省しきりである。気取らず構えず知っていることを淡々と語ろう。

文化祭二日目、今日は、ホームの入居者の発表会である。『ギターアンサンブル伊東』は、入居者のSU氏の加盟している伊東在住のギタリストのグループである。ポピュラーな数曲を演奏した。ちなみに『オリーブの首飾り』『闘牛士の歌』それに恋の歌の数曲をメドレーで演奏した。最後に滝廉太郎の『花』を聴衆と合唱。次いで朗読はONさんの日本昔話と世界童話。『花咲かじじい』『一寸法師』『アリとキリギリス』『白雪姫』である。誰もが一度は接したおとぎ話や童話だが、改めて聴いてみるとストーリーを誤解していたり忘れているものもあってそれなりに楽しい。小生の生涯を語るとき、いつも引き合いに出すのは『アリとキリギリス』である。もちろん小生は歌い暮らしたキリギリスである。紙芝居はKSさんの『孝女白菊』である。

最後はカラオケ仲間のNAさんがアコーディオンのSAさんとコンビで歌うシャンソンである。SAさんのアコーディオンやハーモニカの独奏のあと『忘れな草をあなたに』『恋心』『愛の讃歌』の三曲を歌う。アンコールに応えて、カラオケグループが毎回シメに歌う『伊東で逢いましょう』を歌う。

シリアの武装グループに三年間拘束されて後解放されて帰国した安田純平さんの記者会見。淡々と質問に答えていた。死の恐怖と不安にさいなまれた三年間は相当に苦難であったと推測される。「これからも取材は続けるのか？」という記者の質問に、「全く白紙である。親孝行を考える段階に来ている」というような意味のことを語っていた。親不孝のままに母を死なせた小生の身にしみる言葉である。

大手企業の検査改ざん事件跡を絶たず。モラルの低下と気の緩み。嘆かわしい。消費者への許されざる背徳である。

三日（土）晴

文化祭最後の日程、午前十時よりコーラス部の発表会。伊豆高原ゆうゆうの里のコーラス部は、音楽家田山正弘氏の指導によって高レベルの技術を身に付け、素晴らしいハーモニーの合唱を披露する。大劇場の公演にも耐えられる実力を身に付けている。メンバーは老人ホームの入居者である。コーラス部は会員の長寿のサポートの役割を立派に果たしている。

演目は『あきのひ』『芭蕉布』『秋を呼ぶ歌』『群青』（福島県小高中学校・平成二十四年度卒業生作・小田美樹構成）の四曲で、聴衆参加の歌『思い出』『待ちぼうけ』『里の秋』『エーデルワイス』の四曲。

午後は一時半から『職員実践研究発表』である。『入居者参加型地震訓練』『共に助け合う仕組み作り』。続いて午後二時より第六回ゆうゆういきいき講座で、小生の講演『自分史の書き方』である。与えられた時間一時間。

時間十分程度オーバー。語り慣れたテーマだが、出来は六十点。失望した人もいたかもしれない。ホームの外部からも句友含めて四人ほどの人に聴きに来ていただいた。主催者に参加した聴衆の人数を訊くと六十数名との答え。予想よりやや多い。

平成最後の文化祭。いささかの感慨あり。四時半から食堂でマグロの解体ショー。酒販売もあり。いつもの仲間と一献。七時帰宅。平成最後の文化祭、幕おりる。

女優江波杏子さんの訃報に接する。行年を聞きもらしたが七十歳は過ぎているはずだが、まだ若い。平成の終わり、死ぬ人多し。

四日（日）雨
朝から冷雨降っている。秋の雨はことさらに寂しさをかきたてる。
昼食、家内は自室で取る。小生、一人食堂に行く。五号棟のＩＤさんと同席。長野のご出身とのことで話が盛り上がる。小生の青春、長野と因縁浅からず。学生時代の二年間、長野出身のＴ大生の秀才ＡＳくんとルームメイトとして暮らす。高校時代はやはり長野出身の秀才ＴＡくんと三年間実の兄弟の如く交遊。物書きになって産経新聞の伊那出身のＩＴさんには過分に目をかけていただいた。今、出版社TN社のKA社長は小学校時代、長野に疎開していたという。小生、長野にどんな因縁があるのか不思議な巡り合わせである。

夜、娘より電話がある。老いが深まった妻、娘との会話には、少し生彩がよみがえる。年老いても父性本能が反応するのか。

五日（月）雨のち晴

今日はホームのカラオケ同好会。メンバーの常連二人欠席。小生、相変わらずの演歌。メンバーの中には常時新しい歌を歌う人もいる。新しい歌にチャレンジするファイトを高く評価する。チャレンジ精神は年齢にかかわらず個人の資質のようだ。小生、物書きのくせに、新しい歌を歌う気がしない。百年一日のごとく古い歌ばかり。笑止なり。

小生、物書きのくせに、新しい物に飛び込むことに抵抗を感ずる保守性濃厚なり。古い酒場を始め、行きつけの店は百年一日のごとく同じ店を愛好する。新しい店を開拓するのがおっくうである。人見知りもはなはだしい。昔、物書きの業界が一斉にワープロに転向したとき、小生はぐずぐずしていた。ある日、大手の出版社に仕事を依頼され、出向いて打合せ終了後、担当の女性編集者は「原稿はフロッピーでください」という。小生、大いに狼狽《うろた》えた。恐る恐る「原稿は手書きですが……」と答えた。

編集子、かすかに軽蔑の笑みをもらし、「大作家の先生は手書きが多いですが、うちの課に出入りするライターさんのほとんどはワープロです。うちは小説は扱いませんので……、菅野先生は、小説家ですから手書きなんですね……」と複雑な笑みを浮かべて皮肉の如くおっしゃられた。小生真っ赤になって退散、以来刻苦勉励ワープロに切り替えた。

今や小生、ワープロのベテランになったが、今はパソコンの時代。時折、「原稿はメールでお願いします」と言われる。我が家にもパソコンはあるが、もっぱら妻だけが使っている。ワープロをウインドウズ用に変換しなければメールでは送れない。変換するソフトがない。恐る恐る、「メールでは送れません」と、お断わりする。フロッピーで送って先方様で変換してもらう。八十過ぎたらパソコンのベテランになるのは少し大儀だ。

これからの物書きはパソコンに精通していなければ職業として成り立たない。小生は老兵になってしまった。物書きから脱落するのは目に見えている。八十三歳、今やその時期に来ている。老兵は消え去るのみ。

六日（火）曇のち晴　夕刻より小雨

ふるさとカフェに顔を出す前に、郷里の従兄弟に香典を送る。従姉のA子が亡くなったというはがきを受け取った。A子は九十歳か九十一歳のはずだ。小生の幼いとき八つ違いのA子に随分面倒を見てもらった。A子、東京で働いていたが、年老いて故郷に帰り、実家の近くに間借りして生涯を終えた。弟の従兄弟が何かと老いた姉を面倒見ていた。何故かA子生涯独身を貫く。小生、恩返しをしないまま月日が流れてしまった。

夜、従兄弟より香典を受け取ったというお礼の電話あり。

郵便局の帰途、いわかみ書店に寄って雑誌の未払い金を払い、来年度の手帳を注文する。ついでにワープロ用紙二百枚を購入。自宅に二百枚まだ残っている。計四百枚。来年で仕事を止めようと考えている小生、四百枚のワープロ用紙使い切れるだろうか？　A４ワープロ用紙四百枚は、四百字原稿紙で約千二百枚に相当する。とても、このワープロ用紙使い切るまで生きていないであろう。

ふるさとカフェの集会、第一部は朗読、第二部は俳句会、小生、講師に招かれて俳句鑑賞。素人集団だけに初々しい作品が多い。

小生が専任講師をお引受けした『ふるさと俳句会』は本格的始動は十九日（月）より。参加者は三句持参するように告げる。

終了後、いつものことながら、星野氏、兵頭氏と一献。

帰途、十二日の東京出張の電車の往復切符を買う。六時半帰宅。

七日（水）晴

やっと今日、夏帽子をしまい、冬帽子を出す。今は薄くなった頭髪を隠すために、帽子は屋内でも被ったままでいられるベレー帽をもっぱら愛用している。本来、紳士帽子のソフトや中折れを、お洒落のために被りたいのだが、屋内では帽子を脱がなければならないのが憂鬱である。仕方なくベレー帽というわけだ。足の爪先から頭の天辺まで老いる。

人間の末路哀れなり。

アメリカ議会の中間選挙、結果が判明する。予想通り、上院は共和党、下院は民主党である。いうならばねじれ議会である。それにしても、過激発言や暴言をくり返すトランプ大統領の根強い支持者がいるのが不思議だ。日本なら、とっくに国民に愛想をつかされているに違いない。トランプ台風、日本の経済に悪影響を及ぼさないでほしいものだ。

八日（木）晴

妻、ホーム専属の美容室に行く。小生、洗たく物を干す。昔、洗たくなど全く無縁だった。老人ホームに入って、妻が一カ月ほど入院したときに、洗濯機の使い方がわからずうろたえた。職員が部屋に来て教えてくれた。今は、洗たくは妻がするが、干すのは小生の役目である。

昔の小生を知っている人は目を見張るだろう。
何もかも、小生、昔の放蕩のツケを今払わされているのである。
午後は麻雀同好会。全くのツキなし。四位。往年のギャンブラー形無し。お笑い。

夕食は入居希望者KI氏と会食。入居者のNA氏も同席。かつて船旅でKI夫妻とNA夫妻が仲良くなり、家族ぐるみの付き合いがあるのだという。KI氏、小生の入居体験記の著書を読んで、詳しい話を訊きたいとのことで、管理事務所を通じて会食希望の意思が伝えられた。KI氏の夫人は老人ホームの入居に抵抗があるとのこと。夫人には自立型老人ホームの認識がなく、老人ホームは、よぼよぼになってから入るところだと考えているようだ。老きわまりて身を寄せるところと考えているのだ。KI氏は熱心にも数箇所の老人ホームの入居体験をして、伊豆高原のゆうゆうの里がお気に入りとのこと。
KI氏、小生の本を持参して帰るというが、この本を夫人も読んで認識を改めてくれるといいのだが。明日、帰宅するという。

九日（金）曇
午後二時よりホーム入居者懇談会。新築中の診療所の工事の進捗状況の説明あり。庭園の草取り作業の報告や作業予定などの説明もある。
七施設のうち、伊豆高原施設の入居率はトップクラスに上昇した。入居率九八％を超えた。小生の老人ホームの案内講演の効果が出てきたのかな？　などと自画自賛。（笑）

今日は平成最後の園遊会。雨の中、天皇、皇后、列席者にお声をかけられる。

夜、テレビでフィギュアスケート、ＮＨＫ杯のショートプログラムを観る。みんな上手に見える。どこで差がつくのかジャッジのポイントが判らない。明日はフリーが行われるという。ショートは女子宮原知子《さとこ》が二位、男子では宇野昌磨《しょうま》が一位で折り返した。

ふるさとサロン句会の会員の一人、ＹＯ氏より自分史の講評を依頼され原稿を預かっていたが、やっと昨日読み終えて、感想文を書く。悲惨とも言える過去を生き抜いてきた自分史、よく書けている。自分史というより、悲しい過去を背負った家族の物語だ。複雑に絡みあった家族関係（血族）の物語で、むしろ、物語を細分化して一つ一つの物語にライトを当てるように書いたらいいのではないかとアドバイスをする。細かい点で書き足りないところや第三者には理解しにくいところもあったが、出来は七十点。合格点である。

十日（土）曇のち晴

暖かい一日であった。

午前九時よりアスレチック。ＫＵ女史欠席。土曜日の朝一番のアスレチックは楽しい会話のはずむグループ。インストラクターは久しぶりにＷＪ女史。ＫＵ女史の休みで、ＮＡ女史一人だが、ＷＪさんとの軽妙な会話で笑いが絶えない。

八十三歳、何時まで続くか判らないが、一緒のメンバーのＮＡさんは小生より二つ上の八十五歳で小生よりマシンの負荷など数字が大きいものもある。少なくとも、小生、あと二年は続けられる道理だが、アスレチックのある日は疲れる。

冬物、物置に入っていないか妻は気がかりで、小生に見てきてほしいという。小生、一人で行っても、恐らく妻の疑念は晴れないであろうと、一緒に行くことをすすめる。

物置は七号棟の裏のほうにあり、砂利の坂など足場が悪い。妻は仕方なく同道する。やはり考えている物はなかった。納得して引き上げる。足場の悪い坂道の往復で妻はいささか疲れたようである。小生もアスレチックジムの後なので疲れる。

夜、妻はフィギュア観戦、小生、書斎のテレビでメジャーリーグオールスターとオールジャパンの試合観戦。オールジャパン二連勝。今日の試合は12対6の大差で日本が勝つ。メジャー側の選抜選手はベストではないが、それにしても、往年の日米野球では考えられないことだった。メジャーが弱くなったというのは違う。日本のレベルが上がっているのだ。フィギュアスケートは女子の新人十六歳の紀平梨花が優勝。男子は宇野昌磨が優勝。紀平の躍進を期待する。第二の浅田真央になれるか。

国会は相変わらず、新大臣二人の資質が問題視されて紛糾。五輪担当大臣の桜田義孝氏と地方創成大臣の片山さつき氏の二人である。政治家となったら、一度は大臣になりたいのだろう。しかし、大臣となったため、野党の冷徹な質問の洗礼を受けなければならない。汗を滴らせて対応する桜田氏の答弁は何度も失敗し失笑と冷笑を買っている。せっかくの檜舞台も台無しである。

檜舞台に立たなければ、冷汗をかくこともなかったのにと思うと気の毒になってくる。演技がもともと未熟なのに一流役者に並んで檜舞台に立つから冷汗をかくのである。

片山大臣の場合は、知人の社長に頼まれての国税庁への口利き疑惑。知り合いに口利きを頼まれたら、引き受けたくなるのも人情だ。安倍首相の加計学園事件も加計さんと安倍さんが親友なら、便宜を計ってやりたいのが人情だが、それができない立場だってある。小生など、おせっかいの口利きは数知れない。口を利いてやって余計なお世話と恨まれたこともある。口を利いて恨まれたのでは世話はない。

この世は本当に意地悪の人がうようよしている。実際、八十三歳になるまでに、人間関係の難しさを痛感しているはずなのに、そのことがいまだに身に付いていない。「ああ、またやってしまったか……」とほぞを噛む。幾つになっても、学習ができていないなと痛感する。

知に働けば角が立ち、情に竿させば流される。理屈では知っているのに、つい油断がある。油断できないのが世の中と考えると何とも悲しい。幾つになっても、人は他人の失敗を喜ぶものだ。他人の不幸は蜜の味である。自分はそうでないから他人もそうでないと考えるのは未熟な考え方である。もし、他人の不幸を喜ぶのは人間として間違っていると考えたら、自分は他人の不幸に涙するが、自分にも笑われることがあることは心して覚悟しておくことだ。人に嘲笑されることに傷つかない神経を持つことも人生の知恵なのだ。何とも浅ましい人生だが、それが人の世なら仕方あるまい。

桜田さん未熟な演技で檜舞台に立つご苦労、同情する。未熟なりに役を全うしてほしい。くれぐれも舞台から転落しないように。片山さん。才女で生き抜くより心ある女性として生まれ変わってほしい。理屈をこねるより、真心で謙虚に対応してみてはいかがだろう。

十一日（日）晴
午前中、明日出張に持って行く原稿の整理。

入管難民法の改正議論賑やかである。人手不足の解消を外人労働者に頼ろうとする経済界の要望に応えての改正案ということらしい。

しかし、最低賃金の改正は一考もせずに、安く使える海外の労働力に頼ろうとする安易な考えでは将来に禍根を残すことにならないだろうか？　もう少し高い見地に立って、日本の労働力と日本の労働者の賃金について考えるべきだ。安かろう悪かろうの考えでは真の人手不足解消にはつながらないだろう。じっくりと議論してほしい。

無為に一日を消費する老人の生活は嘆きだ。若いときには明日があった。若いときは、今日の無為の悔恨は、明日に立ち向かうエネルギーとなって燃焼した。老いの悔恨は冷たく時間と共に死せる芥となって降り積もる。死の時間へ累々と悔恨は積もり、意識が窒息しそうになる。今日も何となく生きた。という実感ほど哀れなものはない。

今日の月、きれいな利鎌のような月だ。

こんな夜は最初に入学した岩手のM高校の逍遥歌を思い出す。逍遥歌というのだから、そぞろ歩くときの歌なのだが、スポーツ大会で試合に負けた時などに歌っていた。

胸に描きし甘き夢

日々に破れて傷つける

重たき心抱きつつ
　さまよいゆけば駒ヶ峰に
　ほのかに浮かぶ三ヶの月

こんな歌だった。何しろ、六十数年前の歌である。よく覚えているものと我ながら感心する。現代の高校生もこんな古めかしい歌をうたっているのだろうか？　感傷ここに極まれりという歌である。しかし六十数年、我が心のどこかにこの歌が生き続けていたのだ。青春とは恐るべし哀しむべし。

M高校には一年の秋まで通い、冬から東京の高校に転校した。転校先の高校でこの逍遥歌を新しいクラスメートに教えた。

今日より平成最後の九州場所。白鵬、鶴竜休場。横綱稀勢の里の優勝のチャンスと小生期待していたのに、貴景勝に無様に負けた。負け方が不満である。取りこぼしとか、失敗というのではなく、未熟さゆえに負けたとしか思えなかった。小生、稀勢のファンである。これで横綱が張れるのだろうか？　これから十四日、連勝が続けられなければ引退であろう。

ああ、無念なり。

十二日（月）雨のち晴（東京は晴）

今日は東京出張である。生憎の雨である。先月の出張も雨だった。憂鬱である。四時半に起きて原稿のプリントやフロッピー保存など、上京の準備を整える。

雨は家を出るときは晴れていた。これはついている。

十時発のホームの定期バスで出発。電車は踊り子二号で伊豆高原発十時四十一分。十時のバスでは駅についての待ち時間が約三十分ある。しかし次のバスだと、電車に間に合わない。若いときなら駅まで歩くのだが、八十三歳の我が身、ボストンバッグを下げて駅まで歩く元気がない。踊り子号定刻に発車。いつもながら車内販売のコーヒーとサンドイッチを求める。サンドイッチは横浜に着いたら開ける。東京着は十二時四十分である。

予定の時間より七分遅れで東京着。

新宿に出る。何十年と利用してきた中央線。駅々の懐かしい名前。小生、これからは上京することも少なくなるであろう。そう考えると、いささかの感慨はある。高校時代、大学時代、出版社勤務、フリーの物書き時代と数えると、七十年近くは東京になじんできたわけだ。伊豆高原に移住する前は相模原に三十数年住み続けたが、仕事の舞台は東京が主で、夜の酒場巡りも当然ながら東京だった。放蕩の場はほとんど新宿だった。私が仕事仲間に待ち合わせの場所として指定したのが、新宿西口の喫茶店『ピース』である。この喫茶店も古い。おそらく六、七十年の歴史があるはずだ。二十代で入店した記憶がある。

今夜のホテルは新宿ワシントンホテル。チェックインしてから待ち合わせ場所に向かう。二時ジャスト、喫茶店に入る。仕事仲間の三人はすでに待機していた。四時、出版社のＫＡ社長合流。五時より大衆酒場で夕食。有意義なディスカッションの後、散会。七時半ホテルに戻る。

十三日（火）東京は曇　伊豆高原は雨

十一時前にホテルをチェックアウト。前夜のＫＡ社長と昼食の約束。焼肉五人前。ＫＡ社長も小生と同年の八十三歳。お互いに先が見えてきたと弱音を吐くものの、焼肉五人前とは健啖なり。ビールと酒と焼酎。昼酒である。この有様だけは、八十三歳の老人の食事量ではない。ちなみに、上ロース二人前、カルビ二人前、レバー一人前、チゲ鍋スープである。貴重な会話を交わして、年内再会を約束して別れる。

三時過ぎの新幹線に乗る。熱海で乗り換え伊豆高原には五時過ぎに着。熱海駅の駅弁屋でしらす弁当と幕の内を買う。伊豆高原に降り立つと雨。タクシーで帰宅。

今朝、ホテルでシャワーを浴びたが、夜、ホームの大浴場に入る。温泉なり。ほっとする。疲れが取れた気分。寝酒にワンカップ。

稀勢の里、三連敗。横綱らしからぬ負けっぷり。得意技の左を差すことだけにこだわってあえなくころり。横綱はどんな差し手、組手でも勝つというのが本分である。得意技でなければ勝てないという横綱はすでに失格なり。土俵に這いつくばった横綱の無念の形相は哀れで見るに堪えない。明日は引退発表か？　休場か？

十四日（水）曇

午前、ホームの診療所へ。妻も同道。月に一度の薬の処方である。先月の健康診断の結果は腎機能の数値が若干よくないという。腎臓には特効薬がないのだという。生活への配慮以外方法がないという。酒もあまりよくないらしい。

今朝のニュースで昨夜の試合、アメリカメジャーリーグに侍ジャパンが逆転したという。なかなかやるね、ニッポン。それに対してアメリカの頼りなさ。もっと頑張れよ。

広島の球場で、元広島東洋カープのエース〝前ケン〟こと前田健太がアメリカの選手として投球して二回無失点の好投だったが試合は負け。前ケンの故郷に錦を飾るチャンスに手を貸してやれなかったメジャーリーガー腑甲斐ない。

稀勢の里、今日も出場するらしい。その心意気は立派だが、ころりと転がるのは見るに堪えない。

二時からホームの楽しく歌う会がある。ここ数年、顔を出していない。歌えば楽しいだろうが、長く欠席していると、顔を出すのが億劫になる。歌が健康にいいのは判っているのだが……。

稀勢の里、今日も完敗。初日から四連敗。横綱としてもうこれ以上の醜態は見たくない。しかし、明日も土俵に上がるのだろうか？　小生、稀勢の里のファン。無念。

年賀状の印刷をホームの売店に依頼する。『二〇一九年・平成最後の元旦』と書く。小生、来年年男の亥年。八十四歳。落城を予感する城主の如き心境なり。わびしい。

十五日（木）晴

ふるさと俳句サロンで配る鑑賞用のプリントをつくる。

秋冬の名句、子供俳句、自由律俳句。計四十句ばかり取り上げる。

稀勢の里、今日より休み。当然だ。それでも、来場所にかけるという。その意気込みは評価するが、今度またコロコロだと、さらに横綱の名前を汚す傷口は広がる。

敗者に肩入れする癖のあるのは小生の性向なのだが、それだけに小生は、敗者の身の引き方にも持論がある。敗者の消え方に美学を持って臨んでほしい。敗者の美学といっても、麻雀同好会の麻雀は連戦連敗には、美学ならぬあきれて苦笑あるのみ。小生、今日もトップから急降下。三位。二位との差、三千点。

十六日（金）晴

眼鏡のツルが壊れた。駅前の時計屋に持参。取り替えなくても、応急処置で何とかなるという。眼鏡は複数あるが、壊れたのは常時使用している気に入っているものだ。月曜日の第一回目の『ふるさと句会』には、お気に入りの眼鏡をかけていける。ありがたし。フチを新しくしても一日で出来上がるらしいが、とにかく応急で直ったのだからありがたい。ついでにドイツ製の球形のルーペを購入する。高価だがよく見える。ルーペはたくさん持っているので、妻に冷やかされそうだ。ついでにスーパー『ナガヤ』へ寄る。焼酎とウイスキーを買う。老人ホームのバスを往復で利用。便利なバスである。

何となく疲れを感じる。東京出張の疲れが今頃出てきたのだろうか？　疲れは時間を置いて出てくることは知っていたが、三日目とは少し時間の経ちすぎのような気もする。ナガヤの買い物は重いものは宅送にしてもらったので、疲れには関係なさそうだが、どうだろう？　一時半から一時間の昼寝。奇怪な夢を見る。若い時の自分であろう。ゴミ屋敷のような出版社の編集部に出かけた夢である。いつかどこかで見た夢である。はるか遠い日のある日あるときの自分である。どこといって特色のない夢だが、自分をおいてけぼりにして皆飲み会に出かけてしまい、一人取り残された夢である。目覚めはどこかうら淋しい気持ちである。やはり疲れのために見た夢か？

日露との平和交渉、いよいよ条約締結に近づきつつある。安倍対プーチン会談いよいよ始まる。ロシアは、歯舞、色丹の二島を返還してこの問題に幕を引きたいようだ。日本が主張する四島返還は恐らく無理のようだ。小生どころか安倍さんの存命中も四島返還はありえないかもしれない。しょせん四島を取り戻すのは至難の業である。ロシアの本音は返す気などないのだ。どんな経緯をたどるのか不明だが、この際、二島を返してもらうだけで、よしとしなければならないだろう。

十七日（土）晴

今日はアスレチックジム。メンバー全員揃う。何時もながら和気あいあい。しかし疲れる。何時まで続けられるだろうか？　ジム参加者の最高齢は九十一歳のＴＫさん。小僧何を弱音を吐くかと一喝されそうだ。ＴＫさんは朝夕、駅の辺りまでよく散歩している。散歩というより、義務のように歩くことを日課としている。自らの長寿哲学を黙々と実践しているのだろう。脱帽。

ジムから帰って、カタログやチラシ類の処分。ＰＲ用のカタログやチラシが瞬く間に一杯になる。世の中情報時代であることを実感させられる。昔、折り込み広告も少なかったし、今ほど氾濫していなかった気がする。しかし、小生、そのことに苦情を言えた身分ではない。広告のコピーを書いて大きな収入を得ていた時期がある。

自分で宣伝文句を書いて、自分でその気になって高額な商品を買ってしまい、妻に何度も苦情を言われた。クライアントの担当部長から「自分で惚れ込むようなコピーをお書きになるのだから、菅野先生の記事は迫力があるのですね」とお世辞を言われたことがある。妙な気持ちだった。

チラシ類は束ねて台車で運んだ。午前中は乱雑な書斎の整理でつぶれた。へとへとになった。見ていると、妻も片付けものをしながら、数分置きにベッドに座ったり、椅子に座っている。こんな程度でと、内心思うが、妻も八十一歳。昔は八十過ぎると寝たきりの人が結構いた。動いていられるだけでも上等だ。

ＡＰＥＣに出席するためにパプア・ニューギニアを訪問した中国の習近平国家首席は、同国の議会で演説し、世界が自国主義、保護主義に傾いていることを痛烈に批判した。しかし、「それじゃ中国はどうなんだ」という思いを拭い去れない。非難されるべきは中国も同罪だ。石川五右衛門に泥棒はいかに悪であるかを説教されている気分である。

それにしても、アメリカ大統領のトランプさんも困ったものだ。CNNの記者をホワイトハウス出入り禁止とした。入館証を取り上げたという。気に入らない記者を出入り禁止にする横暴が罷り通ったらアメリカの言論の自由はどうなるのだ。暗黒の政治体制をアメリカの良識は許すのか？　ホワイトハウスの女性職員の体に触れたからだという大義名分を理由にしているが、テレビの画面で見る限り、マイクを取り上げようとする職員の手を払っただけである。

大臣の資産が公開されたが、少ないのにびっくり。平均でも六千万余だという。どういう基準で算定しているのかわからないが、あの数字では公開の意味が感じられない。

十八日（日） 晴

妻は寝過ぎたとぼやいている。六時頃に起床したという。小生は四時にトイレに起きてしばらく考え事をした後、二度寝で七時頃に起床した。妻は小生が四時に起きた時に起こしてほしかったと恨み言を言っている。小生は良く寝ることは健康のためだと考えているので、妻の言い分に賛成しかねる。妻は十時頃に就寝したはずだ。夜中に起きたかどうか知らないが、六時まで熟睡できることは健康のためにはいいことだと思っている。妻は早く起きて何かをしようと考えてのことらしいが、言うことに一貫性なく、論理的ではない。老いることは悲しいことだ。

今日は徹底的に書斎の整理をしなければならない。そう思いながらも、長時間は続かない。すぐに疲れる。歩きながら無意識に手すりに掴まっている。歩行が不安定なことを体が知っているために無意識に手すりに手をかけるのだ。老人ホームは敷地、建物の至る所に手すりが張り巡らされている。ありがたい。

明日は第一回目の『ふるさと俳句会』の集まりである。第一回目は俳句を提出してもらうだけで、本格的句会は二回目からということになる。明日は俳句の鑑賞会ということで、秋の句、冬の句、子供俳句、自由律俳句をプリントした用紙を配る。準備ＯＫ。

夜、娘より電話来る。やはり、心温まる。

十九日（月）曇

午前中、書斎の整理、瞬く間に紙の山。読み切れなかった雑誌、資料など大量のゴミ。心の荒れのように紙くずが溜まる。なぜかもの悲しい気分になる。アルバイトを雇って一挙に整理をすれば、すっきりするのだろうが、妻が反対する。悲しきかな老夫婦。

今日は『ふるさと句会』の講師を依頼されて第一回目の集まりである。参加者は十人足らずと予測していたのに、十八人の大盛況となった。

第一回目の今日は、投句を受け付けるだけで、残りの時間は、小生の配ったプリントで俳句鑑賞を行う。本格的な句会は、第二回目の十二月十日より始まる。今日受け付けた投句をワープロでプリントして配布することで本格的にスタートする。

会の後、いつもの通り、兵頭氏、星野氏と駅前のスナックで一献。七時帰宅。

夜のニュースに衝撃。日産自動車会長、カルロス・ゴーン氏が東京地検に逮捕される。

二十日（火）晴

妻、ホームの受診便で歯科医へ。一便はホーム発八時半なのに、妻は五時に起きて右往左往している。出かける日には極度の緊張感があるようだ。妻の心情哀れなり。

日産会長カルロス・ゴーン氏の容疑は有価証券報告書虚偽記載他である。恐らく今後、背任・横領などの罪状も加わるだろう。日産側は、取締役会でゴーン氏の役職を解任するらしいが、あまりに素早い対応に、なぜか権力闘争の匂いがしないでもない。発端は内部告発らしいので、当然の対応ということになるが、権力集中に内部の反感が根強くなった結果の内部告発ということか？　あるいは一つのクーデターかもしれない。上に立つ者、隙を見せてはならない。法を無視してはならないという教訓か。

ルノー、三菱自動車などの会長も兼務しているゴーン氏。三菱も取締役会に解任の要請をする動きがある。ルノーは事件の推移を見守って対応をするようだ。

ホームの診療所でインフルエンザの予防注射を受ける。その夜、風呂も酒もやめる。酒のない夜、少し淋しきなり。

年賀状の校正ゲラ出る。

ホームの四十周年に刊行する記念誌の原稿書き上がる。八百字以内でおさめる。タイトルは『人生劇場のロングラン——そして新たなドラマの幕が開く』というタイトル。少しキザな感じもするが、元通俗作家の小生、この程度のキザは許されるかな？

二十一日（水）

妻は今日はハバクリニックへアスレチックジムに出かける日だ。昨夜、タクシーを予約しておいた。タクシーは自宅近くまで迎えに来てくれる。

今日はＣＯＯＰの配達日だが、妻は注文の用紙ができていないとぼやいている。数日前、夜遅くまで書き出していたのに、いまだ注文書に記入していないというのだ。苦労は水の泡だが、いっとき、ボケ防止にはなったと思う。

午後は妻の介助入浴の日である。アスレチックは十時には終わる。入浴は午後だ。

小生、うるさく言ってＣＯＯＰの注文、少数に絞って記入させる。風呂の準備もうるさく言って整える。時間が来て妻、タクシーに乗り込む。

妻、十一時にクリニックの車で帰宅。疲れたよし。

ホームへの出張販売の八百屋さんからバナナとミカンと干し芋を買う。ミカンはまだ大量にあると妻に叱られる。それなら、食卓に出せばいいものを黙っているからわからない。干し芋は小生の大好物である。

元経団連会長の米倉弘昌氏逝去、行年八十一。小生より二つ下。立派な仕事をして旅立たれた。小生、愚にもつかない駄文を弄してまだ生きている。人の寿命の不思議さよ。

小生が入居している老人ホーム『伊豆高原ゆうゆうの里』は、ついに満室を達成したという。完全に社会に認知されたということだ。来年四十周年、まずはめでたい知らせである。まずはおめでとう。

二十二日（木）曇

妻の常用する化粧品に切れそうなものがあり、妻は薬局の大型店ココカラファインに行きたいという。当然ながら、荷物持ちで小生がお供することになる。午後は麻雀同好会なので、薬局行きは午前中にしてもらう。九時半のホームのバスで向かう。

衝動買いも含めて大量の物品を購入。タクシーを呼んでもらって郵便局へ。タクシーに待ってもらう。妻はATMの操作が判らなくなったと不安げに訴える。小生が試みて、すぐに引き出し金額に上限があることに気がついた。ATMでは五十万しか引き出せないのだ。窓口では、身分証明書の提示を求められた。幸いにして妻は保険証を持参していたので、クリアしたが、今度は銀行の届け印とは異なる印鑑で最終手段は暗証番号。やっと事務手続きが終了した。もう一カ所の信用金庫に用事があったのだが妻は嫌だと言い出した。まっすぐに老人ホームの我が家に帰宅。数多の衝動買いで、リュックはぱんぱんに膨らんで肩にずしりと重い。この重さに後何年耐えられるだろうか？　老いの哀しみ深い。

帰宅は十一時半。午前中買い物だけでつぶれる。妻、午後のヨガを休むという。郵便局の右往左往で疲れたのだ。私は午後の麻雀に進軍する。闘志みなぎる。

午後は麻雀同好会。小生、薄氷踏むがごとしなれど三千点差で一位。久しぶりなり。

ゴーン日産会長、取締役会で解任される。日産といえば五十数年前、小生は日産のPR誌『くるまの手帳』の常連執筆者であった。その頃、小生は二十代後半。雑誌記者をしながらのアルバイト原稿だった。この雑誌に連載した『言葉の水彩画』は後年出版された。小生の本名で出版された本としては処女出版であった。小生はささやかながら、日産とつながっていたわけだ。あの頃が日産の全盛時代だったかもしれない。

二十三日（金）晴　祝日・勤労感謝の日

勤労といえば雑文と講演だけで、感謝をされるような労働ではない。毎日が日曜日のような老人ホーム暮らしであれば、祝日とて特別な日ではない。サラリーマンにとっては三連休で、いろいろな楽しい時間があるのだろう。

午前中、テレビの高専のロボットコンテストの地区予選を観て時間がつぶれた。知恵を集めて作ったロボットで中身の入ったペットボトルをポールに取りつけられた棚の上に乗せるゲームだ。ナンセンスあり、幼稚ありのチームの中で、ユーモアや狙いのいいセンスあるロボットもあり、感心させられたり、笑わされたりして、あっという間に十一時になってしまった。ものづくりや科学技術の分野で将来が期待される若者たちの姿は頼もしい。日本の将来を担ってほしい。

午後、ふるさとサロンで開いてる私の俳句講座の受講者の一人が、自分史執筆に関して訊きたいことがあるというので訪ねてきた。小生の文化祭の講演『自分史の書き方』も聞きに来た人だ。この人は複雑な生い立ちの人で、母上に対して屈折した憎悪を抱いている。母親の愛にひたって放蕩の限りをつくした小生などには想像できない凄惨な生い立ちである。最後まで書き上げるように激励する。

ゆうゆう句会の投句、全員集まる。

二十四日（土）晴

午前九時よりアスレチックジム。女性二人は、市の行事に参加するために欠席。NAさんと小生の男二人。トレーナーも男性のOくん。男三人、相撲やスポーツの話題で盛り上がる。

相撲は今日事実上の決勝戦。一敗の小結の貴景勝と二敗の大関高安の取り組みだ。小生は二人のファンで、複雑な気持ちだ。常識的には大関の高安が勝って、明日の千秋楽で優勝決定戦を観たいものだ。

結果的に望み通りに高安が勝って二勝二敗になった。この十四日間、高安は幸運に恵まれての勝ちが三番ほどあった。薄氷を踏むような勝ち方でここまで来たのに、貴景勝はしっかりした勝ちっぷりでここまで来た。貴景勝は実力でのし上がってきた。

勝負は呆気なかった。土俵に追い詰められた高安がくるりと一回転すると、貴景勝は勢い余って土俵に手をついた。これも高安にとってはタナボタの勝ち方だ。それでも一応は大関の面目は立った。明日の試合で優勝決定戦を堂々と戦うところを見たいものだ。

二十五日（日）晴

朝、ＴＮ出版のＩＷ編集次長に用語事典のゲラを宅配で返送す。収録する用語に初歩的な語が抜けていることを指摘する。

ゲラの宅配を売店に持ち込んだついでに、はがき十枚を買う。

以前、ワープロ用紙二百枚を購入したおり、このワープロ用紙を使い切るまで生きているだろうかとの感慨を持った。はがきも同様なり。ほとんどメールと電話で連絡してはがきを使う機会がない。しかし、はがき十枚は生きているうちに使うだろうと思う。

そのはがきで、読売新聞朝刊の読者投稿ジョークコーナー「USO放送」に投稿する。『カネと共に去りぬ（ゴーン・ウィズ・ザ・マネー）』日産株主（静岡・トンマ）ゴーンという言葉を聞くたびに、あの名作『ゴーン・ウィズ・ザ・ウィンドウ』（風と共に去りぬ）の原題が頭をよぎるのである。風とカネの語呂が合うのがミソである。採用されると愉快だ。小生、USOへの投稿は初めてである。

はがきと一緒に売店の特別販売のミカンを買う。三百円なり。

ゆうゆう句会の投句の整理を始める。

大相撲千秋楽。何となく予感していたように、貴景勝の優勝。対抗馬の大関高安、本割で御嶽海に破れて、決定戦ならず。腑甲斐無し。横綱不在の場所とはいえ、観客動員の中核を担った貴景勝への当然のご褒美といえよう。

二十六日（月）晴

ゴーン逮捕は、日本の主力産業がフランス、ルノーに乗っ取られるかもしれないと、危機意識を持った日本の国策逮捕という局面はなかったのだろうか？

それは、それで意味のあることだが、ゴーン会長の犯罪が立証されなかったら、日本の検察の威信は失墜する。逮捕されたゴーン氏の人生を台無しにした責任は重い。フランスメディアは、総じて日産の陰謀という論調である。世話になった人に対して、恩を仇で返すのかという具合だ。小生、被疑者の立場に同情的に思いやるのが昔からの性癖である。雑文書きの非才では、資格取得の能力は持ち合わせていないが、弁護士になればよかったな？　八十三歳では滑稽な単なる夢物語であるが……。

午前中で投句の整理終わる。今回のみ句会は第四週の火曜日。ホームのバス旅行に二人の会員が参加したために句会を一週間延期した。

明日は入会希望者が二人、句会の見学に参加するはず、楽しみである。

一月一日の夜の食事は娘を接待するためにレストランを予約する。

夜、NHK『ファミリー・ヒストリー』を観る。ダンス界のスターSAMさんである。小生はあまりなじみのない人だが、興味深く最後まで観た。

実家は埼玉の総合病院で、兄弟、一族すべて医者である。医者の勉強を放棄してダンサーになりたいというSAMさんは、当然ながら父親の猛反対にあう。二十歳のとき、「なるなら一流になれ」という父の言葉を背に家を出る。

SAMさんの先祖は伊達政宗と戦って一歩も引かなかった武将だが、後にシーボルトと関わりを持ったりする医者の家系に連なってくる。何百年という間、医業の命脈を保って現在に至っているわけだが、その歴史は紆余曲折でなかなかに興味深い。SAMさんのダンサーのDNAとしては祖母の系列に能役者がいたことが判明した。

「一流になれ」と言った父親は、後年、面と向かっては冷ややかだったというが、陰ながらSAMさんの出演しているクラブやレストランへ密かに出向いたり、雑誌や新聞に掲載された彼の記事を密かにスクラップしたりしていたという。

SAMさんがNHKの紅白に出場したときに、医者の息子たちに、父は「一流になったのはあいつだけだ」語ったという。末っ子の医師いわく「こっちは父の言いなりになって灰色の受験時代を経てやっと医者になったのに、兄貴だけが一流になったという言い方はないでしょう」と苦笑する。なぜか心に残る番組だった。父親の隠された愛に感動した。先祖のルーツをたどるNHKのきめの細かい取材努力には感心する。努力して探し求めれば、ある程度のルーツはたどれるものだ。自分史を書こうとする人などは見習いたい。

二十七日（火）晴

今日は、午後、一週間遅れのゆうゆう句会。

句会はいつも集会室で行うが、老人ホームは大がかりな増築工事中のため、娯楽室で行う。

今日はバス旅行参加者のお土産のお茶菓子付きの句会である。

小生の俳句が二句特選となる。

《廃村を牛の群れ行く返り花》《山寺の苔に絵を描く冬紅葉》

心に気がかりなことがあったり、鬱々とした気分のときも、老人ホームの大浴場（温泉）に体を沈めると、憂きことが解消していく。効用の一つである。

老人ホームの入居者は他と比べて長生きではないかと思う。しっかりとデータを取ったわけではないが、そんな気がする。もし、そうだとすれば、規則的な食生活と入浴によるストレス解消のためではないだろうか？

食堂に出向くのに、小生、冬装備をする。妻に大げさだと嘲笑される。暑さには怖さはないが寒さは恐怖がある。人目より、自分の感覚の方が大切である。人目に鈍感になったのは老いた証拠かもしれない。

二十八日（水）晴
妻は朝、ハバクリニックへアスレチックジム。
『ふるさと句会』の投句整理。投句した人十一人なり。来年いっぱい何人が最後まで残るか？
小生の指導力によるが、見当はつかない。何しろ高齢者ばかりであるから、健康状態にも左右される。この中で何人残るか楽しみ。受講者の中に素質のある人数名あり。

老人ホームに入居して、すぐに人の輪に入れる人は、ホームの中で楽しい日々が続く。人見知りで何時までも人と親しく語れない人もいる。こういう人は淋しい。隣人と交流が始まるきっかけは、食堂、大浴場、クラブ活動が主だが、とにかく気軽に人に語りかけられる人は老人ホーム暮らしが楽しいものになる。個人に備わった性格も人生の幸運、不運を左右する。孤独も楽しいが人との会話に生きる力を得る。

二十九日（木）曇

朝のニュースで脇役ベテラン女優の赤木春恵さんの訃報に接する。心不全のよし。九十四歳の死である。連続ドラマ『渡る世間は鬼ばかり』の中華屋の姑役が印象深い。平成の終わりの年、なぜか死ぬ人の多い気がする。気のせいか？

九十四歳はやはり長命というべきである。一九四〇年のデビューというから、七十八年の役者生活である。演じきってあの世へ旅立ったわけだ。心残りはないだろう。

午後は麻雀同好会。前半トップで折り返すも、場所替え後の後半馬鹿ツキのＳＫ氏に追い越されて二位。マンガン、ハネマンの乱れ飛ぶ大荒れの麻雀。

小生、親のとき、ツモリ四暗刻の小三元、トイトイ、白、緑のハネマンを上がった。振り込んだのはＳＴ氏。それで最終的に二位とは。仕方がない。後に親マンに放銃しているのだから自業自得。

三十日（金）晴

今日で十一月も終わる。今年も残り少なくなった。本格的な冬の到来を覚悟すべきである。北海道、東北の一部ではすでに初雪が降っている。伊豆半島は温暖な気候であるが、朝夕の冷え込みはめっきり厳しくなった。

秋田のナマハゲなる郷土の風俗史的行事がユネスコの世界遺産に登録された。東北を故郷に持つ小生にとっても欣快あたわざるニュースなり。

貴乃花と景子夫人の離婚報道にショック。理由は不明だが、第三者には伺いしれない原因があるだろう。第三者に判るはずもないが、何となくうなずける話でもある。今まで相撲一筋の貴乃花だから支え甲斐もあったが、相撲から身を引いた貴乃花では支える意欲が湧かないという夫人の心中……もちろん憶測である。過去の栄光と名声以外全てを失った貴乃花の身辺は恐らく淋しいに違いない。

十二月

一日（土）晴

一日、いよいよ一年の終わりの月を迎えた。

カレンダーに十二月のスケジュールを書き込んでみると余白が少ない。時折、湧き上がる厭世的思いは、無為なる老齢の日々のためかと考えていたが、こうしてスケジュール表を見つめてみると。無為どころか多忙の一カ月である。

しかし、よく考えてみるとこの多忙は老人ホームに入っているためで、あちら社会にいれば、生きるよすがも少なく、日々に憂さはつのりくるのかもしれない。厭世感のきわまるところ、自殺、孤独死ということになるのだろうが、老人ホームゆえに厭世感が自分を究極的に追い詰めることにならない。実際の統計は知らないが、老人ホームの入居者には自殺者が少ないのではないか？　老人ホームの住人には、小さなスケジュールが一カ月の中に散りばめられている。スケジュールを埋めている間に一カ月が終わってしまう。厭世の思いが増幅され、心が蝕まれていくということは少ない。

馬齢を重ねるにしたがって月日の経つのが早く感じられる。なぜだろうと考えてみるが確かなことは判らない。老い先が短かくなって感覚的に時間が加速されるように感じるのだろうか？　どうもそうでもないらしい。目先のことに目を奪われている間に時間が流れてしまうのか？　一日一日、生きている実感が希薄なために、時は無常に過ぎ行くのか？　いずれにしても、気がつくと一週間が巡ってきて、目の前に立ちはだかっている。

先週出したばかりと思っている一週間分の食事の申し込みは、次の出す時期が来ている。メールボックスに献立表が入っていて一週間の経過したことを実感させられる。いつの間にか一週間経って、今日はアスレチックジムの日である。メンバー全員揃う。第一週目は計測。

元アメリカ大統領ブッシュさん逝去、行年九十四歳。冥福を祈る。

二日（日）

今、ヨーロッパで『生き甲斐』という日本的な考え方が話題を呼んでいるという。日本に在留十二年というスペイン人のビジネスマンが書いた本がベストセラーになっているのだという。タイトルもずばり『ＩＫＩＧＡＩ』である。

考えてみると、小生の生き甲斐は何だろうか？　人様に吹聴できるようなものはない。年に一、二度刊行される拙著であり、ボケ除け俳句の講師、麻雀、カラオケ、酒を楽しむといった貧しいささやかな生き甲斐である。寒々しい生き甲斐でもある。しかし、妻にはどんな生き甲斐があるのかと考えると哀れになってくる。孫がいるわけでもなく、のめり込む趣味があるわけでもなく、ただ、日々を流れに任せているだけである。生き甲斐は自分で探すものであり、他から与えられるものではないだろう。

確かに趣味は生き甲斐の一つの要素である。老人よ趣味を持てと言いたい。

何かを研究することは大きな生き甲斐であるが、老齢で研究に取り組むということはあまり例がないであろう。自分の生きる活力になるもの、老人ホームなどでは生き甲斐のヒントを提案することも大切であろう。小生が文化の日に講演した『自分史の書き方』なども、生き甲斐の提案の一つではあろう。

三日（月）曇

今日は生き甲斐の一つ、カラオケ同好会。伊豆高原のスナック『ポニー』に集う。ホームから歩いていく人、NBさんの車、NBさんの車にはみ出した人はタクシーの相乗りで向かう。

いつもの、およそのメンバーが揃う。小生、前回は俳句会の講師に招かれて欠席。聞くところによると、前回は欠席者が多く、意気が上がらなかったらしい。

昼酒を飲んで、歌って声を出して、ストレスを発散する。カラオケは長生きの秘訣かもしれない。昼酒はそれほど体によくはないと思うが、精神的健康には効果があるような気がする。五時帰宅。

酔って歌って一日が終わる。何の進歩もない趣味だが、年寄りに進歩は似合わない。体力的に何時まで続くか不明だが、病気をしなければ後二年は行けそうな気がする。

予報では雨模様の感じだったが、一日、何とか降らずに終わった。

四日（火）

午後一時半より、ふるさとカフェの老人会で、忘年落語会が開催された。八王子らくらく座というアマチュア落語のメンバーが東京から伊東まで来ていただいて落語を披露してくださったのだ。一時半開演。

小生の入居している老人ホームにそのメンバーの一人、MR氏がいる。彼のつてでメンバー四人が来てくれることになった。MR氏を含めて四名。それぞれが熱演。観客は堪能。彼らの技術、アマチュアながら感服。

ガソリン代を負担し、伊豆半島まで来て、わずかな土産で名演技を披露してくれた。勘定は合わない。しかし、ボランティアとはそういうものだ。末広や鈴本の客は感動させられなくとも、ふるさとカフェに集いし、年寄り三十人は感動の三時間であった。

ありがとう。らくらく座の皆さん。

句友の星野氏宅を落語家諸氏の着替えの場所として提供を受ける。快諾のお礼に帰途立ち寄り、酒肴の接待を受ける。手ぶらでお礼に出向き、逆に接待とは恐縮。いずれ、返礼しなければならない。

夕刻より雨となる。

五日（水）晴のち曇

妻がハバクリニックへアスレチックジムのトレーニングに出かける。十一時近くに帰宅。昨日に次いで暖かき一日なり。夕刻より寒くなるという予報。

水道の民営化についてテレビ報道賑やか。間もなく法案が議会を通過する時になってメディアが一斉に騒ぎ立てている。たとえ世論喚起があっても、すでにもう遅い。この法案、なぜか悪い予感しきり。予感が的中しないように祈りたい。

印刷された年賀状を受け取る。

六日（木）雨

目覚めると冷雨が降っている。気温も昨日の暖かさ一転、冷え冷えとしている。

相撲界を混乱させた日馬富士の暴力事件。日馬富士がモンゴルの後輩力士、貴ノ岩をカラオケのリモコンマシンで殴り怪我をさせた暴行傷害である。その被害者貴ノ岩が、今度は自分が付き人を殴るという暴力事件が勃発した。昨日、巡業先の福岡で起こした事件らしい。前代未聞というべきである。

日馬富士の暴力事件に端を発して、結局、平成の大横綱貴乃花の年寄り引退にまで繋がった因縁の事件である。貴ノ岩は、当初被害者であったが、今度は自分が加害者となって事件を起こすなど、信じられない行為である。破滅的行動としか言い様がない。

部屋の消滅に次いで、師と仰ぐ父親的貴乃花と景子夫人の離婚、動揺と悲嘆と絶望、その心中は察するに余りあるが、自分が暴力を振うなど、信じられないような短絡的で思慮の浅い行動である。ああ、まさに破滅である。相撲協会の処分の軽いことを祈る。時に人生とはかくの如き悲劇をもたらすものと、承知はすれど、あまりの残酷さに言葉を失う。

ソフトバンクのスマホの通信障害は日本列島を混乱と困惑に陥れた。めっきり少なくなった電話ボックスに人々は殺到したという。生活の主要部分を占めるスマホの故障に現代人は成す術もなし。立ち往生である。小生、ａｕのガラケー、影響無し。
麻雀、ハコテンの三位。（大笑）

七日（金）晴
自分では無為なる一日と感じていたことも、安穏な一日と考えれば、心がざわめくこともない。今から何かを研究しようとか、世のためなる哲学を残そうとか、後世に光芒を放つ大河小説を書こうという野望もない。特別に今成さなければならないというものがあるわけではない。人に依頼された諸事で、いまだ手をつけていない事柄は幾つかある。それができなかったからといって、無為なる一日と考えることもあるまい。
午前、仕事の残務整理の長電話を三カ所にかけて昼となった。午後、妻に頼まれて部屋を片付けた。夜、ホームの大浴場で温泉に浸かりながら、他人に恥じることもなく大声で歌をうたった。部屋に戻ってビールを飲み、日本酒を飲み、ウイスキーを飲んで一日が終わった。無為なる一日というより、安穏な一日というべきである。
貴ノ岩、引退のニュース。暗し。母国では英雄日馬富士を失墜させた悪人として非難されている貴ノ岩はモンゴルにも帰れないだろう。チャンコ屋でも開くしかあるまい。

八日（土）晴

アスレチックジム全員揃う。インストラクターはＡＪ女史。女史含めて女性三人会話が弾んでいる。小生とＮさん、男性二人、それを聞きながら笑いが浮かぶ。我がホームゆうゆうの里の土曜の朝一のジムメンバーは愉快な仲間なり。

昨夜遅く難民認定法成立。外国人の労働者を雇いやすくするための法案可決。人手不足の解消を求める企業の要請を受けて提出された法案である。野党の危惧するごとく、未来に禍根が残らないことを願う。時代の進歩と共に、島国民族の純一性を守り抜くことは難しい。何百年後かの日本は世界の民族の血が混じった国民に変貌していくであろう。

小生は、純粋無垢の日本男児として死んでいく。とは言うものの、我が先祖は朝鮮半島か中国、モンゴルから渡来した人かもしれない。

九日（日）曇　寒さ一段と厳しくなる

中国の世界的大手通信機器メーカーの『ファーウェイ』の最高財務責任者孟晩舟《モウワンショウ》がカナダで身柄拘束されて三日になる。米中貿易戦争さなかのことだ、カナダの検察当局は米国の依頼によって逮捕した。イランへの武器供与（売買）の容疑らしい。ファーウェイは通信機器のメーカーとしてはアメリカをしのいで世界市場を席捲しつつある。

米国にとって、同社は安全保障の点で深刻な問題をはらんでいるらしい。高度な技術を持つ同社が世界の広範囲なエリアを席捲することによって、国家機密が傍受されたり盗まれたりする危険性があるのだという。同社はアメリカにとっては頭痛の種の存在である。折しも貿易戦争で火花を散らしている中国の国家的企業ともいうべき通信機器会社の幹部の逮捕である。米中関係はますます悪化する懸念が強くなった。

日本における日産会長のゴーン氏逮捕など、企業のグローバル化にともなって各種の問題が浮上してくるのは世界的傾向である。一つの国家にとどまらず、国と国の利害関係が世界的な広がりを持って拡大していく。他国の問題と高見の見物をするわけにはいかない。


句友星野氏より電話。地区の老人会の忘年会だったらしい。そのとき、かつて小生も所属していたY句会を脱会したことを聞く。惜しい。星野氏はもう少し勉強すべきだった。小生の講師で開く『ふるさと句会』は、ぼけ防止のための言葉遊びの句会である。真剣に俳句に精進する句会ではない。星野氏を説得したが、すでに脱退を宣告したという。

星野氏の口調、相当酩酊の様子なり。酔った勢いの脱退では困る。

十日（月）曇　寒き朝

全国の天気予報の列島寒暖地図を見ると、伊豆高原の色は暖かい表示である。しかし老人の身にはその恩恵もあまり実感できない。寒さはしみる。

十時過ぎ、妻と同道で診療所へ。診療所でＴＪ女史と一緒になる。小生の拙著『老人ナビ』に啓発されたとお世辞。お世辞でも嬉しがるところが小生の人物の小さいところ。

診療所の山口医師に老人大学で老人の医療について講演を打診。講演料は無料と伝える。苦笑して「時間の都合が合えば……」とのこと。「土日か午後なら、一度ぐらいは」と承諾。今日の『ふるさと句会』で会うことになっている事務局長の三島氏に伝えることにしよう。喜ぶはずだ。

午後は『ふるさと句会』の講師。総勢十一名なるも、五名は新参加者で、前回出席者のうち四名が欠席。この感じで毎回会員が入れ代わるとなると、正式な句会進行は難しいかもしれない。次回の出席者の様子によっては、その日一日勝負の単発の句会にするしかないかもしれない。しかし、本日の句会は和気あいあい、ユニークな意見も飛び出して楽しい句会であった。夜は、句友星野氏、兵頭氏と一献。句会会員のＳＩ女史も参加する。ＳＩ女史小生と同年と聞きその若さにびっくり。今日の句会で、ＳＩ女史の一句を、小生は特選句として選ぶ。いささか酩酊し、七時帰宅。

十一日（火）曇　寒き朝

今日は老人ホームの病院受診便の運行の日である。妻は昨年の股間節手術後の半年間隔の定期検診の日である。小生、付添い。主治医は異状無しを宣言。くれぐれも転ばぬようにとの忠告。予約時間より三十分早く終わる。迎えの受診便をキャンセルして伊東駅より電車で帰宅。伊東駅で駅弁を買う。伊豆高原でパンを購入する。

はなはだ寒し。一時過ぎに帰宅。少々疲れる。昼寝一時間。

夜、雨、大浴場に傘をさして行く。

十二日（水）雨のち曇

目覚めると少し風邪気味。売薬を飲む。寒い朝である。

妻、ハバクリニックのアスレチックジムを休むという。妻も体調があまりよくないらしい。

外国の紛争やデモのニュースなどの報道に接すると、日本に生まれて良かったと思う。

中には日本に生まれたことを悔やんでいる人もいるかもしれない。そういう意味では小生幸せだと思う。小生、仏教についていささかの知識があるものの、特別に信仰心があるわけではない。したがって日常的に感謝の思いをかみ締めて生きているというわけではない。

しかし、現状に不満が少ないのは小生のいいところと思う。老齢故の悲哀は常々感じているものの、何かを呪うわけでも、我が身をうとましいと思っているわけでもない。五体不自由な妻と暮らしているが、妻は寝込んでいるわけでもない。妻は脳の劣化はあるものの、ボケというほどでもない。小生も、薬は種々常用しているが何とか健康体を維持している。

暮らしに大金が必要というわけではなく、日々の飲み代は何とかなる。一人娘も何とか人並みの暮らしを維持しており、親に心配をかけるということもない。そういう我が身の環境を感謝するという気持ちを持つことも大切だと自分に言い聞かせている。

世の中にはこのようなささやかな生活さえままにならないという人もいる。そのような気の毒な人がいる中で、自分の日常に感謝の気持ちを持つことは大切な心がけだ。

上を見たら限りがないという言い方があるが、小生は上を見る気は毛頭ない。これ以上の生活を望もうとは思わないのだ。老齢では、革命や世直し、出世の野望などの志も持ちようもない。ただただ枯葉のように自然に落ち葉になって土に帰る日を待つだけである。

悔恨は降り積もる落ち葉のように数知れないが、そのことで我が身を責めるというほどでもない。悔恨も夢想も我が身とともに土に帰るだけのことである。

清水寺の貫主が書く恒例の漢字一字は、今年は『災』の文字。選ばれた漢字は、全国からの投書によって決定されたもの。北海道をはじめ、各地に災害が多発したため、大衆はイメージとして『災』を選んだ。

大浴場へ完全な冬装備で向かう。

十三日（木）晴

午前中、茨城県の文学老女ＹＳさんの小説に赤字を入れる。

昨日、ファーウェイの孟晩舟女史釈放。保釈金八億円、足にＧＰＳの追跡マシンを装着しての屈辱的な釈放である。中国国内では、女史を逮捕したカナダへの反感が高まり、カナダやアメリカの商品の不買運動がネットを通じて拡散している。まるで報復の如く、元カナダの外交員を中国が身柄を拘束した。後味の悪い国家間のトラブルである。

米中の軋轢はどこまで続くか？　米はやがて日本に対しても何らかの形で難癖をつけてくるかもしれない。日本政府はしっかりした対応をしなければならない。

ソフトバンクはファーウェイの技術を排除して、エリクソン、ノキアに変更するという決断を下した。このまま続けていって将来的に日本政府よりファーウェイの技術を排除するよう要請を受けたときのリスクを考えての苦渋の決断だという。確かに将来的にその可能性をはらんでいる。通信機器と安全保障上の問題点を切り離すことはできない。中国の国策的巨大企業の威力は恐怖である。
ソフトバンクにすれば、ファーウェイの優れた技術と価格に魅力があったのだ。この決断がプラスになるかマイナスになるか？　今のところ不明である。

今日の午後は麻雀同好会。小生、久しぶりの三コロの一位。ツキもあり、カンも冴えていた。

十四日（金）晴

昨日に引き続いて、ＹＳさんの小説に手を入れる。会話の運び方に工夫がほしい。
ＹＳさんより手紙がくる。お歳暮のお礼の手紙の返事である。小説の返送は年明けでもいいと書いているがそうもいかないだろう。しかし、二日ぐらいで目を通せると思っていたがもう少しかかりそうだ。手紙には新しい小説にもう一度チャレンジしてみたいとある。八十七歳の文学老女の意欲には脱帽だ。

あおり運転の末、高速道路に車を止め、夫婦を威嚇しているときに後続のトラックが追突し、夫婦が即死したという悲惨な事件の裁判が横浜地裁で結審。判決は検察の危険運転致死傷罪の起訴を認め、懲役十八年の判決を下した。弁護側は、危険運転致死傷罪は運転中のみに適用されるべきで、その点については無罪だと主張した。裁判官は、検察の主張をぎりぎりのところで認め、懲役十八年の刑を言い渡した。法律解釈はともかく、二人の命を奪ったのだから、懲役十八年はむしろ軽い判決と言ってもいい。

被告は、自分の感情のおもむくままに被害者に詰め寄ったために、一生を棒に振った。しかしこれからの長い人生を両親の愛を失って生きる子供のことを考えると、被告はどんな刑罰にも耐えて当然である。一瞬の心ない行動のために生涯、罪人の苦悩を背負って生きなければならない。当然といえど犯罪ほど残酷なものはない。

十五日（土）曇時々晴　寒さ厳しき日

早、師走も半ば。ホームのホールに飾られたクリスマスツリーのイルミネーションのまたたき、年の瀬のムード高めている。

アスレチックジムの日。今日は臨時にMO女史が加わり五人のメンバー。相変わらず土曜日の朝一グループは和気あいあい。

ボクシング連盟の元会長・山根明氏にボクシング連盟は除名の方針で臨むという。山根氏のカムバックを恐れている会員多数だという。山根氏はボクシングを愛することで人後に落ちない人だったと思うが、自分が権力の座に座って回りが見えなくなったのだろう。権力者はいつも自分の行動に間違いがないか反省をしながら生きていくことが大切だ。命の次に大事なボクシングの世界から追放される山根さんの悲劇。自業自得といえど哀れなり。権力者の反面教師的結末である。権力者よ襟を正せ。

少年棋士藤井七段、公式戦百勝に達したという。羽生名人の記録を塗り替えた最年少記録とのことだ。羽生名人は十六歳で百勝とのこと。藤井七段は十五歳で百勝を達成。天才少年であることは間違いない。

大浴場でＫＴ氏の弁。

「老人ホームは有難いです。毎晩、何の苦労もせずに風呂に入れますからね。これが自分の家でなら、水張り、湯沸かし、最後に掃除までしなければなりません。何にもしないで後は寝るだけですからね。食事も上げ前据え膳、極楽です。本当に有難いです」

この人は感謝の心で生きている人だ。見習うべし。

十六日（日）曇のち雨のち晴

雨が上がって三時頃より陽光が射す。

小生の拙著に共感したというので以前に食事を共にしたKI氏、この度は体験宿泊で奥様同伴で来駕。偶然にホールでばったりと出会う。入居に消極的だった奥様が拙著を読んで訪ねる気になったらしい。体験宿泊で奥様がその気になってくれれば小生もうれしい。せっかくの体験入居、雨が上がって良かった。

夕食の食堂でも会う。以前からの知り合いという入居者NBさんとKIさん夫妻、夕食を共にする。小生、妻同伴なので遠慮する。明日のカラオケに誘ったが所要のため、午後一で帰宅とのことだ。

NHK大河ドラマ『西郷《せご》どん』の最終回。先週に引き続き、西南戦争のラストシーン、なかなかの迫力あり。

茨城YS女史の小説推敲、まだ終わらず。もうすぐだ。

十七日（月）曇時々雨

午前中、ＹＳ女史の小説推敲。まだ終わらず。明日は句会とカルチャースクールの講義があり、できないだろう。予定より四日ほど遅れる。

午後は今年最後のカラオケ同好会。

今年も歌い飲み語った。カラオケは、老いの加速をいささか引き止める効果があったと思う。それにしても、六年間の間にメンバーが少しずつ変化している。来る人去る人、入れ替わるのは人生の定めである。小生も後何年続くか判らない。いつの日か脱落するときが巡ってくる。

夜、ＮＨＫの『ファミリーヒストリー』を観る。楽天のトップ三木谷さんのルーツである。いつもながら、ＮＨＫの取材力に脱帽。やはり、三木谷さんの先祖も波乱万丈で興味は尽きない。ご母堂がご健在なので、よりリアリティー濃厚である。

十八日（火）晴

午後、ホームの『ゆうゆう句会』。新人のＫＯ氏一人加わる。

小生の句《狐火を見たという子の青い目よ》に俳人のK女史が特選に入れる。

句会が終わって、ふるさと協議会の老人会に駆けつける。小生ミニ講演を依頼される。拙著『老人ナビ』の中から老人の生き方について語る。小生の前に津軽三味線の演奏会があり、三味線が終わって数名の人が帰ったが、大方はそのまま残って小生の話を聞いていただいた。二十人あまりの聴衆は直接反応が伝わってくるので話しやすい。

帰途、句友の星野氏と世話役の三島さんと駅前のスナックで一献。三島氏が帰った後、星野氏との話がはずみ、帰宅八時。妻に遅いとなじられたが、十年前を考えると今昔の感。ひとたび外出すると、放蕩三昧、帰宅は午前様。終電車がなくなり、タクシーでのご帰館。まれに朝帰り。そのことを思うと、八時で遅いと叱られるのだから、変われば変わったものである。

十九日（水）晴

妻、ハバクリニックへアスレチックのトレーニングに向かう。妻に車を呼ぶように言われて気がつく。自分から進んで出かけようというのだから偉い。どこまで続くか見守りたい。長く続くことを祈る。

日本の大企業ソフトバンクが東証一部に上場。期待された上場も予想よりは振わず。先月の通信障害、ファーウェイとの取引から撤退したなどの条件が微妙に悪影響をもたらしたもようだ。小生、六十代なら千株くらい買う気になったかもしれないが、八十三歳では、金銭に興味を持っても致し方無し。

大阪地裁の裁判員裁判で少年少女を殺した容疑者に死刑判決。被告は控訴するかもしれない。

茨城の文学老女ＹＳ女史の小説読了。感想をしたためて梱包。明日発送。

二十日（木）晴

ふるさと句会の準備にかかる。

茨城の文学老女ＹＳ女史に原稿返送の宅配を出す。

午後、麻雀同好会。接戦の末惜しくも二位。

混一、中、一通、ドラ一のハネ万を親で上がる。しかし二位とは不甲斐なし。

東京地裁、ゴーン、ケリーの拘置延長を認めず。検察の異議申立も却下。小生の懸念していた事態が起きそうだ。虚偽記載の形式犯罪で逮捕したのに、背任横領にまで捜査の幅を広げることはできなかった。

欧米の世論は日本の司法制度に批判的だ。小生は国策的逮捕を懸念したが、両名とも否認の中での保釈。今後の成り行きでは、日本の検察の威信が問われる。

日本は世界の捕鯨委員会より脱退を発表。独自の商業捕鯨を推進するとの意思を示した。鯨を保護しようという世界の趨勢に逆行しているように思えるのは気がかりである。しかし、古来より鯨の肉を珍重してきた日本の食文化からいうと、鯨を食べるということは食生活上きわめて自然のことである。小生など、酒飲みだから若いときに鯨の専門店にしばしば訪れたものだ。美味なる味は忘れがたい。

ホームの大浴場は今夜からゆず湯。ほのかな香りが浴場に漂う。ゆず湯二十二日までとのこと。

二十一日（金）晴

出版社に依頼され用語事典解説に目を通す。良くできている。字句の間違いを指摘し、あとがきの要点を担当デスクにＦＡＸする。

午後、健康食品の振込、散髪、買い物で外出。一時二十分発のホームのバスで出かけ、三時頃、タクシーで帰宅。

ゴーン会長、特別背任の容疑で再逮捕。保釈のどんでん返しである。日本の検察なかなかやりおる。海外メディアの批判高まるのは必至。日本の司法のあり方の是非はともかく、容疑があるから調べているわけで、容疑がないものをデッチ上げているわけではない。私的な投資で被った十六億円の損失を不正に流用して穴を埋めたという容疑である。ゴーン会長、この容疑に対して果たして正当な弁解ができるか否かである。ゴーン会長の拘置延長が認められなかった検察は新しいカードを切ってきたわけだ。法の理論に照らして捜査を進めているのであろうから、外部の批判に左右されることもないが、ゴーン会長、法的に正しい反論ができるのかどうか。しっかりと見守りたい。

第三十一期竜王戦七番勝負に羽生竜王は破れた。前人未到の通算獲得タイトル百期めを目前にしての敗退である。勝ったのは広瀬章人八段。まさに世紀の対決であった。破れた羽生氏二十七年ぶりの無冠である。

将棋界も新しい強豪が次々に現れ、新しい時代を迎えつつあるのだ。羽生時代は終わったのか？　本人はまた一から挑戦と意気軒昂。

二十二日（土）雨
本年最後のアスレチックジム。NT女史、暮れより他出、新年初頭不在のよし。良い越年の挨拶を交わす。今年最後の出会いなり。

雨、冷たい。暗い土曜日なり。妻、昼夜の食事の配膳を受ける。

ふるさと句会の投句の整理。素質のある人も混じるが初心者が多し。今後の成長が楽しみなり。

ゆず湯は今日で最後。カピバラの如く堪能せり。カピバラは無言であるが、小生鼻唄を歌いつつゆずの香りを満喫せり。

二十三日（日）雨　祝日・天皇誕生日

朝のテレビで天皇の記者会見を観る。本日をもって八十五歳を迎える天皇の平成最後の誕生日記者会見である。来年は天皇の譲位があり、象徴天皇の座を退かれる。天皇は記者会見の冒頭で、在位中の出来事を細々お話され、美智子皇后の献身的な貢献を讃えられ、感謝のお言葉を述べられたのが印象的であった。来年の春で結婚六十年とのこと。長い間、ご苦労さまでした。立派な天皇陛下でした。

午前、句会の資料を会員人数分のコピー。

昨日の土曜日に提出しなければならない食事の申し込みを一日遅れて提出。したがって今日は食堂での食事は無し。

暗い日曜日なり。読書、手紙などしたためる。

二十四日（月）晴　祝日の振替休日

本日午前より年賀状書き始まる。

午後一時半より今年最後のふるさと句会。

出席者十一名。前回より五名少ないという。本日はクリスマスイブ、お孫さんとの約束の人もいるにちがいない。十一名の参加者は上出来。

句会の後、常連で一献。星野氏と兵頭氏の二人。七時半帰宅。

韓国海軍、自衛隊飛行機に射撃用レーダーを照射するという事件あり。日本の抗議に対して韓国側の弁明が何となく歯切れが悪い。まさか、日本に対して韓国が軍事的攻撃の意図があるとも思えない。後味の悪い事件である。

二十五日（火）晴
午前、昨日に引き続いて年賀状書き。書斎の片付けなどもあり、年賀状ははかどらず。

午後、三時、ふるさと協議会の事務局長三島さんがホームに来駕。来春開塾の『百歳志塾』のカリキュラムの相談を受ける。思いつくままに提案する。

夜、ホームのクリスマスパーティー。職員のアンサンブルの演奏会がある。

妻は酒席を嫌うので、小生、料理を自宅に運ぶ。

その後、我らが世界。カラオケ仲間八人集まって痛飲、歓談。愉快な仲間たちなり。

神も顔を背ける酒飲みの放談。メリークリスマス。七時前に帰宅。

二十六日（水）晴

妻、ハバクリニックへアスレチックジム。不自由な体でやる気があるのは評価する。

八時四十分、タクシーで出発。十時半帰宅。

十時より机に向かう。年賀状書き。三分の二書き上がる。

午後四時、老人ホーム『伊豆高原ゆうゆうの里』の満室祝いの菓子が配られる。全ての部屋が一杯になるということは確かにめでたいことである。それだけ社会的認知が定着したということでもある。菓子は来年の干支の猪が形どられた和菓子である。

二十七日（木）晴

国際捕鯨委員会より脱会した日本、反捕鯨国より悪し様にいわれている。浅学非才の小生にいわせると、大量に牛肉を食している国が鯨を食べるのはいけないという論理が理解できない。動物愛護が目的なら、牛も鶏も食べてはいけないわけで、鯨だけに目くじら立てる反捕鯨国の論理に納得できない。確かに昔、鯨は日本の食文化の一つであった。だが現在、IWCを脱退する実際的メリットは少ないという。小生、若いときには好んで食べたが、鯨が口に入りにくくなったからといって、今特別に淋しく感じているわけではない。鯨が増えすぎると生態系に悪いという意見を述べる人もいる。確かにあの大図体で小魚を大量に食べたら生態系に悪影響を及ぼすような気もする。

地域振興のボランティアに情熱を捧げる三島氏は狼を日本に復活をさせようという運動家でもある。日本に狼が絶滅したために鹿や猪が増えすぎて獣害に苦しめられているのだという。動植物というのは増えても困るし絶滅しても困るのだ。その生態系を踏みにじったのは人間である。その反省の上に立って議論をしていただきたい。

今年最後の麻雀同好会。ライバルKT氏にバイマン振込大敗。今年最後の麻雀というのに何たる無様。不甲斐なし。

二十八日（金）雨のち曇

今日は午前十時よりホームの餅つき。コミュニティホールの庭に臼が据えられる。元気な入居者は杵を振るって餅つきに挑戦。「よいしょ！」「よいしょ！」のかけ声で餅をつく。カラオケの仲間、風呂友など親しい人も参加。力の弱い人は、餅をちぎったり、パックに詰めたりで協力する。餅をつく人をこねてサポートする人は、主として女性の役なのだが、経験が必要なのか人数が少ない。

小生、中学時代に臼の縁を叩いて杵を破損したことがある。それがトラウマになって、餅つきは、以後七十年間敬遠している。要するに小生は無能な見物人なり。餅がつき上がるまで、外は寒いので、売店でコーヒー飲みながらＳＴ氏と雑談。つきたての餅を五パックを買って帰る。一パック百円なり。ホームの行事には参加することに意義がある。小生、食べることに意義がある。愚かな老人なり。

餅つきは、老人ホームの歳末の少し賑やかな風物詩である。

韓国が自衛隊機に射撃用レーダーを照射した事件。日本の抗議にあくまでもシラを切る韓国政府に不信感募る。まさか日本側がゴリ押しの抗議をしているとは思えない。日本人というのは、こういう場合荒唐無稽な抗議をしたり開き直ったりすることはあまり得意ではない（もっとも森友、加計学園問題の政府答弁のシラの切り方はそうとも言えないが）。

韓国は民主国家ながら、国家間の約束を政府首脳が交代した途端に前言を翻すということを安易に行うお国柄であることを考えると、抗議に対して否定のシラを切るという態度もうなずけないわけではない。それでも友好国として今後信頼してつき合えるのだろうか？ はなはだ淋しきありさまなり。

スーパー『ナガヤ』に買い物に出かける。二日間泊まりに来る娘の接待の品々である。小生の若いときには食料品の買い出しなんか一度もしたことがない。すべて妻が整えてくれていた。何十年間という長い年月、小生は、新年も歳末も、のんびりと飲み歩いていた。今は妻を当てにできない。買い出しは小生の仕事だ。往年の妻の苦労が身にしみる。まさに小生にとっていい薬だ。肉、ワイン、菓子、野菜など買って帰る。結構な量になり、リュックが肩に食い込む。仕方なくタクシーで帰る。

二十九日（土）晴

早朝の生活サービス課のお知らせあり。一棟から七棟までの回廊の二階の居住者に朝食は配膳するむねのアナウンス。寒さのために路面が凍っているという理由である。小生宅は朝食は申し込んでいないが、このようなお知らせがあると、入居者は見守られているという安心感を感じる。老人ホームの入居者はしっかりと見守られていることを確認して安堵感が広がるのである。

ホームの中央ホールの玄関には門松が立てられ、正面には大きな器に花が活けられ、食堂には酒樽が積まれ、正月飾りが華やかな雰囲気を発散している。もうすぐ正月なのだ。老いの館に新しい年が巡ってくる。

年賀状、仕事関係者の分はほとんど二十八日に投函。残るは個人的な親戚、遠戚、妻の友人、知人である。妻は「年賀状、何も元旦につかなくてもいいでしょう」と平気な顔をしている。小生の偏屈な考え。元旦につかなくてもいいのなら、年賀状なんか出す必要はないという考えだ。「元旦についてこそ年賀状の意味がある」というのが小生の言い分である。妻とは意見が合わない。が、妻に対しての小生の影響力は日毎に低下している。文句をつけても無駄である。無念なれど致し方なし。

三十日（日）曇

今日は買い忘れたものを買いにスーパー『ナガヤ』に向かう。一時二十分のホームの定期バスで出かける。乗客一杯。年末最後の買い物をしようとしているのだ。顔見知りの人たちと挨拶交わす。麻雀のポン友、ＳＴさんも同乗。「特別、買いたいものもないのですが、散歩代わりです」と笑う。小生より四歳年長。若々しい人だ。

あわただしく買い物をして、二時十三分、ナガヤ発のバスで帰宅。親しくしているＯＫくんとバスに隣合ってすわる。別れ際に「良いお年を」と声をかける。歳末の実感わきあがる。食堂に寄って卵十二個買い求める。

夕刻、書斎の机回りを応急的に掃除し、ワープロの上に餅を飾る。最低限の正月の儀式である。仕事机の上に餅を飾るのは結婚以来の五十数年の風習である。

よくぞ長らえた習慣という実感しきり。しかし来年のことは判らない。確実に終末に向かって歩み続けているのは確かである。小生、やはり存分に生きたというべきであろう。実感である。

三十一日（月）晴　大晦日

平成最後の大晦日、特別、大掃除もしなかった。大掃除をしないで年を越すのは、結婚して以来初めてのことかもしれない。それだけ老いが深まったということか。そういう意味で悔いは残る。しかし、大病するでもなく無事に年を越せそうだ。

句会に提出した拙句《平成の終わり間近な晦日そば》という実感はある。小生の今年の年賀状には『平成最後の元旦』という但し書きを入れた。ある種の感慨を込めたつもりである。

大掃除はしないが、細々とした仕事はある。リビングの新しいカレンダーに小生と妻のスケジュールを書き込んだり、書斎の本の場所を移したり、溜まったゴミ袋を捨てに行くなど、年を越すために形を整える仕事は結構あるものだ。

テレビをつけることを妻は嫌う。「ほら手を休めてテレビを観てるわ。消してよ」と意地の悪い叱責がある。テレビの特番は空疎ながら賑やかで興味を引かれる。小生の好きな『こんなところに日本人』という番組も放映されている。

平成三十年はいろいろなことがあった。少年時代から交遊のあった友人も死んだ。同時代を生きた著名人も沢山死んだ。政治も世界も社会も、自然現象も激しい変化に翻弄された一年であった。小生、後何年生き長らえるか判らないが、平成三十年は、おそらく忘れがたい一年になるに違いない。この一年に起きた事件の幾つかは心に刻みつけられて消えることはないであろう。

娘、五時近く来宅。夜、ワインで乾杯。飲みながら紅白歌合戦を観る。紅白を観るのは久しぶりなり。様変わりしているが、華やかに工夫が凝らされ大きく進化している。新しいスターやアイドルが多数輩出されているのに驚嘆した。小生の紅白時代は、美空ひばり、藤山一郎、三橋美智也、春日八郎であった。小生、高校生の頃、紅白を観た記憶があるが、その頃のスターは誰だったのだろうか？　美空やデックミネ、青木光一、渡辺はまこ、コロムビアローズ、菅原都々子……、時代は大きく変わり、紅白のたたずまいも変わった。宮田輝、高橋圭三の名司会は記憶に残っている。

平成三十一年一月

一日（火） 晴　元旦

新しい年が明けた。風もなく穏やかな元日である。

十時半よりホームの食堂にて新年祝賀会。十時二十分、妻と娘を伴って会場へ。多くの人たちと挨拶を交わす。新しい年が明けたことを実感する。

式典は理事長挨拶の代読を杉山施設長が行って幕が開く。理事長の挨拶の趣旨は高齢者が人口の六割を占める日本の現状において、老人福祉の事業の使命の重さと役割の重要さについて述べる。次いで施設長の挨拶。十一月に『伊豆高原ゆうゆうの里』の満室達成についての喜びを語り、さらに今年が『ゆうゆうの里』創立四〇周年記念の年であることを述べ、さらなる飛躍の年であることを表明した。続いて入居者挨拶。挨拶のＩさんは伊豆のジオパークについて詳しい人で、半島の成り立ちなどを詳しく紹介したユニークな挨拶。次いで酒樽の鏡割、乾杯の音頭と続く。

式典の後、親しい人と一献。妻は先に退席、娘と二人、カラオケ仲間の集うテーブルで大いに盛り上がる。ＯＤ夫妻、ＭＯ夫妻、ＭＴくん、ＯＫくん、ＮＢさんたちなり。新しい年明けの実感、湧き上がる。いつまで続くこの元気。八十三歳のつかの間の楽しみである。夜、小生の亥年の年男を祝って川奈のレストランへ妻と娘を同道。八時帰宅。

新しい年は平成時代の終わりの新年である。そして小生の八十四歳を迎える年なり。感慨しきりなり。

（完）

平成の日記の最終ページのペンを置く。

おわりに

小生は、物書きを五十年以上にわたって生業《なりわい》としてきたので、日記に似たメモは習慣的に書き続けてきた。しかし今まで、連日一日も欠かさずに三百六十五日間を綴ったことはない。本書の企画によって初めて日記を一日も欠かさずに書き通した。

日記が他人の目にさらされるということは、今まで考えもしなかったが、従来も日記を書きつつ、死後、家族の目にふれるかもしれないということは意識していた。筆者の死後、家族に読ませるのはあまり感心した話ではないと判断したものは従来も書かなかった。もちろん本書の日記も他人に読ませることは得策ではないと考えられるものは書かなかったり、発刊の際に削除した。当然のことである。

また、発刊を意識して、日記のワクを越えて社会評論、哲学的思索を披瀝しようというスタンスもとらなかった。あくまでも老人の日記として、らちもない感想をありのままに綴った。その点では、従来の私的な小生の日記と大きく変わるところはない。老人の心にふれたことを吐息をつくように吐き出した。まえがきにも記したように、老いの愚感を少数の人に共感していただけるなら本望という気持ちである。

本文中の人名他、一部をイニシャルにした。すべて実存する人や物だが、イニシャル化の判断は筆者が行った、理由は個人情報などの配慮からだが、あまり大きな意味はないことをお断りする。

本書の発刊に際し、二十年以上にわたってご高誼をいただいた、編集者にしてデザイナーの岩瀬正弘氏に並々ならぬご尽力をいただいたことに深い謝意を表する。

菅野 国春

[著者プロフィール]

菅野国春（かんの・くにはる）

老人問題の講演を行う著者（於：東京国際フォーラム）

昭和10年　岩手県奥州市に生まれる。
編集者、雑誌記者を経て作家に。
小説、ドキュメンタリー、入門書など、著書は多数。この数年は、老人ホームの体験記や入門書で注目されている。

[主な著書]
「小説霊感商人」（徳間文庫）、「もう一度生きる——小説老人の性」（河出書房新社）、「夜の旅人——小説冤罪痴漢の復讐」「幽霊たちの饗宴——小説ゴーストライター」（以上展望社）他、時代小説など多数。

[ドキュメンタリー・入門書]
「老人ホームの暮らし365日」「老人ホームのそこが知りたい」「通俗俳句の愉しみ」「心に火をつけるボケ除《よ》け俳句」「愛についての銀齢レポート」「老人ナビ」「高齢者の愛と性」（以上展望社）など。

83歳・平成最後の日記　老人ホームに暮らす老人の一年間の克明な生活記録

2019年2月21日　初版第1刷発行

著　者　菅野　国春
発行者　唐澤　明義
発行所　株式会社 展望社
〒112-0002
東京都文京区小石川3丁目1番7号　エコービル202号
電話　03-3814-1997　Fax　03-3814-3063
振替　00180-3-396248
展望社ホームページ　http://tembo-books.jp/
印刷・製本　モリモト印刷株式会社

定価はカバーに表示してあります。
乱丁・落丁本はおそれ入りますが小社までお送り下さい。送料小社負担によりお取り替えいたします。

ISBN978-4-88546-354-9

菅野国春の高齢者の愛シリーズ

一途にひたむきに愛するひとを求め、限りある時の流れにせかされて紡ぐ甘美な夢…。

愛についての銀齢レポート

高齢者の恋——取材ノートから

本体価格1400円（価格は税別）

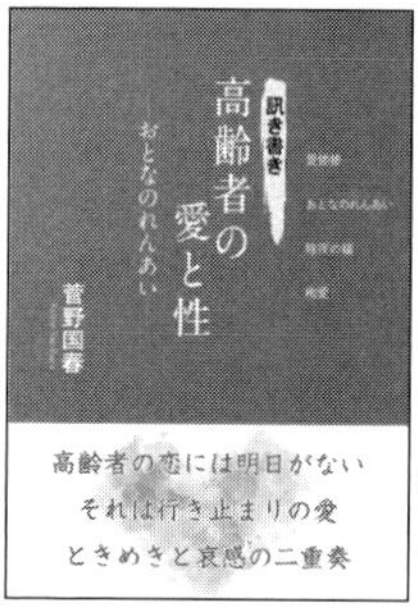

高齢者の恋には明日がない　それは行き止まりの愛　ときめきと哀感の二重奏

訊き書き

高齢者の愛と性

——おとなのれんあい——

本体価格1500円（価格は税別）

菅野国春のロングセラー

夜の旅人

——小説・冤罪痴漢の復讐——

通勤電車に仕掛けられた恐ろしい罠！　ひとりのエリートが痴漢の汚名で栄光の座から転落した。逮捕・拘留後にたどる悲惨な人生で出会った真実とは……。

本体価格１７００円（価格は税別）

幽霊たちの饗宴

——小説・ゴーストライター——

スポットライトの当たらない舞台裏で暗躍する、スターの影武者・幽霊ライター。初めて描かれたゴーストライターの心情と内幕。

本体価格１６００円（価格は税別）

あなたの本を出版しよう

上手な自費出版のやりかた教えます

あなたの貴重な経験を本にしよう。これだけは知っておきたい出版ガイド。詩集・歌集・句集・小説・自分史出版のアドバイス。

本体価格１１４３円（価格は税別）

名作にみる愛の絆

そうだったのかあの二人

艶やかに歴史を彩る——古今東西の男と女の愛のかたち。お夏・清十郎、お染め・久松、お富・与三郎……六十七組の男と女の絆とは。

雑学倶楽部監修・菅野ペンオフィス編著

本体価格１５００円（価格は税別）

B級売文業の渡世術

七十六歳、現役ライターは獅子奮迅

ペン一本で五十年を暮らしてきた老骨の売文繁盛記。フリーランサーを生き抜く才覚と生涯現役の自由業入門！

本体価格１２９５円（価格は税別）